DIETER WÖLM
Von der Stange

ENTFÜHRUNGSKARUSSELL Die Tochter eines Aschaffenburger Versandhausmillionärs wird nach dem Besuch bei ihrem Freund auf dem Heimweg entführt. Erst die Nürnberger Tauchstaffel der Polizei entdeckt das Fahrrad, die Handtasche und das Handy der Vermissten im Main. In einem Erpresserschreiben wird verlangt, keine Billigmode mehr aus Bangladesch und Pakistan anzubieten. Kurze Zeit später verschwindet eine weitere junge Frau, die Tochter eines Aschaffenburger Pizzeria-Inhabers. Von ihr werden in der Nähe der Hochschule ein Turnschuh und Blut gefunden. Haben die Vermisstenfälle etwas mit der Hochschule Aschaffenburg zu tun, da beide jungen Frauen dort in derselben Studiengruppe studierten? Hat die italienische Mafia ihre Finger im Spiel, an die der Pizzeria-Inhaber Frederico Lombardi früher bezahlen musste? Oder sind die Geschäfte mit Billigmode des Versandhauses Herder der Grund? Kommissar Rotfux und sein Dackel Oskar haben alle Hände voll zu tun. Doch dann wird auch noch der Versandhausinhaber Thomas Herder selbst vermisst gemeldet. Aschaffenburg steht Kopf …

Dieter Wölm, geboren 1950, war viele Jahre in der Wirtschaft tätig, unter anderem als Marketingleiter eines großen deutschen Versandhauses. Danach schlug er eine wissenschaftliche Karriere ein und war als Professor für Marketing an der Hochschule Aschaffenburg tätig. Beide Positionen erforderten Kreativität, die er inzwischen auch beim Krimischreiben auslebt. Mit Kommissar Rotfux und seinem Dackel Oskar hat Dieter Wölm ein liebenswertes Ermittlerteam geschaffen, das nicht nur Hundefreunde begeistert. Man merkt es seinen Büchern an, dass er selbst einen Dackel besitzt, der ihn inspiriert und auch im wahren Leben Oskar heißt.

Bisherige Veröffentlichungen im Gmeiner-Verlag:
Weinmordrache (2017)
Blutstern (2013)
Mainfall (2011)

DIETER WÖLM

Von der Stange

Aschaffenburg-Krimi

SPANNUNG

GMEINER

Immer informiert

Spannung pur – mit unserem Newsletter informieren wir Sie
regelmäßig über Wissenswertes aus unserer Bücherwelt.

Gefällt mir!

Facebook: @Gmeiner.Verlag
Instagram: @gmeinerverlag
Twitter: @GmeinerVerlag

Besuchen Sie uns im Internet:
www.gmeiner-verlag.de

© 2019 – Gmeiner-Verlag GmbH
Im Ehnried 5, 88605 Meßkirch
Telefon 07575/2095-0
info@gmeiner-verlag.de
Alle Rechte vorbehalten
1. Auflage 2019

Lektorat: Claudia Senghaas, Kirchardt
Herstellung: Mirjam Hecht
Umschlaggestaltung: U.O.R.G. Lutz Eberle, Stuttgart
unter Verwendung der Fotos von: © kisscsanad / stock.adobe.com
und © felix_w / pixabay.com
Druck: CPI books GmbH, Leck
Printed in Germany
ISBN 978-3-8392-2538-7

1

Kommissar Rotfux kuschelte mit seinem Dackel Oskar auf dem weichen Berberteppich, den er von einer Reise nach Marokko mitgebracht hatte. Er streichelte dem Hund über den Rücken, kraulte ihn hinter den Ohren und verstrubbelte ihm seinen hellen, flauschigen Bart, der sich vom dunkleren, saufarbigen Fell abhob. Durch das große Wohnzimmerfenster waren der Main und die Uferpromenade zu sehen. Einige Aschaffenburger genossen noch ihren Abendspaziergang, teilweise mit Hund an der Leine oder mit Partnerin am Arm.

»Ach, Oskar«, seufzte der Kommissar, »heute würde ich am liebsten nicht mehr an die Hochschule gehen, sondern gemütlich bei dir bleiben.«

Der Rauhaardackel legte seinen Kopf flach auf den Teppich und sah Rotfux schräg von unten mit seinen dunkelbraunen Augen an. Was er mir wohl sagen will, fragte sich Rotfux. Er hing sehr an dem Hund, ganz besonders, seit ihn seine Freundin Caroline verlassen hatte. Der Dackel gab ihm das Gefühl, nicht allein zu sein. Er begleitete ihn tagsüber ins Kommissariat, ging mit ihm nach dem Dienst spazieren und nachts schlief er in seinem Körbchen direkt neben dem Bett von Kommissar Rotfux. Caroline mochte den Dackel auch. Aber dann hatte sie sich einem anderen an den Hals geworfen, einem Professor für Rechnungswesen der Hochschule. Zuerst merkte es Rotfux gar nicht. Irgendwann fiel ihm auf, dass Caroline seltener bei ihm übernachtete. Er dachte, sie hätte viel Arbeit, müsste sich intensiver auf ihre Lehrtätigkeit an der Hochschule vorbereiten. Bis sie ihm eines Tages unter Tränen gestand, sie habe sich in einen anderen verliebt. Rotfux konnte es zuerst gar nicht glauben. Sie waren fast drei Jahre zusammen gewesen, hatten über Kinder gesprochen, sich die Zukunft ausgemalt. Gut, er musste zugeben, dass Caroline hauptsächlich über Kinder gesprochen hatte und er sich damit noch Zeit lassen wollte. Vielleicht war das sein Fehler gewesen, vielleicht hätte er stärker auf ihre Wünsche eingehen sollen, aber das war nun ohnehin zu spät. Er spürte die Wärme des Dackels an seinem Bein und fühlte eine tiefe Geborgenheit durch die Anwesenheit des Hundes.

»Du bist mein Bester! Gut, dass wir zusammenhalten«, sagte Rotfux leise und kraulte ihn an der Brust zwischen den vorderen Beinchen. Der Dackel streckte sich und rollte sich zufrieden auf dem flauschigen Berberteppich zusammen.

Es behagte Rotfux absolut nicht, noch an die Hochschule zu müssen. Doch der Präsident der Hochschule hatte ihn höchstpersönlich zu einer Podiumsdiskussion eingeladen, zum Thema »Ausbeutung in der Textilindustrie«. Er kannte den Präsidenten und konnte ihm schlecht etwas abschlagen. Außerdem war dieses Thema im Grunde von dienstlichem Interesse, denn Aschaffenburg und seine Umgebung bildeten ein Zentrum der deutschen Textilindustrie, auch wenn inzwischen überwiegend im Ausland produziert wurde. Deshalb gab es schon mehrfach Aktionen gegen Bekleidungshersteller, ganz besonders nach der schrecklichen Tragödie, die sich 2013 in Bangladesch abgespielt hatte. Seitdem griffen immer wieder Greenpeace-Aktivisten und andere Gruppierungen Bekleidungsproduzenten und -händler an und warfen ihnen vor, daran mit schuld zu sein.

Kommissar Rotfux gab sich einen Ruck, machte sich kurz frisch, zog Jackett und Krawatte an und verabschiedete sich von seinem Dackel.

»Oskar, bleib«, sagte er, »komme wieder.«

Diese Sätze kannte der Hund und wusste, dass sein Herrchen wiederkommen würde. So konnte ihn Rotfux problemlos mehrere Stunden alleine lassen, ohne dass er bellte. Die Aula der Hochschule war schon gut gefüllt, als Rotfux dort eintraf. Er ging durch den Mittelgang nach vorne und begrüßte den Präsidenten.

»Schön, dass Sie es möglich machen konnten, Herr Kommissar«, freute der sich. Er war wie immer schick gekleidet und seine kurzen dunklen Haare und die markante Nase gaben ihm etwas Nachdrückliches.

»Das Thema ›Ausbeutung in der Textilindustrie‹ interessiert mich. Bin gespannt, was es Neues gibt«, antwortete Rotfux.

»Wir haben in der ersten Reihe für Sie reserviert. Frau Berendt wird Ihnen den Platz zeigen.«

Er begrüßte die Sekretärin des Präsidenten, die ihn zu seinem Platz führte. Rotfux wollte sich gerade setzen, als er drei Stühle rechts von sich Caroline mit ihrem Neuen sah. Das hat mir gerade noch gefehlt, zum Glück sitzen sie nicht direkt neben mir, dachte er. Er zwang sich, zu

Caroline zu gehen, gab ihr kurz die Hand, wünschte einen schönen Abend und ging dann wieder zu seinem Platz. Ihren neuen Freund hatte er geflissentlich übersehen. Mit dem wollte er nun wirklich nichts zu tun haben. Neben Rotfux saß eine flotte Professorin, wie er an ihrem Namensschild erkannte. Sie war noch jung, vielleicht knapp über 30, und als sie hörte, dass Rotfux Kommissar war, wurde sie ziemlich gesprächig. Klar, Rotfux war mit seinen 46 Jahren einer der begehrtesten Junggesellen Aschaffenburgs, auch wenn er momentan die Trennung von Caroline noch nicht ganz überwunden hatte.

Ein Student trat ans Mikrofon, ein stattlicher junger Mann mit kurz geschnittenen schwarzen Haaren, etwa 1,90 groß, der durch seine sportliche Frisur und den durchtrainierten Körper dynamisch wirkte. Er stellte sich als Bastian Helferich, derzeitiger Leiter von Economics Aschaffenburg, vor, einer studentischen Vereinigung zur Förderung der Kooperation zwischen Hochschule und Wirtschaft. Nach einer kurzen Begrüßung und Nennung des Themas bat er die Teilnehmer der Diskussion aufs Podium:

Zuerst Samuel Schulte, einen Greenpeace-Aktivisten, fast 2 Meter groß, mit blonden lockigen Haaren, ein schlaksiger Kerl, in Jeans und Sweat-Shirt, der an der Hochschule Betriebswirtschaft studierte. Als er das Podium betrat, gab es Applaus aus dem Publikum. Einige hielten Transparente in die Höhe, auf denen ›Schluss mit der Ausbeutung‹ oder ›Weg mit der Modemafia‹ zu lesen war. Der scheint seine Hausmacht mitgebracht zu haben, dachte Rotfux.

»Ist ein guter Student«, flüsterte die Professorin neben ihm, »ich kenne ihn aus meinen Veranstaltungen.«

Als Nächster wurde Thomas Herder aufs Podium gebeten, ein stattlicher Mann von etwa 55 Jahren, Inhaber eines der größten Versandhäuser Deutschlands und gleichzeitig Vorsitzender der CSU in Aschaffenburg. Als er aufs Podium kam, wurde spärlicher Applaus durch Pfiffe und Buh-Rufe übertönt.

»Bitte bleibt fair«, griff sofort Bastian Helferich ein, »wir danken Ihnen sehr, Herr Herder, dass Sie gekommen sind.«

Thomas Herder nahm es gelassen.

»Ich wusste schon, dass ich mich hier in die Höhle des Löwen begebe«, lachte er.

Im flotten dunklen Anzug, mit blonden Haarlocken im Nacken wirkte er wie ein Aushängeschild der Modebranche und Rotfux fiel auf, dass ihn seine Nachbarin auffallend musterte. Nach ihm betrat Max Seidel das Podium, etwa 45 Jahre alt, ein Aktivist von den Grünen, und es gab wieder Applaus unter den Studenten. Korpulent, mit rundlichem Gesicht, Stirnglatze und Hängebacken wie ein Hamster, wirkte er nicht gerade dynamisch, schien aber als Stadtrat der Grünen für seine Meinung bekannt zu sein. Er watschelte in Gesundheitssandalen und Schlabberjeans über das Podium und setzte sich neben den gestylten Thomas Herder. Die beiden passen wie die Faust aufs Auge, dachte Rotfux. Schließlich wurde Julian Horn von der SPD aufs Podium gebeten, ein schlanker Typ mit längeren dunklen Haaren, Lederjacke, ausgewaschenen Jeans, der mit seiner Nickelbrille, welche auf seiner spitzen Nase saß, irgendwie alternativ aussah. Er gab allen Teilnehmern die Hand und setzte sich auf den letzten freien Platz neben Thomas Herder. Eine sehr interessante Gesprächsrunde haben die Studenten zusammengestellt, dachte Rotfux, und er war froh, doch zu der Veranstaltung gegangen zu sein.

»Wird sicher spannend«, flüsterte er seiner Nachbarin zu.

Nach einer Betrachtung der aktuellen Situation der Textilindustrie prallten die Meinungen hart aufeinander. Insbesondere Thomas Herder wurde von den anderen Diskutanten angegriffen.

»Sie sind verantwortlich für den Tod von Tausenden Textilarbeitern in Bangladesch, in Pakistan, in Kambodscha, in China … Es sind Fabriken eingestürzt, es hat Brände gegeben, die Arbeiter und Arbeiterinnen werden gehalten wie die Sklaven, wenn sie schwanger sind, entlässt man sie. Der bekannteste Fall ist der Einsturz des Fabrikgebäudes in Bangladesch am 24. April 2013, bei dem mehr als 1.100 Menschen getötet wurden, aber das ist nur die Spitze des Eisberges. In Pakistan hat eine Fabrik in Karatschi gebrannt und es sind 260 Arbeiter und Arbeiterinnen umgekommen. Die chinesische Textilindustrie vergiftet die Umwelt. Wollen Sie das alles nicht sehen?«, sagte Samuel Schulte von Greenpeace vorwurfsvoll.

Er hatte laut und etwas erregt gesprochen und donnernder Applaus unterstützte den Redner. Thomas Herder blieb ruhig und gefasst.

»Selbstverständlich bedaure ich all diese Vorfälle«, sagte er. »Aber mit Ihrer pauschalen Kritik machen Sie es sich etwas einfach. Sollen wir keine Textilien mehr aus diesen Ländern beziehen? In Bangladesch gibt es etwa 5.000 Textilfabriken, dort arbeiten zu 90 Prozent Frauen. Es ist ein bitterarmes Dritte-Welt-Land. Alternativen haben die Menschen dort nicht, damit verlören viele ihre einzige Erwerbsquelle.«

»Aber so kann es doch nicht weitergehen!«, mischte sich Max Seidel von den Grünen polternd ein.

»Es geht ja auch nicht so weiter«, konterte Thomas Herder. »Wir machen zum Beispiel beim Textilbündnis der Bundesregierung mit, das für bessere Arbeitsbedingungen in den Entwicklungsländern sorgen soll. Auch Adidas, H&M und viele andere Firmen sowie die Spitzenverbände der Textilindustrie sind Mitglieder. Wir können froh sein, dass unser Bundesentwicklungsminister Gerd Müller sich dafür starkgemacht hat!«

Er sagte das mit gewissem Stolz und jeder wusste, dass Gerd Müller bei der CSU war.

»Herr Müller sollte sich schämen«, fiel ihm Max Seidel ins Wort. »Der hat die ursprüngliche Version so abgespeckt, dass sie nichts mehr bringt!«

»Ich bitte Sie, mit Ihren Parolen sind Sie groß, aber was wollen Sie effektiv tun?«, wehrte sich Thomas Herder. »Vergessen Sie nicht, dass wir auch die Verantwortung für unsere mehr als tausend eigenen Mitarbeiter haben. Ginge es nach Ihren Sprüchen, könnten wir die Firma vermutlich bald schließen. Und dann? Haben Sie dann Arbeit für die Menschen? Der Konkurrenzkampf in der Branche ist hart. Es dürfte ja selbst Ihnen nicht entgangen sein, dass inzwischen einige große Versandhäuser ihre Pforten geschlossen haben. Ich sage nur: Neckermann, ganz in der Nähe ...«

Thomas Herder, der die ganze Zeit sehr sachlich gesprochen hatte, waren jetzt seine Emotionen anzumerken. Er schien sich über Max Seidel zu ärgern.

»Es tobt ein harter Preiskampf, und die Leute kaufen nun mal dort, wo sie die Ware am billigsten erhalten«, fügte er noch hinzu, »da kann nicht eine einzelne Firma die Preise erhöhen und sich selbst in den Konkurs treiben. Sie werden es leider nicht schaffen, den Kunden beizubringen, sie sollten auf Billigtextilien verzichten. Bei einer Umfrage oder auch einer solchen Diskussion sagen sie das vielleicht, aber am Ende stimmen sie mit dem Geldbeutel ab.«

Sofort mischte sich Julian Horn von der SPD ein, der bisher wenig gesagt hatte.

»Aber das rechtfertigt nicht alles! Nach neuesten Berichten zum Beispiel der BBC werden Zigtausende syrische Flüchtlinge in der türkischen Textilindustrie eingesetzt, sogar Kinder. Mehr als 12 Stunden sollen sie nähen, bügeln, bleichen für die großen Modegiganten, bei geringem Lohn und unter unzureichenden Sicherheitsvorkehrungen.«

Thomas Herders Nerven schienen allmählich blankzuliegen.

»Herr Horn, nun mal langsam. Machen Sie mich bitte nicht für alle Missstände auf dieser Welt verantwortlich! Natürlich lehne ich Kinderarbeit ab und diese Gerüchte müssen geprüft werden. Aber in der Türkei gibt es etwa 3 Millionen syrische Flüchtlinge. Viele davon erhalten keine Unterstützung, sondern sind auf sich selbst angewiesen. Sie sind wahrscheinlich froh, wenn sie in der Textilindustrie arbeiten können. Oder wollen Sie diese 3 Millionen Flüchtlinge nach Deutschland holen?«

»Frau Merkel hat doch gesagt, wir schaffen das ...«, polterte Julian Horn dazwischen.

Der Saal tobte. Applaus und Pfiffe waren zu hören.

»Meine Herrn, ich glaube, wir kommen etwas vom Thema ab«, griff Bastian Helferich geschickt ein. »Über das Thema Flüchtlinge sollten wir vielleicht bei anderer Gelegenheit diskutieren.«

»Wieso, wenn sie in der Textilindustrie beschäftigt werden ...«, wehrte sich Julian Horn.

»Also, Herr Horn«, konterte Thomas Herder, »Sie werden lachen, wir haben sogar inzwischen einige Flüchtlinge in unserem Versandhaus angestellt, selbstverständlich entsprechend der hiesigen Standards. Aber für die Situation in der Türkei können Sie mich nun wirklich nicht verantwortlich machen!«

Die Diskussion ging noch eine Zeitlang hin und her, ohne dass sich die Standpunkte wesentlich annäherten. Schließlich brachte Samuel Schulte von Greenpeace noch Papst Franziskus ins Spiel.

»Sogar der Papst prangert die Zustände in der Textilindustrie an. Er hat in der Stadt Prato in der Toskana gegen Ausbeutung und Korruption gepredigt. In der Stadt leben offiziell gemeldet 19.000 Chinesen, die dort in Textilfabriken schuften. Tatsächlich sollen es zwischen 30.000 und 50.000 sein. Da sie in Italien arbeiten, tragen die von ihnen genähten Kleidungsstücke das Label ›Made in Italy‹.«

Thomas Herder sagte dazu nichts. Er schien es allmählich sattzuhaben, sich gegen die Missstände im Rest der

Welt verteidigen zu müssen. Samuel Schulte hingegen sah seine Stunde gekommen. Er stand auf, was bei seiner Größe beeindruckend wirkte.

»Wir müssen ein Zeichen setzen!«, rief er. »Ich fordere euch alle zu einer Demonstration gegen die Ausbeutung in der Textilindustrie auf. Morgen um 11 Uhr vor der Einfahrt des Versandhauses Herder in Aschaffenburg! Die Presse wird auch da sein.«

Bastian Helferich schaltete ihm das Mikrofon ab.

»Mit diesem Aufruf zur Demonstration haben die Economics der Hochschule nichts zu tun«, sagte er sehr nachdrücklich. »Wir wollten hier die verschiedenen Gesichtspunkte diskutieren, vertreten aber nicht eine bestimmte Richtung.«

»Lassen Sie uns vernünftig bleiben«, ergriff Thomas Herder nochmals das Wort. »Ich kann Sie nicht hindern, zu demonstrieren. Sollten Sie allerdings unsere Mitarbeiter bedrohen oder Arbeitsabläufe stören, wäre ich gezwungen, entsprechende Gegenmaßnahmen zu ergreifen.«

Bastian Helferich beendete die Podiumsdiskussion. Er wies noch auf den nächsten Veranstaltungstermin hin, bedankte sich für die Unterstützung der Hochschule und des Präsidenten und wünschte allen einen guten Nachhauseweg.

»War eine heiße Diskussion«, bemerkte die Nachbarin von Rotfux. »Herr Helferich hat das wirklich gut gemeistert, bis auf das Ende vielleicht, da hätte er Greenpeace schneller das Wort abschneiden müssen.«

»Das denke ich auch. Wird morgen sicher spannend bei der Demonstration.

»Werden Sie hingehen?«, fragte sie.

»Ich denke schon, im Grunde von Amts wegen. Sollte es Probleme oder Ausschreitungen geben, ist es gut, wenn die Polizei von Anfang an vor Ort ist.«

Rotfux taxierte die Professorin inzwischen genauer. Sie hatte blonde lange Haare, blaue Augen, ein hübsches schmales Gesicht, eine gute Figur mit kräftigen Brüsten, trug erstaunlicherweise keinen Ring und schien irgendwie an ihm interessiert zu sein. Also wagte er es:

»Haben Sie Lust, noch etwas zu trinken? Wir könnten noch kurz in den Hofgarten gehen. Natürlich nur, wenn Sie Zeit haben.«

Sie zögerte. Dann lächelte sie.

»Ja, gut, aber es darf nicht zu spät werden. Ich habe morgen um 8.00 Uhr Vorlesung.«

»Prima, freue mich, will nur noch kurz Herrn Herder hallo sagen.«

Rotfux ging zum Podium und begrüßte Thomas Herder.

»Hallo, grüß dich, hast dich wacker geschlagen«, sagte er.

»Na ja, bei dem Thema kannst du nicht gewinnen. Ist leider sehr kontrovers und die Leute verstehen die wirtschaftlichen Zwänge nicht.«

»Ich fand's jedenfalls sehr interessant. Mach's gut. Und Gruß zu Hause!«

Schnell verabschiedete Rotfux sich, um seine neue Begleitung nicht warten zu lassen.

»Sind Sie mit dem Auto da oder zu Fuß?«, fragte er.

»Zu Fuß. Ich komme aus Frankfurt und fahre mit der Bahn. Muss nachher schauen, wann ein geschickter Zug fährt.«

»Oh, dann nehmen wir mein Auto und ich fahre Sie anschließend zum Bahnhof.«

Wenn Caroline sich einen Professor angeln konnte, kann ich das umgekehrt auch, dachte Rotfux. Sie gingen zu seinem Auto und fuhren zum Restaurant Hofgarten. Viel los war nicht mehr und so fanden sie einen schönen Tisch an der Fensterfront.

»Sie kennen Herrn Herder? Sind sogar per Du mit ihm …«

Aha, sie hat uns belauscht, dachte Rotfux. Scheint echt an mir interessiert zu sein …

»Ja, ich kenne ihn aus dem Dackelclub. Deshalb sind wir auch per Du. Dort geht es etwas rustikaler zu.«

»Oh, Sie haben einen Dackel …«

»Ja, er heißt Oskar.«

»Ich liebe Dackel. Wir hatten in der Familie einen. Er hieß Stricki.«

Sie lachte und sah sehr glücklich aus.

»Sie können mir ja gelegentlich Ihren Dackel vorführen. Würde mich freuen«, sagte sie.

Rotfux kam sich vor, als hätte sie ihn gerade aufgefordert, ihr seine Briefmarkensammlung zu zeigen.

»Gern«, antwortete er, »aber meistens habe ich erst abends Zeit oder am Wochenende natürlich, aber da werden Sie in Frankfurt bei Ihrer Familie sein.«

»Ich habe keine Familie. Wohne nur wegen meiner Mutter in Frankfurt. Die besuche ich gelegentlich.«

»Und Ihr Vater?«

»Ist leider schon lange tot, schon vor 10 Jahren verstorben.«

»Oh, tut mir leid.«

Es kam Rotfux vor, als wollte sie ihr Leben und ihre Träume und Wünsche vor ihm ausbreiten. Sie sprach unentwegt, aß nebenbei eine italienische Vorspeise, zu der er sie überredet hatte, und erzählte ihm, dass sie erst 6 Monate hier sei und viel zu tun habe, da sie alle Vorlesungen neu vorbereiten müsse. Er sah, dass sie hübsch war, ihre Zähne schimmerten weiß im Licht der Lampen, ihre blauen Augen sahen verträumt aus, wenn sie ihn ansah. Ihre rot lackierten Nägel wirkten perfekt zu ihren schmalen Händen, die bestimmt sehr zärtlich sein konnten. Bald trank sie das zweite Glas Rotwein und aß eine Pizza, obwohl sie ursprünglich überhaupt nichts essen wollte.

»Das ist der schönste Abend, seit ich hier bin«, schwärmte sie.

»Aber Sie werden doch auch mit den Kollegen mal weggehen …«

»Eher weniger, alle sind beschäftigt, jeder wohnt woanders, die Vorlesungszeiten sind unterschiedlich, man sieht sich wenig und …«, sie zögerte, »… manchmal denke ich, als Professorin haben die Männer Angst vor einem.«

»Du wirst hoffentlich nicht beißen«, lachte Rotfux. Er war wie automatisch zum du übergegangen und als er es merkte, war es zu spät.

»Oh, entschuldigen Sie, wir sind ja nicht per Du …«

»Schon okay, ich heiße Michelle …«

»Ich Rudolf, aber die meisten sagen Rudi.«

Rotfux fand, Michelle sei ein zärtlicher Name. Man konnte ihn auf der Zunge zergehen lassen, konnte ihn ins Ohr hauchen, … aber er sagte nichts. Wäre wohl zu aufdringlich gewesen, gleich am ersten Abend.

Sie unterhielten sich über alles Mögliche. Rotfux schwärmte von seinen Reisen und sie erzählte ihm, dass sie schon in Brasilien gewesen war. Damit hatten sie für den Rest des Abends ihr gemeinsames Thema gefunden. Plötzlich zog sie ihr Smartphone aus der Handtasche und prüfte die Bahnverbindungen.

»Tut mir leid, Rudi, ich müsste los. Mein Zug fährt in 15 Minuten.«

Rotfux zahlte, sie eilten zu seinem Wagen und er fuhr sie zum Parkhaus im Hauptbahnhof. Es war reizvoll, ihre hübschen Beine im Fußraum neben sich zu sehen. Passte alles, die Größe, die Art, ihr Lachen, einfach alles.

»War ein netter Abend«, sagte er. »Eigentlich hatte ich gar keine Lust auf die Veranstaltung.«

»Mir ging es genauso. Vielen Dank!«

Sie hauchte ihm ein Küsschen auf die Wange, als sie das sagte, und er musste sich schwer beherrschen, auf die Straße zu sehen. Als sie vor dem Bahnhof ankamen, war es schon drei Minuten vor Abfahrt des Zuges.

»Für das Parkhaus wird es zu knapp. Lass mich einfach hier raus, ich schaffe das schon. Und melde dich mal. Alle Angaben auf der Homepage der Hochschule«, lachte sie.

»Klar. Gute Nacht!«

»Danke ebenfalls. Gute Nacht!«

Er sah sie durch die gläsernen Eingangstüren des Hauptbahnhofes verschwinden und startete wie benommen sein Auto. Das war ein Abend! Nie hätte er sich träumen lassen, an der Hochschule eine Frau kennenzulernen, sogar eine Professorin. Jetzt aber nach Hause zu Oskar! Der wartete sicher schon, der Arme. Sie hatte gesagt, sie mochte Dackel, das war ermutigend ...

2

Nicole verabschiedete sich von ihrem Freund Tobias. Sie war todmüde und etwas angeheitert. Den ganzen Abend war sie bei ihm gewesen. Zuerst hatten sie gekocht, er kochte verführerisch gut, dann sich geliebt, anschließend noch einen Film geschaut und nebenbei eine Flasche Rotwein geleert.

»Soll ich dich nicht doch nach Hause bringen?«

»Nein, Tobi, du hast zu viel getrunken und unten steht mein Fahrrad vor dem Haus. Ich schaff das schon …«

»Aber es ist schon 2 Uhr nachts, kein Mensch mehr unterwegs …«

»Ein paar werden schon noch auf dem Heimweg sein«, lachte sie. »Jetzt mach kein Drama draus! Ich fahre ja nur ein kurzes Stück.«

Sie drückte ihm einen Kuss auf den Mund, zog ihre Jacke über und schob sich hinaus in den Flur. Er sah ihr durch den Türspalt nach, sie winkte ihm, dann verschwand sie über die Treppe nach unten. Sie hatte Tobias vor 6 Monaten an der Hochschule kennengelernt. Er studierte BWL wie sie und war ihr in einem Seminar aufgefallen. Seitdem waren sie zusammen und unzertrennlich. Sie öffnete das schwere Kettenschloss an ihrem Fahrrad. Ihre Finger waren kalt und sie wünschte sich nach Hause. Sie zog ihren Schal enger um den Hals und setzte sich aufs Fahrrad. Über die Würzburger Straße fuhr sie Richtung Innenstadt. Ein einsames Auto folgte ihr, der Fahrer schien sie im Lichtkegel der Scheinwerfer zu beobachten. Warum überholt er mich nicht, der Idiot, dachte sie. Schließlich fuhr sie auf dem markierten Fahrradweg und er hatte genug Platz zum Überholen. Sie war froh, als er endlich an ihr vorbeizog. Die Straßenlaternen sorgten für bizarre Schatten. Manchmal sah sie ihren Schatten vor sich, dann huschte er an ihr vorbei und war hinter ihr, bis sich das Spiel bei der nächsten Laterne wiederholte. Die Kälte kroch ihr unter die Jacke, ihre Handtasche hatte sie quer über die Schulter gehängt, die Mütze tief in die Stirn gezogen. Rechts schimmerte der Hofgarten durch die Bäume, oberhalb der Mauerbrüstung lag der Park Schöntal, die Sandkirche mit ihrem markanten Torbogen ragte am Eingang zur Fußgängerzone in den dunklen Nachthimmel. Am Kreisverkehr bog sie in die Wermbachstraße ab. Rechter Hand leuchtete das Kreuzsymbol des Bestattungsinstituts Leo Kraus oben am Gebäude mit einem Hinweis im Schaufenster: ›Tag und Nacht dienstbereit‹. Der Tod kennt keine Stunde, dachte sie. Das Institut war ihr irgendwie unheimlich, mit dem Tod wollte sie nichts zu tun haben. Sie sah bald den spitzen Turm der Stiftskirche oberhalb der Dächer und bog schnell in die Löherstraße ein. Vorbei an »Omas Kartoffeltopf«, steuerte sie auf das Hotel »Wilder Mann« zu, dessen gelbliche Flaggen sich oberhalb des Parkplatzes vom dunklen Nachthimmel abhoben. Wenig später war sie am Main. Dunkel lag der Fluss im Mondlicht, Bäume und Büsche spiegelten sich mit ihren zarten Frühlingsblättchen im Wasser, besonders wenn sie von Laternen beleuchtet wurden. Auf der Promenade war niemand mehr unterwegs, nur einige Enten kuschelten am Ufer, die Köpfe unter den Flügeln. Nicoles Vater hatte ihr verboten, nachts diesen Mainuferweg zu fahren, aber sie mochte das Plätschern des Mains, den Geruch feuchter Luft, das Säuseln des Windes in den Bäumen unterhalb des Schlosses, das seine Türme, gelblich beleuchtet, in den Nachthimmel reckte. Bald habe ich es geschafft, dachte sie. Noch am Schloss vorbei in Richtung Pompejanum, das sich orangegelb im Main spiegelte, dann den kleinen Weg rechts ab zum Ziegelberg, wo ihre Familie in einer Villa mit Blick über den Main wohnte. Ihr Vater machte sich immer Sorgen um sie. Er hatte Angst, dass ihr etwas passieren könnte, zumal sie reich waren und eines der größten Versandhäuser Deutschlands besaßen. Er hatte ihr ans Herz gelegt, stets vorsichtig zu sein. Generell war er misstrauisch. Ihren Freund Tobias hatte er inzwischen zwar akzeptiert, aber trotzdem zu bedenken gegeben, dass er es vielleicht nur auf ihr Geld abgesehen haben könnte. Obwohl Tobias aus einer guten Familie kam, die selbst eine Firma für alle Arten von Kerzen und Teelichtern besaß und damit weltweit bekannt war, verschwanden seine Zweifel nicht. Unterhalb des Schlosses wurde der Weg enger. Am Ufer wuchsen hohe Büsche, die frisch ausgetrieben hatten, und rechter Hand stieg die Mauer steil in die Höhe. Etwas unheimlich war es Nicole schon, aber was sollte schon sein? … Wer sollte hier auf sie warten? Sie trat kräftiger in die Pedale. Ein Käuzchen rief von der Maininsel herüber. Du hast mir gerade noch gefehlt, dachte sie. Der Wind säuselte in den zarten Blättern, ein Rabe flog krächzend auf, dann hatte sie die Engstelle hinter sich. Rechts legte sich die Stadtmauer wehrhaft um die Häuser. Nur das Theoderichstor, an dem die schlimmsten Hochwasser der vergangenen Jahrhunderte im Sandstein markiert waren, gewährte Einlass in die Stadt. Der Biergarten am Mainufer schlummerte mit seinen Holzbänken still vor sich hin und Nicole steuerte auf die Stelle zu, an der man am Tag die Boote zu Wasser ließ oder aus dem Fluss holte. Sie wunderte sich, dass dort ein dunkler Lieferwagen stand. Ein komischer Parkplatz, dachte sie. Wenn sie hier parken wollte, dann doch nicht so nah am Wasser. Sie fuhr im leichten Bogen um das Fahrzeug, bemerkte plötzlich einen dunklen Schatten, erschrak zu Tode, spürte, dass eine Decke über sie geworfen wurde, verhedderte sich darin und stürzte.

»Seid ihr verrückt?«, rief sie, wobei die Decke ihre Stimme stark dämpfte, so dass kaum etwas zu hören war.

Im nächsten Augenblick wurde sie mitsamt der Decke von kräftigen Händen gepackt und ins Auto gezerrt. Sie schrie jämmerlich, was aber unter der Decke schlecht zu hören war. Sie rissen ihr die Handtasche weg, banden ihr die Beine zusammen, zogen ihr eine schwarze Haube über den Kopf und fesselten ihre Hände. Eingeschnürt wie eine Mumie kam sie sich vor. Sie hörte, wie sie ihr Fahrrad in den Main warfen.

»Das Handy hinterher«, sagte eine Stimme mit einem fremdländischen Akzent, »damit sie uns nicht orten können. Und nimm den Ausweis aus der Tasche, den brauchen wir noch.«

Nicole war es kalt, eiskalt. Sie zitterte und wusste nicht, ob es vor Kälte oder vor Angst war. Sie begriff das nicht. Wer hatte wissen können, dass sie hier vorbeikam? Wer sollte sie entführen wollen?

»Ich habe kein Geld dabei … Lasst mich!«

Ein Schlag in ihr Gesicht war die Antwort.

»Halt die Klappe!«

Sie war in diesem Moment froh, dass ihr Kopf unter dieser schwarzen Haube steckte, die den Schlag wenigstens abgemildert hatte. Sie lag auf dem kalten Boden des Lieferwagens, hörte, wie die Schiebetür verschlossen wurde und das Fahrzeug startete. Alles war blitzschnell gegangen, hatte nur wenige Minuten gedauert, und vermutlich hatte es kein Mensch beobachten können.

Oh mein Gott, dachte sie. Sie war nicht fromm, aber dieser Gedanke stellte sich automatisch ein und war Ausdruck der tiefen Verzweiflung, die sich in ihr breitmachte. Sie hatte das Gefühl, dass sie durch das Theoderichstor über Kopfsteinpflaster in die Stadt fuhren, irgendwann bogen sie links ab, vermutlich auf die Hanauer Straße. Das Autoradio schmetterte flotte Melodien durch die Nacht. Ihre Entführer sprachen nichts. Sie schienen genau zu wissen, wo sie mit ihr hinwollten. Nach einiger Zeit wurde die Fahrt schneller. Ihre gefesselten Beine schmerzten, sie lag total unbequem, versuchte, sich etwas zurechtzurutschen, was aber wenig brachte, da die Halterungen der Sitzbänke im Weg waren.

»Hat doch gut geklappt«, hörte sie von vorne. »Ist pünktlich erschienen.«

Was das sollte? Woher konnten sie wissen, wann sie kam? Das hatte nur Tobias gewusst. Und ihre Stiefmutter vielleicht, der hatte sie eine WhatsApp-Nachricht geschrieben, dass sie bald kommen würde, aber die lag um diese Zeit bestimmt im Bett und hatte die Nachricht vermutlich noch nicht einmal gelesen. Die Banditen mussten sie beobachtet haben, spekulierte sie. Vielleicht war es eine Bande, der sie in die Hände gefallen war, und sie hatten die Wohnung von Tobias observiert. Der Lieferwagen verlangsamte das Tempo, bog rechts ab und sie spürte, dass sie im Kreis fuhren. Autobahnauffahrt, schoss es ihr durch den Kopf. Sie fuhren nach Frankfurt oder Hanau, jedenfalls in diese Richtung. Sie hörte die 3-Uhr-Nachrichten, konnte sich aber nicht konzentrieren. Ihr Körper schmerzte und Gedanken tanzten in ihrem Kopf. Hatte ihr Vater doch recht gehabt. Er würde toben, wenn er von der Entführung hörte. Warum hatte sie sich nicht von Tobias nach Hause bringen lassen, obwohl er es anbot? Jetzt lag sie in diesem Lieferwagen und ahnte nicht, was sie mit ihr vorhatten. Längst wusste sie nicht mehr, in welche Richtung sie fuhren. Sie waren mehrfach abgebogen, langsamer und schneller gefahren, bis sie sich ganz langsam durch kleinere Straßen bewegten, wahrscheinlich in einer Stadt oder einem Dorf. Schließlich ging es bergauf. Nicole wurde gegen die Halterungen der Sitze gepresst. Alles tat ihr weh.

»Bald haben wir es«, hörte sie von vorne. »Eigentlich schade um das Püppchen.«

Die Angst krallte sich in ihrem Nacken fest. Was dieses »eigentlich schade« bedeutete? Wollten sie sie ermorden? Aber dann hätten sie doch nicht diese weite Fahrt unternehmen müssen … Das Auto quälte sich inzwischen einen Feld- oder Waldweg entlang. Es schwankte mal nach rechts und mal nach links und holperte durch tiefe Schlaglöcher. Endlich bremsten sie abrupt und blieben stehen. Einer der Männer zerrte sie aus dem Auto. Da sie gefesselt war, fiel sie sofort zu Boden.

»Hilf mir mal mit den Beinen. Sie kann selber laufen.«

Sie spürte, dass sie ihr die Fesselung an den Beinen entfernten.

»So, hoch jetzt, lauf!«

Sie versuchte aufzustehen, aber es klappte nicht. Ihre Beine waren wie abgestorben und gehorchten ihr nicht.

»Na, wird's bald, auf geht's!«

Einer der Männer packte sie unter den Armen und zog sie nach oben. Mühsam versuchte sie, sich auf den Beinen zu halten, aber sie sackte wieder in sich zusammen.

»Scheiße, die kann nicht gehen. Komm, pack an!«

Sie spürte, wie sie ihr rechts und links unter die Arme griffen und sie über eine steile Treppe nach oben schleiften.

»So ist's gut, gleich haben wir's.«

Es roch nach frischem Weinlaub und Trauben. Sie kannte diesen Geruch vom Weingut ihres Vaters. Der legte sein Geld überall an, besaß das Versandhaus, ein Weingut, eine Druckerei, eine Kleiderfabrik, aber was nützte das jetzt. Sie konnte nichts sehen unter ihrer schwarzen Kapuze und war ihnen hilflos ausgeliefert.

»Was wollt ihr? Soll ich mit meinem Vater sprechen?«, versuchte sie es.

Schallendes Gelächter war die Antwort. Sie konnte nichts sehen, wusste nicht, ob es zwei oder drei waren, aber zwei bestimmt.

»Wenn ihr Geld wollt, kann ich mit meinem Vater reden«, nahm sie einen zweiten Anlauf.

Wieder Gelächter.

»Mach dir keine Gedanken, Püppchen. Wir haben einen Auftrag und den führen wir aus.«

Was konnte das für ein Auftrag sein? Wer sollte sie beauftragt haben? Gedanken wirbelten durch ihren Kopf.

»So, jetzt rein.«

Sie hörte das Knarren einer Tür, merkte, dass sie in einen Raum gebracht wurde, versuchte, sich auf den Beinen zu halten, fiel aber wieder hin.

»Na, du kannst es wohl nur im Liegen?«

Einer griff ihr brutal zwischen die Beine und sie fürchtete, dass er über sie herfallen würde.

»Sieht nett aus, die Kleine. Wir könnten unseren Spaß haben«, lachte der mit der dunklen Stimme.

Dann war es ganz ruhig. Eine Zeitlang sagten sie nichts. Sie merkte, wie einer zur Toilette ging. Sein kräftiges Furzen war auch im Zimmer zu hören. Alles sehr hellhörig hier, dachte sie.

»Komm, wir binden sie aufs Bett«, sagte er, als er zurückkam.

Sie hoben sie hoch und ließen sie auf ein Bett fallen. Einerseits war das angenehmer, als auf dem kalten Boden zu liegen, aber sie fühlte sich jämmerlich hilflos und wand sich in ihren Fesseln.

»Die Beine binden wir am Bettgestell fest.«

Sie merkte, wie sie ihr die Beine breit auseinanderspreizten und sie rechts und links am Bettgestell festbanden.

»So magst du's sicher«, lachte der mit der dunklen Stimme.

Er griff ihr wieder in den Schritt und streichelte über ihre Brüste. Sie fand es widerlich, hätte sich am liebsten übergeben, aber sie beherrschte sich und ließ sich nichts anmerken. Anschließend überprüften sie die Fesseln an ihren Händen und banden ihr auch die Arme rechts und links am Bettgestell fest. Wie gekreuzigt musste sie aussehen und es war ziemlich unbequem, so breitbeinig und breitarmig auf dem Bett zu liegen.

»Lass dir die Hände küssen, Püppchen«, lachte der mit der tiefen Stimme.

Sie spürte seine feuchten Lippen auf ihrer rechten Hand und ekelte sich davor. So weit war es nun gekommen. Ach, hätte sie doch auf ihren Vater gehört! Sie hatte den Eindruck, dass sie Fotos von ihr machten. Jedenfalls hörte sie das Summen eines Handys oder einer Kamera. Schließlich steckten sie ihr einen Knebel in den Mund und umwickelten ihn mit Klebeband. Dabei passten sie auf, dass die schwarze Kapuze über ihren Augen blieb und sie nichts sehen konnte.

»Damit du nicht schreien kannst, Püppchen. Es wird dich niemand hören. Spar dir deine Kräfte und schlaf ein wenig. Es ist spät genug.«

Sie wollte noch etwas sagen, aber es gelang ihr nicht. Durch den Knebel und das Klebeband drang nur ein jämmerliches Geräusch, das man nicht verstehen konnte.

»Hab dich nicht so, Kleines. Wenn man reich ist, muss man leiden! Bleib einfach liegen und ruh dich aus. Morgen kommen wir wieder. Wir werden noch unseren Spaß zusammen haben ...«

Mit diesen Worten verließen sie den Raum. Sie hörte, wie sie einen Riegel vorschoben, hörte den Schlüssel im Schloss, ihre Schritte auf den Treppenstufen und nach einigen Minuten den Motor des Lieferwagens. Dann war es ganz still, kurze Zeit jedenfalls. Ihre Sinne waren bis aufs Äußerste angespannt. Das Blut pochte in ihren Adern. Bald vernahm sie eine Mücke, die durch den Raum summte. Etwas krabbelte am Boden oder an der Wand. Klar, sie mussten hier in der freien Natur sein, im Wald oder in einem Weinberg, da gab es Insekten aller Art und sie waren sicher auch in diesem Haus oder dieser Hütte. Was sollte sie tun? Schreien war zwecklos. Bewegen konnte sie sich nicht. Sie versuchte, die Hände frei zu bekommen, aber es war aussichtslos. So konnte sie nur still liegen bleiben und hoffen, dass die Männer morgen wirklich wiederkämen, obwohl sie sich fragte, welche Art von Spaß sie meinten, den sie dann mit ihr haben wollten. Sie versuchte zu schlafen, aber es gelang ihr nicht, obwohl es bestimmt schon 4 Uhr morgens sein musste. Sie lag ganz still da und Fragen über Fragen wirbelten durch ihren Kopf. Was wollten sie? Wie konnte sie sich retten? Bestimmt wollten sie Lösegeld erpressen, eine andere Erklärung konnte sie nicht finden. Vater hatte recht gehabt: Sie war immer in Gefahr gewesen, aber sie hatte es nicht wahrhaben wollen, war leichtfertig bei Dunkelheit mutterseelenallein über die Mainpromenade geradelt und das, obwohl sie alle von den schrecklichen Vergewaltigungen in Freiburg gehört hatten, wo zwei junge Frauen ums Leben gekommen waren. Sie hätte sich ohrfeigen können für ihre Dummheit und Unbekümmertheit! Sie liebte ihren Vater. Seit die Mutter verstorben war, war er ihre wichtigste Bezugsperson. Auch wenn er streng war, liebte sie ihn über alles. Ihn und Bruno, ihren Rauhaardackel. Vater hatte ihr den Hund geschenkt, nachdem Mutter verstorben war. Sie sah den süßen Dackel vor sich, wünschte sich so sehr zu ihm, dass ihre Fesseln noch mehr schmerzten. Er lag sicher in seinem Körbchen und ahnte von dem ganzen Unheil nichts. Erst morgen früh würde er sie vermissen, suchend durch die Wohnung streifen, an allen Ecken schnüffeln, aber sie nicht finden. Oh Bruno, seufzte sie innerlich und spürte den Knebel im Mund, der sie beim Atmen störte. Sie sandte ein Gebet zum Himmel und wünschte sich, wieder bei ihren Lieben zu sein. Ihre Stiefmutter schloss sie darin ein, obwohl sie diese nicht wirklich mochte. Vater hatte sie nach dem Tod ihrer Mutter geheiratet, aber sie war 20 Jahre jünger als er, ein ehemaliges Model. Sie war zwar schön, aber nur äußerlich. Nie hatte sie Zugang zu ihrem Herzen gefunden, und das beruhte wohl auf Gegenseitigkeit. Auch Bruno mochte sie nicht. Zweimal hatte er sie schon gebissen. Sie war in hysterisches Kreischen verfallen, verlangte, dass Bruno eingeschläfert würde, aber Vater ließ sich nicht erweichen, sondern hielt zu dem Dackel.

Ihr Großvater Wolfgang mochte den Hund auch. So waren sie und ihr Vater und der Großvater ein verschworenes Trio und sie war sich sicher, dass die beiden sie retten würden, falls es irgend möglich war …

Nach ein paar Stunden, die sie regungslos auf dem Bett lag, meldete sich ihre Blase. Mein Gott, ich werde mir in die Hose pinkeln, dachte sie. Sie war gefesselt und konnte nichts machen. Verzweifelt zerrte sie an den Stricken, aber es war aussichtslos. Draußen musste es schon hell sein, denn es schimmerte etwas Licht durch Ritzen rechts und links von den Fensterläden. Sie lag da und wünschte sich sehnlichst eine Toilette. So klein war der Mensch und so klein waren plötzlich ihre Wünsche. Sie sehnte die Banditen herbei oder irgendeinen Menschen. Sie schrie ihren Schmerz in ihren Knebel, aber nur ein jämmerlich leises Geräusch drang hindurch, das außerhalb dieser Hütte bestimmt niemand hören konnte. Das rechte Bein war ihr eingeschlafen. Sie versuchte es zu bewegen, damit es nicht abstarb. Noch nie hatte sie sich so übel gefühlt wie jetzt. Sie verlor das Gefühl für die Zeit, hatte den Eindruck, seit Tagen nicht auf der Toilette gewesen zu sein, versuchte aber immer noch, ihren Drang zurückzuhalten, auch wenn sie es fast nicht mehr schaffte. Irgendwann hörte sie Schritte. Da kommt jemand, dachte sie. Sie versuchte wieder zu schreien, aber es drang nichts durch den Knebel. Wenig später drehte sich der Schlüssel im Schloss und die Tür zur Hütte öffnete sich.

»Hallo, Püppchen«, hörte sie den mit der tiefen Stimme, der sie auf die rechte Hand geküsst hatte.

Unter ihrer dunklen Maske konnte sie nichts sehen.

»Ich muss zur Toilette«, schrie sie verzweifelt, doch der Knebel ließ nichts durch.

»Wir werden unseren Spaß haben, Püppchen. Aber zuerst mal zur Toilette. Wirst wahrscheinlich müssen. Bin ja kein Unmensch.«

Gott sei Dank, dachte sie, er hat es kapiert, und sie spürte, dass er ihre Fesseln löste. Die Hände band er ihr sofort wieder zusammen. Dann führte er Nicole zur

Toilette. Es musste ein derbes Plumpsklo sein, jedenfalls roch es streng. Er zog ihr die Hose nach unten und setzte sie auf das Holzbrett mit dem Loch. Sie sah nichts, aber sie spürte das derbe Holz unter sich und merkte, dass ihr Hintern in diesem ausgesägten Loch hing. Wie eine Erlösung kam ihr das Geräusch ihres Urins vor, der sich kräftig in die Tiefe des Plumpsklos ergoss.

»Gut jetzt?«, fragte ihr Peiniger.

Sie nickte. Er tupfte sie mit Papier unten ab und konnte es nicht lassen, sie zwischen den Beinen zu befummeln. Sie wehrte sich, aber das schien ihn nur anzuspornen.

»Wir werden viel Spaß haben, Püppchen.«

Endlich ließ er von ihr ab. Vielleicht wollte er sie auf die Folter spannen, war ein übler Sadist, der ihr vor Augen führte, wie machtlos sie war. Zurück im Hauptraum, warf er Nicole wieder auf das Bett und fesselte zuerst ihre Beine.

»Damit du nicht auf dumme Gedanken kommst ...«

Sie hörte, wie er sich eine Zigarette anzündete, und roch den Rauch. Er schien es sich gemütlich zu machen, saß vermutlich da und blies den Rauch in die Luft. Anschließend gab er ihr etwas Brot zu essen und Wasser zu trinken.

»Wollen ja nicht, dass du verhungerst.«

Danach fesselte er ihre Hände wieder an das Bett, zwängte ihr den Knebel in den Mund und verabschiedete sich.

»Heute Abend bei Dunkelheit komme ich wieder, Püppchen. Dann werden wir richtig Spaß haben. Erhol dich gut und freu dich schon mal auf mich.«

Sie hörte, wie er nach draußen ging, hörte den Schlüssel im Schloss, seine Schritte auf den Treppen und nach einigen Minuten ein Auto, das startete. Dann war alles ganz still. Sie war erleichtert und trotzdem total verängstigt. Was sie nur mit ihr vorhatten? Warum dieser Typ allein gekommen war? Ob er außer der Reihe sein Spielchen spielte? Ob es gar nicht um Lösegeld ging, wie sie zunächst gedacht hatte? Gedanken tanzten in ihrem Kopf, aber sie gaben ihr keine Antwort. Nur die Fesseln an Händen und Beinen und der Knebel in ihrem Mund sagten ihr, dass sie ihnen hoffnungslos ausgeliefert war.

3

Thomas Herder war froh, von der Podiumsdiskussion an der Hochschule zurück zu sein. Er fuhr mit seinem schweren Mercedes S-Klasse in die Tiefgarage seiner Villa am Ziegelberg, das Rolltor bewegte sich automatisch nach oben, der Bewegungsmelder ließ die Neonleuchten an der Garagendecke aufblitzen, wenig später stieg er über den Treppenaufgang ins Erdgeschoss seiner Villa. Seinen Mantel hängte er über einen Messingbügel an der Garderobe, in deren Zentrum ein mannshoher Kristallspiegel glänzte.

»Hallo«, rief er, »bist du da?«

»Ja, im Wohnzimmer …«

Über eine breite, elegant geschwungene Treppe gelangte Thomas Herder ins Obergeschoss mit dem riesigen Wohnzimmer, von dem man einen fantastischen Blick über den Main hatte. Da es inzwischen dunkel war, schimmerte der Fluss nur schwarzbraun glänzend hinter den mächtigen Bäumen, die an seinem Ufer wuchsen. Linker Hand leuchtete das durch Scheinwerfer angestrahlte Pompejanum oberhalb der Weinreben, aus denen der Pompejaner gekeltert wurde und die sich fast bis ans Mainufer zogen. Thomas Herder beugte sich zu seiner Frau Corinna, die auf dem bequemen hellen Ledersofa kuschelte, und gab ihr einen Begrüßungskuss. Im selben Augenblick kam Bruno aus seiner Kuschelecke, wedelte freudig mit dem Schwanz und steuerte auf sein Herrchen zu.

»Na, hast wohl schon geschlafen, alter Freund.«

Thomas Herder ging vor dem Rauhaardackel in die Knie, kraulte den kleinen Kerl im Genick und hinter den Ohren und ließ sich von ihm über die Wange schlecken.

»Schön, dass du da bist«, sagte er, »bist mein Bester.«

Er genoss es, von dem Hund begrüßt zu werden, der ihn beruhigte nach seinem anstrengenden Tag und immer freudig auf ihn zukam, egal, was passierte. Eigentlich war Bruno der Dackel seiner Tochter Nicole, aber seit sie studierte und häufiger abends weg war, ging meistens er mit dem Hund Gassi und hatte sich sehr an ihn gewöhnt.

»Ist Nicole da?«, fragte er seine Frau.

»Nein, sie wollte zu Tobias. Wird sicher spät nach Hause kommen …«

»Inzwischen ist sie oft bei ihm, muss wohl die große Liebe sein«, lachte Thomas Herder.

»Du musst noch mit Bruno gehen«, erhielt er zur Antwort, »mir ist es kalt und es ist stockdunkel. Am besten, du erledigst es gleich, dann hast du es hinter dir.«

»Bleibt mir ja nichts anderes übrig …«

Er mochte den Hund, aber abends nach einem anstrengenden Tag noch mit ihm gehen zu müssen, fiel ihm manchmal schwer.

»Na komm«, sagte er zu Bruno.

Der Dackel folgte ihm zur Treppe und ließ sich dort von ihm auf den Arm nehmen. Die Stufen trug Thomas Herder den Hund nach unten, um seinen Rücken zu schonen. Er zog seine warme dunkelblaue Lodenjacke über, steckte zwei Plastiktütchen ein, um gegebenenfalls den Kot des Hundes zu entsorgen, und machte sich auf den Weg. Bruno kannte die abendliche Strecke. Er zog neben der Villa zum nächsten Busch, der die ersten grünen Blättchen zeigte, und pinkelte, dann gingen sie weiter über den schmalen Pfad zum Mainufer hinab. Der Himmel war klar, bis auf einige Wolkenfetzen, die der Wind über den Main jagte. Brunos saufarbiges Fell glänzte im Mondlicht und er pinkelte an fast jeden Baum, den sie bei ihrem Spaziergang passierten. Linker Hand thronte das Pompejanum über den Weinreben, vor sich sahen sie das Aschaffenburger Schloss mit seinen mächtigen Türmen, das ebenfalls angestrahlt wurde und sich hell gegen den dunklen Nachthimmel abhob.

»Na, ein Stück gehen wir noch, du läufst heute wieder ganz toll.«

Thomas Herder sprach immer mit dem Dackel, und er hatte den Eindruck, dass der darauf wartete. Manchmal blieb der Hund stehen, drehte sich um und schaute zurück, so als ob er prüfen wollte, ob sein Herrchen ihm noch folgte.

»Ist alles gut«, sagte dann Thomas Herder, »ich komme ja schon.«

Wenn er eine Weile mit dem Dackel unterwegs war, fühlte er sich besser. Die frische Luft am Abend tat ihm gut und er war froh, dass er mit dem Hund gehen musste. Meist spazierte er mit ihm ein Stück unterhalb des Schlosses entlang, bis der Hund müde wurde und von selbst umdrehte.

»So, hast wohl genug, dann lass uns nach Hause gehen.«

Auf dem Rückweg lief der Dackel zügiger. Die Markierungen waren verteilt und er blieb nur selten stehen, um noch eine Duftmarke abzusetzen. Das letzte Stück des Weges führte über einen schmalen Pfad am Ziegelberg nach oben. Thomas Herder hatte vor einigen Jahren das Grundstück für seine Villa gekauft, seiner Meinung nach den schönsten Platz in ganz Aschaffenburg. Er hatte das ursprüngliche Mehrfamilienhaus abreißen lassen und eine moderne Villa mit traumhaftem Blick über den Main gebaut. Als Inhaber eines der größten Versandhäuser Deutschlands konnte er sich das leisten.

»Bruno, komm, wir sind zurück, komm rein zu Mama.«

Der Hund kam mit zurück ins Haus, ließ sich ins Obergeschoss tragen, trank aus seinem Trinknapf, welcher am Eingang zum Wohnzimmer stand, und marschierte zu seinem Kuschelplatz.

»Na, alles okay?«, fragte Corinna.

»Ja, ich bin allerdings ziemlich müde. Werde heute früh ins Bett gehen. Morgen soll es eine Demo vor der Firma geben, da muss ich fit sein.«

»Eine Demo …?«

»Ja, ein Aktivist von Greenpeace hat bei der Podiumsdiskussion dazu aufgerufen. Die wollen irgendwie Rabatz machen und verstehen natürlich überhaupt nichts von den wirtschaftlichen Zwängen, denen wir als Versandhaus unterliegen.«

»Ach, du Armer …«

Corinna, 20 Jahre jünger als ihr Mann, räkelte sich

auf dem Sofa. Sie war ein ehemaliges Model, das er sich geangelt hatte, nachdem seine erste Frau an Krebs gestorben war. Er hatte das Gefühl, dass sie vielleicht noch etwas anderes wollte, als nur gute Nacht zu sagen, aber heute nicht, dachte er. Er war wirklich müde und brauchte seinen Schlaf.

»Sei bitte leise, Thomas, Jan schläft schon.«

Jan, das war der fünfjährige Sohn von Corinna, den sie mit in die Ehe gebracht hatte. Er betrachtete ihn als seinen Sohn und Erben, auch wenn er seine Tochter Nicole über alles liebte und sie für ihn an erster Stelle stand.

»Klar, ich bin ganz leise, gute Nacht, mein Schatz!«

Er gab Nicole ein Küsschen und ging zum Schlafzimmer im Dachgeschoss. Die Sache mit der Demo ließ ihn nicht gleich einschlafen, aber bald übermannte ihn die Müdigkeit und er dämmerte in einen tiefen Schlaf hinüber.

Am nächsten Morgen stand Thomas Herder um halb sieben auf. Er wollte rechtzeitig in der Firma sein, um sich und seine Mitarbeiter auf die angedrohte Demonstration vorzubereiten. Corinna schlief noch und von Nicole war nichts zu hören. Bestimmt war sie spät nach Hause gekommen, dachte er. Er aß ein Kuchenstück, welches Corinna in der Küche für ihn bereitgelegt hatte, weil sie wusste, dass ihm das morgens am liebsten war, trank eine Tasse Kaffee und drehte eine schnelle Runde mit Bruno. Corinna oder Nicole würden später nochmals mit ihm gehen. Kurz vor 8.30 Uhr war Thomas Herder auf dem Weg in die Firma. Er benötigte um diese Zeit nur 15 Minuten zum Industriegebiet am Rande von

Aschaffenburg, wo das Versandhaus lag. Der Schriftzug ›HERDER‹ leuchtete in großen gelben Buchstaben über der obersten Etage des zehnstöckigen Verwaltungsgebäudes. Thomas Herder erfüllte so etwas wie Stolz, als er das Gebäude sah. Er hatte es gegen den Willen seines Bruders Jonas im Jahr 2010 bauen lassen. Zum Glück hatte ihn sein Vater, Wolfgang Herder, der Seniorchef des Hauses, dabei unterstützt, obwohl der sich inzwischen weitgehend aus der Firma zurückgezogen hatte. An der Einfahrt zum Firmengelände hob sich die Schranke wie von Geisterhand. Der Pförtner kannte das Fahrzeug des Firmeninhabers und legte dienstbeflissen die Hand an seine Mütze. Thomas Herder nickte ihm freundlich zu und ließ den Wagen auf seinen persönlichen Parkplatz rollen, direkt neben dem Eingang des Verwaltungsgebäudes. Mit dem Aufzug fuhr er in den zehnten Stock zu seinem Büro.

»Hallo, Herr Herder«, begrüßte ihn die Sekretärin freundlich.

Sie wusste, dass er früh kam, und hatte es sich angewöhnt, spätestens ab halb acht da zu sein. Auf hochhackigen Pumps stolzierte die blonde, attraktive Frau, die stets perfekt gestylt war, auf ihren Chef zu. Mit ihrer dynamischen Kurzhaarfrisur und den stahlblauen Augen sah sie aus, als wollte sie die Welt aus den Angeln heben. In der Firma hatten alle Respekt vor ihr, da ihr Chef voll hinter ihr stand.

»Hallo, Frau Winter, wünsche einen wunderschönen guten Morgen! Können Sie bitte den Leiter des Werkschutzes, meinen Bruder Jonas, den Organisationsleiter und Vorsitzenden des Betriebsrates für neun Uhr zu einer Besprechung einbestellen? Sagen Sie bitte, es gehe um eine Demonstration.«

»Eine Demonstration …?«

»Ja, ein Greenpeace-Aktivist hat gestern bei der Podiumsdiskussion, an der ich teilgenommen habe, zu einer Demonstration vor unserem Versandhaus aufgerufen. Um elf Uhr soll sie beginnen. Darauf müssen wir uns vorbereiten.«

Thomas Herder ging anschließend seine Post durch, führte einige Telefonate, sprach mit dem Marketingleiter über die nächste Werbesendung und mit dem Personalchef über eine Neubesetzung im Bereich des Einkaufes. Um neun Uhr ging er zum Besprechungszimmer direkt neben seinem Büro, wo Lilly Winter Kaffee, Tee und Gebäck vorbereitet hatte. Er begrüßte alle Gesprächsteilnehmer mit Handschlag und eröffnete die Sitzung:

»Jonas, meine Herrn, es tut mir leid, dass ich so plötzlich zu einer Besprechung einladen musste. Ich habe leider selbst erst gestern Abend erfahren, dass wir mit einer Demonstration vor unserem Versandhaus zu rechnen haben, und zwar heute um elf Uhr.«

Thomas Herder erläuterte ausführlich, worum es ging und warum die Aktivisten demonstrieren wollten. Er lieferte sich anschließend eine handfeste Diskussion mit seinem Bruder Jonas, der die Luft mit einer seiner Zigarillos verpestete. Jonas war bei den Grünen und hatte viel Verständnis für Aktionen zum Thema Dritte Welt. So argumentierte er auch jetzt, dass man die jungen Leute doch ruhig demonstrieren lassen sollte, sie würden sich schon die Hörner abstoßen und dann wieder abziehen.

»Du vergisst wohl, dass wir dadurch in der Presse mit den Ereignissen in Bangladesch und generell Fernost in Verbindung gebracht werden. Das kann unserem Image extrem schaden, obwohl wir nicht viel Ware aus diesen Ländern beziehen«, ereiferte sich Thomas Herder.

Manchmal verstand er seinen Bruder wirklich nicht. Jonas profitierte gern vom Gewinn der Firma, aber wenn es Schwierigkeiten gab, hatte er nur kluge Sprüche auf Lager oder fiel ihm sogar in den Rücken.

»Jedenfalls dürfen die Demonstranten nicht auf das Firmengelände gelangen, Herr Reinhardt«, sprach Thomas Herder den Leiter des Werksschutzes direkt an. »Solange sie vor dem Werksgelände demonstrieren, können wir es nicht verhindern, aber rein lassen Sie bitte keinen!«

»Geht klar, Chef«, sagte Jörg Reinhardt unterwürfig.

Thomas Herder wusste, dass er sich voll auf ihn verlassen konnte, einen kräftigen Mann, 1,90 groß, mit kurzen braunen Stoppelhaaren, der mit seinem rundlichen Gesicht und seiner platten Nase ein wenig wie ein Schlägertyp aussah, aber absolut vertrauenswürdig war.

»Ich verlasse mich auf Sie. Ziehen Sie Ihre Leute zusammen. Und noch etwas: Bitte sorgen Sie dafür, dass unsere Überwachungskameras am Eingang alle laufen. Ich möchte, dass die Demonstration lückenlos gefilmt wird, damit wir Beweismaterial haben, falls etwas passieren sollte.«

Gerade als er das gesagt hatte, schaute Lilly Winter durch die Tür des Besprechungszimmers.

»Entschuldigung, Herr Herder, ich habe Ihre Frau am Apparat. Es scheint sehr dringend zu sein.«

»Okay, sagen Sie ihr, ich komme.«

Es war ungewöhnlich, dass ihn Corinna in der Firma anrief. Was sie wohl wollte, fragte er sich, ausgerechnet jetzt, wo er diese Demonstration am Hals hatte.

»Lieber Jonas, meine Herren, ich glaube wir sind im Grunde auch durch. Bitte beobachten Sie ab 11 Uhr die Entwicklung sorgfältig. Sollte es Unklarheiten oder unvorhergesehene Entwicklungen geben, rufen Sie mich an. Ich werde ebenfalls die Stellung halten.«

Mit diesen Worten eilte er in sein Büro und nahm den Hörer von der Ladestation.

»Hallo …?«

»Hallo, Thomas, ich weiß nicht, was ich machen soll. Nicole ist nicht da.«

»Nicht da … was heißt nicht da? Wo ist sie denn …?«

»Keine Ahnung! Ich habe etwas länger geschlafen und dachte, sie schläft auch noch. Vorhin habe ich nachgesehen, als es mir komisch vorkam. Ihr Bett war leer und es sieht unbenutzt aus. Ich glaube, sie war die ganze Nacht weg.«

»Na prima«, platzte es aus Thomas Herder heraus, »was glaubst du, was ich hier gerade mache? In wenigen Minuten geht wahrscheinlich eine Demonstration vor der Firma los, und du teilst mir mit, dass meine 22-jährige Tochter wahrscheinlich die ganze Nacht weg war. Was soll das?«

Er war richtig ärgerlich.

»Aber ich muss dich doch benachrichtigen, Thomas. Das war noch nie so.«

»Hast du Tobias schon angerufen? Der wird wissen, wo sie steckt …«

»Hab ich versucht, aber er meldet sich nicht. Vielleicht ist er an der Hochschule und hat sein Handy auf lautlos gestellt.«

»Und Nicole selbst, geht die auch nicht ran?«

»Nein, keine Reaktion.«

»Auch bei WhatsApp nicht? Hast du das schon probiert?«

»Bei Nicole tut sich nichts. Es erscheinen nicht einmal diese kleinen Häkchen. Und mit Tobias habe ich keinen Kontakt über WhatsApp.«

Thomas Herder wusste nicht mehr, was er sagen sollte.

»Da fällt mir auch nichts mehr ein, Corinna. Versuch es einfach weiter, sie wird sich schon melden, oder fahr kurz an die Hochschule und schau nach, wenn es dich so beunruhigt – ich kann jetzt hier leider nicht weg.«

»Aber wenn ihr was passiert wäre, nicht auszudenken …«

»Das wollen wir nicht hoffen, bitte versuch es weiter, ich melde mich, sobald ich hier klar Schiff habe.«

Er legte auf und ließ sich erschöpft in seinen Ledersessel sinken. Was war das für ein Tag? Zuerst die Sache mit der Demonstration, dann dieser beunruhigende Anruf. Corinna hatte ernstlich besorgt geklungen. Gut, sie war eine Frau. Die hörten in solchen Dingen immer das Gras wachsen. Also hoffte er, dass weiter gar nichts war und Nicole nur eine schöne Nacht mit ihrem Freund verbracht hatte. Er stand auf und ging zum Fenster. Unten, bei der Einfahrt zum Firmengelände, hatten sich schon einige Demonstranten versammelt. Vielleicht 200, schätzte er. Überwiegend machten sie einen friedlichen Eindruck, aber einige Vermummte waren dabei, die vielleicht extra zur Demonstration angereist waren. Thomas Herder schaute auf die Uhr. Fünf vor elf, also würde es gleich losgehen. In weiser Voraussicht hatte er sich ein Fernglas aus dem Musterzimmer bringen lassen. Als er damit in Richtung der Demonstranten schaute, erkannte er an der Spitze des Zuges Samuel Schulte, den Greenpeace-Aktivisten, der mit einem Megaphon die Menge aufwiegelte. Neben ihm stand Max Seidel, wie üblich in Gesundheitssandalen und Schlabberjeans, und machte sich wichtig. Er trug ein Transparent mit der Aufschrift ›Für mehr Menschlichkeit‹ und hatte es sicher darauf angelegt, damit in der Zeitung zu erscheinen. Mit seiner Stirnglatze und den Hamsterbacken war er nicht gerade fotogen, aber ganz Aschaffenburg kannte ihn als grünes Original. Punkt elf Uhr setzten sich die Demonstranten vor der Einfahrt zum Gelände auf den Boden. Na super, Sitzblockade, dachte Thomas Herder. So würden sie versuchen, die Warenlieferungen an das Versandhaus zu blockieren, und schon bald wären einige Artikel nicht mehr lieferbar, weil sie in den blockierten Lkw steckten. Und noch schlimmer: die Pakete für die Kunden konnten das Versandhaus nicht verlassen. Das durfte er nicht zulassen.

»Ich muss unten nach dem Rechten sehen«, sagte er zu seiner Sekretärin, die sich die Entwicklung ebenfalls durchs Fenster angeschaut hatte.

»Viel Erfolg!«, rief sie ihm nach, aber er war schon in Richtung Aufzug verschwunden.

Im Aufzug ging ihm die Sache mit Nicole durch den Kopf. Er versuchte, Nicole mit dem Handy anzurufen.

Aber es erfolgte keine Reaktion, wie Corinna gesagt hatte. Seltsam, dachte er, normalerweise meldet sie sich doch. Im Erdgeschoss traf er seinen Bruder Jonas.

»Na, willst du dir die Sache auch ansehen?«, fragte er ihn.

»Ansehen?«, lachte der abweisend. »Hast du nichts Besseres zu tun?«

Jonas hatte sein Büro im Erdgeschoss und war wohl nur auf dem Weg zur Toilette. Als Thomas Herder zur Werkseinfahrt kam, schallte ihm der Sprechchor der Demonstranten entgegen.

»Schluss mit der Ausbeutung durch die Modemafia!«, riefen die Teilnehmer.

Samuel Schulte heizte die Stimmung der Menge mit kräftigen Parolen an.

»Wir sollten keine Billigmode mehr kaufen, Billigmode, an der das Blut armer Kinder und Frauen aus Bangladesch und Pakistan klebt!«

»Nieder mit der Ausbeutung!«, skandierte die Menge.

Es hatte sich bereits eine Schlange von sieben Lkw vor der Einfahrt gebildet und fünf Lkw standen auf der Innenseite der Schranke und konnten das Gelände nicht verlassen. Die Presse war vor Ort, wie angekündigt. Mehrere Filmkameras surrten und der Redakteur des Main-Echos, der örtlichen Tageszeitung, schoss seine Bilder. Der wird morgen sicher einen packenden Bericht bringen, dachte Thomas Herder. Am Rande der Demonstration sah er Rudi Rotfux stehen, den Kommissar, den er aus dem Dackelclub kannte und der ihn gestern Abend so nett begrüßt hatte. Er ging auf ihn zu und reichte ihm die Hand.

»Hallo, Rudi, schöne Bescherung. Sie blockieren unseren Lieferverkehr. Lange kann ich da nicht zusehen …«

»Nun ja, Thomas, hab noch ein bisschen Geduld. Ich nehme an, noch maximal eine Stunde, dann werden sie ohnehin abziehen.«

»Du hast gut reden. Bei uns stauen sich die Lkw und die ganzen Abläufe kommen durcheinander.«

Trotzdem wartete Thomas Herder ab und berichtete währenddessen Kommissar Rotfux vom Anruf seiner Frau wegen Nicole.

»Hoffen wir mal, dass nichts Schlimmes ist. Junge Leute schlagen sich schon mal eine Nacht um die Ohren«, versuchte Kommissar Rotfux, ihn zu beruhigen. »Sollte deine Tochter sich allerdings bis heute Abend nicht melden, gib mir Bescheid. Dann starten wir eine Suchaktion.«

Thomas Herder merkte, dass ihn die Sache mit Nicole inzwischen mehr beunruhigte, als er sich eingestehen wollte. Die Demonstration wurde ihm zunehmend gleichgültiger. Sollten sie doch demonstrieren, diese Deppen. Hier standen sie und riefen ihre Parolen und anschließend waren es vermutlich dieselben Leute, die sich irgendwo Billigshirts für 5 Euro kauften, eine Ware, die sein Versandhaus aus Prinzip überhaupt nicht anbot. Auf ein Mindestmaß an Qualität hatte HERDER immer Wert gelegt.

Als eine Stunde verstrichen war, wurde Thomas Herder unruhig. Das Ende der Lkw-Schlange war überhaupt nicht mehr zu sehen. Von seinem Standort zählte er 25 Fahrzeuge, aber hinter einer Kurve setzte sich die Kolonne fort.

»Es tut mir leid, aber ich werde die Polizei um Räumung der Einfahrt bitten müssen«, sagte er zu Rotfux. »Ich kann nicht zusehen, wie bei uns die ganze Wareneinlagerung und der Versand blockiert werden.«

»Lass uns noch einen letzten Versuch unternehmen«, sagte Rotfux.

Er ging zu den Demonstranten und bat Samuel Schulte um sein Megaphon. Erstaunlicherweise erhielt er es tatsächlich, nachdem er diesem seinen Dienstausweis gezeigt hatte.

»Liebe Demonstranten!«, rief Rotfux freundlich. »Sie haben mit großem Erfolg demonstriert. Die Presse ist vor Ort und wird sicher ausführlich berichten. Eine endlose Schlange von Lkw staut sich inzwischen vor der Werkseinfahrt. Mehr Aufmerksamkeit können Sie nicht erreichen.«

Tosender Beifall und Gejohle unterbrach Rotfux.

»Schluss mit der Ausbeutung!«, riefen einige Demonstranten.

»Ich bitte Sie, Ihre Demonstration jetzt friedlich zu beenden. Sie haben erreicht, was Sie wollten. Bitte sind Sie vernünftig. Andernfalls müsste ich Bereitschaftspolizei anfordern und die Demonstration auflösen lassen. Dann gäbe es mit Sicherheit Festnahmen und Sie müssten sich für die Blockade verantworten. Das würde nur ein negatives Licht auf Ihre Aktion werfen.«

Als er das sagte, hörte man die Sirenen mehrerer Polizeifahrzeuge aus der Ferne. Es ging ein Ruck durch die Teilnehmer der Sitzblockade. Einige erhoben sich und traten zur Seite, der vorderste Lkw ließ den Motor an und rollte langsam vorwärts.

»Ich danke Ihnen!«, rief Rotfux durch das Megaphon. »Gehen Sie bitte zur Seite, damit es keine Verletzten gibt. Gehen Sie bitte nach Hause, die Demonstration ist beendet.«

»Ermahnen Sie die Leute zur Besonnenheit«, sagte er zu Samuel Schulte und gab ihm sein Megaphon zurück.

Der schien sichtlich erleichtert, dass bisher nichts Ernstes passiert war.

»Danke, Leute«, rief er durch das Megaphon, »war eine tolle Demonstration! Bis zum nächsten Mal.«

Thomas Herder verabschiedete sich von Kommissar Rotfux.

»Danke! Das hast du toll hinbekommen. Hattest du die Polizeifahrzeuge herbestellt?«

»Nein. Das war Glück, sie kamen genau im richtigen Moment«, lachte Rotfux. »Aber man kann auch mal Glück haben.«

»Wir sehen uns beim Dackelclub«, reichten sich die beiden Männer die Hand.

Thomas Herder ging zurück zu seinem Büro und wollte seine Frau anrufen.

4

Thomas Herder nahm den Fahrstuhl in den zehnten Stock. Er war irgendwie geistesabwesend und seine Gedanken drehten sich nur um Nicole.

»Hat meine Frau angerufen?«, fragte er seine Sekretärin, als er ins Büro kam, aber sie schüttelte den Kopf.

»Danke, Frau Winter, ich möchte jetzt nicht gestört werden.«

»Ist etwas mit Ihrer Frau, Herr Herder?«

»Nein, nein, aber meine Tochter hat sich seit gestern Abend nicht gemeldet. Das beunruhigt uns.«

»Oh, das tut mir leid, wird hoffentlich nichts sein …«

Sie schloss die Tür hinter ihm und er war sich sicher, sie würde ihn gut abschirmen. Er ließ sich in seinen Ledersessel fallen und griff an seine Stirn. Pochende Kopfschmerzen hämmerten dahinter. Das hatte er manchmal, wahrscheinlich bei zu viel Stress, vermutete er. Er zog die Schreibtischschublade auf, nahm eine Kopfschmerztablette aus dem kleinen Fach auf der rechten Seite und schluckte sie komplett. Das wird schon wieder, dachte er, als er aus der Bar ein Mineralwasser holte und ein Glas davon trank. Puh, zum Glück war die Demonstration rum. Morgen müsste er noch einige nervige Kommentare darüber in der Presse lesen, dann war die Welt wieder in Ordnung, vorausgesetzt, Nicole war wieder da ... Er wählte die Nummer von Corinna.

»Hallo, Corinna, ist alles okay? Ist Nicole zurück? Es tut mir leid, ich war vorhin etwas nervös, du weißt schon, wegen der Demonstration, aber die ist jetzt vorbei ...«

»Nein, Thomas, Nicole hat sich leider nicht gemeldet ...«

Thomas Herder schaute auf die Uhr. Es war schon zwei.

»Und du hast es immer wieder mal probiert?«

»Ja, klar, aber keine Reaktion von ihr ...«

»Und bei Tobias?«

»Den habe ich vor zehn Minuten endlich erreicht. Er war tatsächlich an der Hochschule und hatte sein Handy auf lautlos.«

»Und? Weiß er was?«

»Er sagt, Nicole war bis etwa zwei Uhr nachts bei ihm und ist dann mit dem Fahrrad nach Hause gefahren.«

»Ganz allein?«

»Ja, offensichtlich. Er wollte sie nach Hause bringen, aber sie hat abgelehnt. Er macht sich natürlich Vorwürfe, denn er hat sie heute auch noch nicht gesehen und bekommt keinen Kontakt per Handy.«

»So ein Mist!«, entfuhr es Thomas Herder. »Ist Tobias bei sich zu Hause?«

»Ich weiß es nicht, habe ihn auf dem Handy angerufen.«

»Okay, ich versuche, ihn zu erreichen. Er muss alles erzählen, was er weiß. Ich habe mit Kommissar Rotfux gesprochen. Er meinte, wenn Nicole bis heute Abend nicht auftaucht, startet er eine Suchaktion. Aber vielleicht müssen wir damit früher beginnen …«

Thomas Herder telefonierte mit Tobias Frenzel, holte ihn an der Hochschule ab und fuhr mit ihm direkt zum Kommissariat im Stadtteil Nilkheim. Dort meldete er sich am Empfang bei Kommissar Rotfux an, sie betraten das Kommissariat durch die Sicherheitsschleuse am Eingang und fuhren mit dem Aufzug in den ersten Stock. Der Kommissar kam ihnen auf dem Gang entgegen.

»Das ging ja schnell, Thomas. Gibt es etwas Neues?«

Er bat die beiden Besucher in sein Büro und bot ihnen Plätze vor seinem breiten Schreibtisch an. Thomas Herder hatte inzwischen schon aufgeregt berichtet, dass Nicole immer noch nicht aufgetaucht sei und dass sie vermutlich auf ihrem Rückweg nach Hause verschwunden sei.

»Das hört sich nicht gut an«, murmelte Rotfux.

Er ließ seine Sekretärin Kaffee bringen und bat sie, den Kollegen Oberwiesner zum Gespräch herbeizurufen. Wenig später kam der 3-Zentner-Mann im karierten Hemd in den Raum. Rotfux stellte ihn kurz vor, und obwohl er von Statur und Kleidung eher wirkte wie der Wirt einer gemütlichen Kneipe, bezeichnete ihn Rotfux als einen seiner findigsten Köpfe.

»Nimm Platz, Otto. Die Tochter von Herrn Herder scheint verschwunden zu sein. Ich dachte, du hörst dir gleich alles mit an, dann sparen wir Zeit.«

Anschließend befragte Rotfux zunächst Tobias Frenzel. Mit seinen blonden Locken sah er jugendlich aus, seine blauen Augen flackerten unruhig, er wirkte blass und nervös. Anscheinend schien ihn die Sache schwer mitzunehmen.

»Wie lange sind Sie schon mit Nicole befreundet?«

»Seit etwa einem halben Jahr, wir haben uns an der Hochschule bei einem Seminar kennengelernt.«

»Und das war eine feste Beziehung, oder hatte sie noch andere Freunde?«, mischte sich Oberwiesner ein.

»Wir haben natürlich auch andere Freunde«, stammelte Tobias Frenzel, »aber nicht wie Sie meinen, also eine echte Beziehung habe ich nur mit ihr.«

»Und sie auch mit Ihnen?«, hakte Rotfux nach.

»Ja, sicher, ich denke schon, sie liebt mich …«

»Sie ist also bei Ihnen in der Würzburger Straße um etwa zwei Uhr nachts mit dem Fahrrad losgefahren.«

»Davon gehe ich aus …«

»Was heißt: Davon gehe ich aus? Haben Sie es nicht gesehen?«

»Nein, gesehen nicht, wir haben uns oben an der Tür verabschiedet und sie ging nach unten. Aber ihr Fahrrad ist weg, also muss sie gefahren sein.«

»Wollen wir's hoffen. Sie wohnen nicht weit von der Flüchtlingsunterkunft. Da könnte natürlich auch direkt vor der Haustür etwas passiert sein … Jedenfalls müssen wir alles in Erwägung ziehen«, sagte Rotfux besorgt.

Seit im Oktober 2016 der Mord an der Freiburger Studentin durch einen angeblich minderjährigen Flüchtling passiert war, kam automatisch dieser Gedanke auf, und Tobias Frenzel wurde noch etwas blasser, als er ohnehin schon war.

Rotfux ließ sich das Fahrrad beschreiben, fragte nach Bildern vom Fahrrad und der Vermissten, erkundigte sich nach der Strecke, die sie normalerweise fuhr, und wollte wissen, ob sie unterwegs noch bei Freunden Station gemacht haben könnte.

»Normal fährt sie direkt nach Hause«, bemerkte Thomas Herder. »Ich habe ihr allerdings schon tausendmal gesagt, sie solle nachts nicht über die Mainpromenade fahren, aber ich befürchte, dass sie mal wieder darauf nicht gehört hat …«

»Vermutlich nicht«, bestätigte Tobias Frenzel, »sie liebt die Mainpromenade und hatte keine Angst.«

Kommissar Rotfux schwieg einen Augenblick. Seine braunen Augen sahen Thomas Herder besorgt an.

»Gut, Thomas«, sagte er schließlich, wobei sein rotbrauner Oberlippenbart beim Sprechen auf der Lippe tanzte, »ich denke, wir sollten sofort eine Suchaktion starten. Ich hoffe zwar, dass sie nur irgendwo bei Freunden ist, aber wer kann es wissen … Wir dürfen kein unnötiges Risiko eingehen.«

»Danke, Rudi, klar, sehe ich auch so, wir sollten nichts versäumen.«

»Schickt mir die Bilder vom Fahrrad und ein aktuelles Foto von Nicole am besten gleich per Mail, und eine Beschreibung der Bekleidung, die sie letzte Nacht trug. Ich werde sofort das Main-Echo und die örtlichen Online-Portale primavera24.de sowie main.tv benachrichtigen und eine Suchmeldung herausgeben lassen. Falls Nicole wieder auftaucht, ist das vielleicht peinlich, aber besser als umgekehrt …«

Er erhob sich und gab Thomas Herder die Hand.

»Wir werden tun, was wir können, Thomas. Kopf hoch! Ich hoffe, wir sehen uns nachher beim Dackelclub.«

»Ja, schon, da ich kandidiere, muss ich natürlich da sein. Aber im Moment habe ich andere Gedanken im Kopf als unseren Dackelclub.«

»Das verstehe ich, Thomas. Du kannst dich auf uns verlassen. Vielleicht ist es sogar gut, wenn du etwas Abwechslung hast«, versuchte Rotfux, den Versandhausinhaber zu beruhigen.

Thomas Herder hatte sich für den Vorsitz im Aschaffenburger Dackelclub aufstellen lassen und heute sollte die Wahl sein. Der bisherige Vorsitzende Anton Haas war zwar freundlich und liebenswürdig, aber irgendwie fehlte etwas frischer Wind im Verein. Allerdings sahen das er und seine Freunde ganz anders. Sie waren zufrieden mit ihren Dackelzuchten und einigen angestaubten Clubfesten. Deshalb war eine harte Auseinandersetzung bei der Wahl zu erwarten, denn freiwillig würde Haas seinen Posten nicht räumen.

Thomas Herder brachte Tobias zu dessen Wohnung in der Würzburger Straße zurück. Er hatte das Gefühl, dass dieser sich ernsthaft Sorgen um Nicole machte.

»Dann drücken wir uns gegenseitig die Daumen. Ich hoffe, sie taucht bald wieder auf«, verabschiedete er sich von ihm.

»Ja, hoffentlich, ich bin ganz fertig.«

Der junge Mann sah blass aus und fast tat er Thomas Herder leid, wie er so verzweifelt und allein vor dem Mietshaus stand, in dem er noch die letzte Nacht mit seiner Tochter verbracht hatte.

»Mach's gut. Das wird schon.«

Thomas Herder wendete und kehrte zurück zu seiner Villa oberhalb des Mains. Mein Gott, dachte er, was ist alles Geld der Welt wert, wenn du deine Tochter verlierst? Die Angst schnürte ihm den Hals zu, als er von der Tiefgarage nach oben stieg. Im Obergeschoss kam ihm Nicoles Dackel Bruno entgegen.

»Der ist heute schon den ganzen Tag verrückt«, empfing ihn Corinna. »Ich glaube, er sucht Nicole. Nirgendwo ist er zufrieden. Ich habe ihn schon auf sämtlichen Etagen schnüffeln lassen, aber er kommt einfach nicht zur Ruhe.«

»Kein Wunder. Uns fehlt sie ja auch.«

Thomas Herder erzählte seiner Frau, was sie auf dem Kommissariat besprochen hatten und dass ab sofort eine Suchaktion gestartet würde. Dann suchten sie zwei Bilder von Nicole auf dem Computer, einmal mit und einmal ohne Fahrrad.

»Die sende ich gleich an den Kommissar, dann muss ich zur Hauptversammlung des Dackelclubs.«

»Wie? Da willst du heute hin?«, wunderte sich Corinna.

»Ja, schon, ich kandidiere als Vorstand, da muss ich anwesend sein. Für Nicole können wir im Augenblick ohnehin nichts tun.«

Es war ihm zwar nicht wohl bei dem Gedanken, aber er drehte mit Bruno eine kurze Runde und nahm ihn dann mit zum Treffen des Aschaffenburger Dackelclubs. Der Hund freute sich wie ein Schneekönig. Er kannte den Weg. Bereits als das Auto in die schmale Zugangsstraße einbog, die zum Vereinsgelände im Waldgebiet am Rande der Stadt führte, stand er in seiner Transportbox, die Thomas Herder mit dem Sicherheitsgurt auf den Rücksitz seines Wagens geschnallt hatte.

»Ist ja gut, Bruno, gleich sind wir da, dann kannst du mit den anderen toben.«

Als er das sagte, bellte Bruno freudig.

Das letzte Stück zum Vereinsgelände führte über einen holperigen Feldweg. An einigen Stellen war die Zufahrt so eng, dass die Zweige der kräftigen Haselnussbüsche links und rechts das Auto streiften, zumal den schweren Mercedes von Thomas Herder. Aha, der alte Haas ist schon da, dachte Thomas Herder. Sein uralter Opel parkte auf dem Platz für den Vorstand, den er natürlich noch in Anspruch nahm und sicher auch behalten wollte. Der Parkplatz war ein echter Vorteil, denn ansonsten gab es keine Parkmöglichkeiten auf dem Gelände und Thomas Herder musste sich mit seinem Fahrzeug an den Rand des Feldweges quetschen, wo schon einigen Clubmitgliedern die Fahrzeuge verschrammt worden waren. Das wird eine meiner ersten Amtshandlungen sein, dass ich für vernünftige Parkplätz sorge, dachte er. Bruno war inzwischen nicht mehr zu halten. Er vibrierte vor Erregung, als er ihn aus der Transportbox nahm und ihm die Leine anlegte.

»Gleich sind wir da, Bruno«, versuchte Thomas Herder, den Hund zu beruhigen. Aber der wusste genau, wo er hinwollte, und zog zielstrebig zum Vereinsgelände. Hinter dem Eingangstor im hohen Maschendrahtzaun ließ ihn Thomas Herder von der Leine. Sofort rannte Bruno den Hang hinauf, der leicht zum Vereinsheim anstieg. Auf der ebenen Fläche vor dem derben Holzhaus tobten einige Dackel in der Abendsonne. Oskar, der Dackel des Kommissars, rannte sofort hinter Bruno her und die beiden jagten sich über das Gelände. Es war eine Freude, die Hunde so frei und begeistert zu sehen, sie verfolgten sich, schienen sich zu attackieren, fletschten die Zähne, warfen sich gegenseitig auf den Rücken, aber es geschah alles im Spiel und zum großen Vergnügen der Tiere.

»Ist immer wieder schön, wenn sie toben«, begrüßte Thomas Herder den Kommissar. »Unsere Suchaktion läuft. Du kannst beruhigt sein, Thomas«, antwortete der. »Wenn etwas ist, werde ich sofort benachrichtigt. Du brauchst dir keine Gedanken zu machen.«

»Mache ich mir natürlich trotzdem ... Wissen es die anderen schon?«

»Ich habe nichts gesagt. Wollte das dir überlassen ...«

»Ist vielleicht auch besser so, nicht dass die Wahl dadurch irgendwie beeinflusst wird. Behalt es bitte weiterhin für dich.«

Thomas Herder begrüßte die übrigen Clubmitglieder, die auf der Terrasse vor dem Vereinsheim standen oder schon bei einem Bier an den Holztischen saßen, die dort in der Abendsonne glänzten. Anton Haas hatte seine Freunde um sich geschart und würdigte Thomas Herder kaum eines Blickes, als er einen guten Abend wünschte. Der ist richtig sauer auf mich, dachte er. Er nimmt es mir offensichtlich übel, dass ich gegen ihn kandidiere. Dabei war er doch mit seinen fast 80 Jahren eigentlich alt genug für den Rückzug. Von seinen Haaren war nur ein weißgrauer Kranz geblieben, er war klein und untersetzt und seine rötliche Knollennase saß über einem mächtigen Schnurrbart, der wohl die fehlende Haarpracht ersetzen sollte. Seine stahlblauen Augen musterten seinen Gegenkandidaten aufmerksam.

»Na, willst du es dir nicht doch noch überlegen, Thomas?«, sagte er. »Mit deinem Versandhaus hast du doch sicher genug zu tun …«

Hörte er da einen Unterton heraus? Wusste der womöglich etwas über das Verschwinden seiner Tochter?

»Ja, klar, aber etwas frischer Wind könnte hier nicht schaden …«, lachte Thomas Herder. Er hatte keine Lust, sich auf einen Streit einzulassen, und versuchte, die Sache herunterzuspielen. Er holte sich ein Bier an der Theke und setzte sich zu Rotfux an einen der Holztische in der Sonne.

»Anton ist, glaub ich, sauer auf mich. Er nimmt es mir übel, dass ich kandidiere. Hast du ihm etwas über Nicole gesagt?«

»Nein, wieso?«

»Er klang so, als ob er etwas wüsste. Aber vielleicht bilde ich es mir nur ein …«

Die Dackel tobten weiter auf dem Vereinsgelände herum, aber sie wurden inzwischen etwas ruhiger. Die Agility-Beauftragte des Vereins machte Kunststückchen mit einigen, ließ sie zum Beispiel über eine schmale Holzbrücke laufen oder durch einen Reifen springen. Bruno und Oskar waren voll dabei und wetteiferten miteinander darum, wer die Holzbrücke schneller überqueren konnte. Als die Sonne untergegangen war, begann die offizielle Vereinssitzung im Inneren des Vereinsheimes. Anton Haas eröffnete die Sitzung. Nachdem einige aktuelle Kleinigkeiten bezüglich des Vereinslebens geklärt waren, kam er zum Hauptpunkt, der Vorstandswahl.

»Liebe Dackelfreunde, wie ihr wisst, wollen wir heute einen Vorstand für die kommenden zwei Jahre wählen.

Ich bin bereit, die Arbeit, die ich schon seit über 30 Jahren mache, nochmals zu übernehmen. Dazu brauche ich wohl nicht viel zu erläutern. Ihr alle kennt mich und meine Arbeit.«

Er sah stolz aus, als er das sagte, und es klang so, als sei es ja wohl eine wahnwitzige Idee, ihn abwählen zu wollen.

»Diesmal gibt es allerdings einen Gegenkandidaten, Thomas Herder. Thomas, wenn du vielleicht selbst ein paar Worte zu deinen Plänen sagst …«

Sie saßen eng gedrängt im Vereinsheim, das für solche Versammlungen eigentlich nicht ausgelegt war. An normalen Tagen waren nie alle anwesend, aber jetzt, vor allem durch die Kampfkandidatur, hatten sich die beiden Lager komplett versammelt und scharten sich um ihre Kandidaten. Man hätte die Luft schneiden können und Thomas Herder begann mit dem Vorschlag, die Fenster zu öffnen.

»Vielleicht zieht dann der Mief ein wenig ab«, sagte er, was zu tosendem Beifall seiner Anhänger führte.

»Bitte, so habe ich das nicht gemeint«, fuhr er fort, »aber etwas frischer Wind könnte auch im Verein nicht schaden. Vielleicht sollten wir über eine Vergrößerung des Vereinsheimes nachdenken. Ich würde dafür eine großzügige Spende zur Verfügung stellen, wie ich überhaupt als Vorstand unseren Verein finanziell fördern würde.«

Seine Unterstützer klatschten wieder begeistert.

Dagegen kam Anton Haas nicht an, dachte Thomas Herder. Klar, er hatte sich mit seiner Frau bei Veranstaltungen engagiert, aber finanziell hatte er als Pensionär keine Möglichkeiten und war auf Spenden von Mitgliedern und Firmen angewiesen. Nach einigen weiteren Erläuterungen und einer kurzen Aussprache fand die geheime Vorstandswahl statt. Anton Haas ließ einen Wahlleiter und zwei Beisitzer bestimmen, wie es die Vereinssatzung vorsah. Nach wenigen Minuten stand das Ergebnis fest und der Wahlleiter gab es bekannt:

»Abgegebene Stimmen 148, davon gültig 145, für Anton Haas 69, für Thomas Herder 76. Damit ist Thomas Herder gewählt.«

Beifall unterbrach die Mitteilung, wobei der Applaus vor allem aus einer Hälfte des Raumes kam, während die andere Hälfte schweigend und enttäuscht die Prozedur verfolgte.

»Ich darf dich fragen, Thomas, nimmst du die Wahl an?«

Thomas Herder erhob sich.

»Ja, ich nehme die Wahl an. Ich möchte mich gleichzeitig bei Anton für die vielen Jahre hervorragender Tätigkeit bedanken! Lieber Anton, bitte unterstütze uns auch in Zukunft. Ich werde deine Hilfe benötigen. Ohne dich schaffen wir das nicht …«

»Hättest ja nicht kandidieren brauchen«, brummte Anton Haas deutlich hörbar, der offensichtlich seine Enttäuschung nicht unterdrücken konnte.

Thomas Herder ging darüber hinweg und machte noch einige Anmerkungen zu seinen ersten Vorhaben. Dann endete er mit der Ankündigung:

»Freibier für alle! Schickt die Rechnung gern an mich. Ich muss leider bald weg, aber lasst euch nicht stören, genießt den Abend, liebe Freunde.«

Diesmal erfüllte der Beifall den kompletten Raum und Thomas Herder dachte, ich kriege euch schon …

Bei der Fahrt nach Hause lag Bruno ganz still in seiner Transportbox. Der ist geschafft, dachte Thomas Herder. Kein Wunder, so wie die Hunde getobt hatten. Er nahm den Umweg über die Würzburger Straße und sah überall Polizisten. Mit Taschenlampen suchten sie die Gegend ab und Suchhunde waren im Einsatz.

Wenn sie doch nur Nicole finden würden, dachte er. Natürlich lebend, bloß nicht tot. Seine Wahl zum Vorstand des Dackelclubs war ihm plötzlich so was von egal. Alles hätte er für seine Tochter gegeben, den Vorstandsposten, die Geschäftsführung, ja sogar das gesamte Versandhaus. Nichts ging über seine Tochter …

»Hallo, Corinna«, begrüßte er seine Frau, als er mit Bruno in die Villa zurückkam. »Gibt es etwas Neues? Hat sich die Polizei gemeldet?«

»Leider nicht, aber sie scheinen überall zu suchen. Ich habe schon Boote mit Scheinwerfern auf dem Main gesehen. Wenn bloß nichts passiert ist …«

5

Rotfux trank noch gemütlich ein Bier. Nachdem Thomas Herder den Dackelclub verlassen hatte, ereiferten sich einige darüber, dass er nach der Vorstandswahl sehr schnell verschwunden sei.

»Mit Geld wirft er um sich, aber dass er hier mit uns feiert, kommt ihm nicht in den Sinn«, brummte Anton Haas, der immer noch enttäuscht über seine Niederlage war.

Kommissar Rotfux wusste natürlich, warum der Versandhausinhaber so schnell gegangen war, aber er konnte und wollte es nicht sagen.

»Er wird etwas Wichtiges zu erledigen haben«, entschuldigte er ihn.

»Was soll da so wichtig sein? Er hat doch seine Angestellten.«

Dafür leider nicht, dachte Rotfux. Er leerte sein Bier und verabschiedete sich.

»Macht's gut, Freunde! Bis zum nächsten Mal.«

Er fuhr seinen Dackel Oskar nach Hause, gab ihm zu fressen und zu trinken und besuchte noch das Kommissariat, um sich über die Suchaktion berichten zu lassen.

»Hallo, Rudi«, begrüßte ihn Otto Oberwiesner, der während seiner Abwesenheit die Aktion geleitet hatte.

»Hallo, Otto, alles klar? Habt ihr schon was gefunden?«

»Nein, leider nicht. Wir haben zunächst die Strecke von Tobias Frenzels Wohnung in der Würzburger Straße bis zum Main und von dort über die Mainpromenade abgesucht. Außerdem das Mainufer von Land aus und mit einem Boot der Wasserschutzpolizei. Aber es wurde inzwischen dunkel. Wir haben zwar mit Taschenlampen und Strahlern weitergemacht, aber ich denke, wir müssen das morgen bei Tagesanbruch intensivieren.«

»Mhmm«, brummte Rotfux, »und keinerlei Erkenntnisse? Kein Fahrrad, kein Bekleidungsstück, nichts, was auf Nicole Herder hinweist?«

»Nein, absolut nichts …«

»Dann müssen wir morgen bei Tageslicht auch andere mögliche Routen durchforsten. Zusätzlich werden wir einen Hubschrauber anfordern. Vielleicht bringen auch die Suchmeldungen im Main-Echo und in den Online-Systemen Hinweise …«

Rotfux verabschiedete sich und fuhr zu seiner Wohnung am Floßhafen zurück. Unterwegs sah er die Kollegen bei der Arbeit. Arme Hunde, dachte er, aber schließlich war es ihr Job. Gerade die ersten Stunden nach einer Vermisstenmeldung konnten entscheidend sein. Da durfte man nichts versäumen.

Als er seine Wohnungstür öffnete, kam ihm Oskar bellend entgegen. Der Dackel wedelte mit dem Schwanz und stieg mit seinen Vorderpfoten freudig an seiner Hose empor.

»Bist mein Bester«, lobte Rotfux ihn und nahm ihn auf den Arm.

Der Dackel schleckte ihm zärtlich über die Wange bis zum Ohr. Seine typische Willkommensgeste, wenn er den Kommissar begrüßte.

»Ist ja gut, ich bin jetzt wieder hier. Komm, wir machen's uns gemütlich.«

Rotfux zog die Schuhe aus und ging ins Wohnzimmer. Er schaute durchs Fenster in Richtung Main. Der Fluss lag dunkel hinter den Büschen und Bäumen, die an seinem Ufer wuchsen. Er sah aus, als ob er schliefe, ganz ruhig ließ er sich treiben, am Schloss und am Pompejanum vorbei, Richtung Frankfurt und von dort weiter zum Rhein. Du hast es gut, Fluss, dachte Rotfux. Du fließt hier schon seit tausend Jahren und es kümmert dich nicht, ob hier ein Unglück geschah. Du behältst das Geheimnis für dich und deckst es zu mit deinem Wasser, so dass wir es nur schwer finden können. Wir müssen morgen auch mit Tauchern suchen, überlegte er. Er saß inzwischen mit dem Dackel auf seinem kuscheligen Berberteppich und kraulte den Hund im Genick.

»Gut, dass du bei mir bist, sonst wäre ich ganz allein.«

Oskar schaute den Kommissar mit seinen dunkelbraunen Augen an und schleckte ihm über die Hand.

»Bist ein toller Kerl«, flüsterte Rotfux.

Er musste an Michelle Moorkamp denken, die Professorin von der Hochschule. Er sah sie für einen Moment vor sich, die langen blonden Haare, ihre perfekte Figur und vor allem ihr strahlendes Lächeln.

»Wollen wir mal Michelle einladen? Sie sagte, dass sie Dackel mag.«

Oskar bellte und wedelte mit dem Schwanz.

»Klar, du verstehst mich. Gönnst mir ein hübsches Weibchen.«

Rotfux sprach viel mit dem Hund, besonders seit ihn Caroline verlassen hatte und er allein war. Er fuhr seinen PC hoch. »Alle Angaben auf der Homepage der Hochschule«, hatte sie gesagt. Unter der Rubrik ›Personal und Lehrbeauftragte‹ fand er sie. Professorin im Bereich Wirtschaft und Recht, Fachgebiet Marketing, allerdings waren nur die Telefonnummer der Hochschule und ihre E-Mail-Adresse angegeben. An der Hochschule war sie um diese Zeit sicher nicht mehr.

»Wollen wir dem Frauchen eine E-Mail schreiben?«

Oskar lag lang ausgestreckt auf dem Berberteppich und sah Rotfux schräg von unten an. Der Kommissar mochte diesen typischen Dackelblick. Ganz ruhig schaute der Hund in seine Richtung, als wolle er sagen: Das musst du schon selber wissen.

»Wollte mich schon tagsüber bei dir melden, aber es war zu viel los«, schrieb Rotfux in die Mail an Michelle Moorkamp. »Wir haben möglicherweise einen Entführungsfall, da musste ich mich kümmern. Aber vielleicht klappt es morgen. Wäre gut, wenn ich deine Handynummer hätte. Ich teile dir meine mit. Du kannst gerne anrufen. Noch eine gute Nacht und vielleicht bis morgen. Viele Grüße Rudi!«

Er hatte sich überlegt, ob er »herzliche Grüße« oder sogar »sehr herzliche Grüße« schreiben sollte, aber er wollte nicht aufdringlich wirken. Die Frage nach der privaten Handynummer reichte sicher für den Augenblick. Es war inzwischen 23 Uhr und sie würde seine Mail sowieso erst morgen lesen. Er ging mit Oskar noch kurz nach draußen und richtete sich anschließend fürs Bett. Gerade als er seinen Schlafanzug übergezogen hatte, ertönte die Rufmelodie seines Handys.

Nanu, wer ruft so spät noch an, dachte er.

»Rudi Rotfux«, meldete er sich.

»Hier Michelle, ich habe deine Nachricht zufällig gesehen, da wollte ich dir noch kurz meine Handynummer geben. Ich störe hoffentlich nicht …«

Ihre Stimme klang sehr angenehm. Schon als sie »Michelle« sagte, wurde es dem Kommissar ganz warm ums Herz.

»Nein, natürlich nicht, ich freue mich. Aber wie kannst du um diese Zeit deine Hochschulnachrichten sehen?«

»Die kann ich von zu Hause aufrufen, und ich habe zufällig noch etwas nachgeschaut.«

»Dann hatte ich ja Glück«, lachte Rotfux.

Er war inzwischen unter seine Bettdecke geschlüpft, hatte sich das Kissen hinter den Rücken geklemmt und konnte ganz gemütlich telefonieren.

»Wenn du das Glück nennst …«, lachte auch Michelle. »Ich hatte schon Bedenken, dich um diese Zeit noch anzurufen. Normalerweise mache ich das nicht …«

»Was heißt: normalerweise?«

»Na ja, eben normalerweise. Aber ich habe mich so gefreut, dass du dich gemeldet hast, da musste ich einfach anrufen …«

»Das ist schön. Du kannst jederzeit anrufen. Ich freue mich.«

Sie unterhielten sich darüber, was sie tagsüber so gemacht hatten, Rotfux erzählte von seinem »Fall« und sie war sehr interessiert.

»Womöglich habe ich Nicole Herder als Studentin, aber ich kenne den Namen nicht. Meist verwenden wir keine Namensschilder und in den Klausuren geht es nur nach Matrikelnummern, aber wenn ich ihr Bild sehe, kann ich mich bestimmt erinnern.«

Rotfux war richtig erleichtert, abends mit jemandem außer Oskar reden zu können.

»Wollen wir uns morgen treffen?«, fragte er zum Schluss.

»Da habe ich Vorlesung bis 15.30 Uhr. Anschließend gern.«

Sie vereinbarten, dass sie sich um 17 Uhr in der Pizzeria Lombardi treffen würden, einer gemütlichen Kneipe ganz in der Nähe des Herstallturmes im Zentrum von Aschaffenburg.

»Falls ich es zeitlich nicht schaffe, musst du bitte etwas warten. Ich kann noch nicht abschätzen, wie sich die Sache mit der Vermissten weiter entwickelt«, ergänzte Rotfux, bevor sie sich verabschiedeten.

Sie hauchte: »Gute Nacht, Rudi« ins Telefon und er bedauerte irgendwie, dass sie nicht bei ihm war. Sie war gar nicht wie eine Professorin, jedenfalls nicht so, wie er sich eine vorstellte. Sie war so lebhaft, offen und völlig unkompliziert und er freute sich schon auf das Wiedersehen.

Am nächsten Morgen holte der Kommissar das Main-Echo, die örtliche Tageszeitung, aus dem Briefkasten: ›Versandhaustochter verschwunden‹, war dort auf der Titelseite zu lesen. Es wurde ein Foto von Nicole Herder gezeigt, ihr weißes Fahrrad abgebildet und die vermutliche Wegstrecke mit Hilfe einer Skizze genau beschrieben. Außerdem berichtete die Zeitung bereits über die Suchaktion der Polizei und zeigte ein Boot der Wasserschutzpolizei im Einsatz. Auch wurden die Leser aufgerufen, alle verdächtigen Beobachtungen, die im Zeitraum nach zwei Uhr nachts gemacht wurden, der Polizei oder dem Main-Echo zu melden.

Gut so, dachte Rotfux, vielleicht gab es brauchbare Hinweise.

Direkt unter diesem Beitrag brachte das Main-Echo einen längeren Bericht über die Demonstration der Dritte-Welt-Aktivisten vor dem Versandhaus Herder. Man sah auf einem Bild die endlose Schlange der Lkw, die sich vor der Firmenzufahrt stauten, und die Zeitung hob die Problematik billiger Bekleidung aus Bangladesch und anderen fernöstlichen Ländern hervor. Zum Ende stellte der Redakteur die positive Rolle von Kommissar Rotfux heraus. Er habe durch sein beherztes Eingreifen eine Eskalation verhindert und die Demonstranten zur Beendigung ihrer Aktion gebracht. Rotfux wurde sogar mit Megaphon gezeigt. ›Kommissar beruhigt Demonstranten‹, war unter dem Foto zu lesen.

»Sie sind heute als Held in der Zeitung«, bemerkte Alexandra Bieber, seine Sekretärin, als er ins Kommissariat kam, lachend.

»Hallo, Oskar, schau, hier kannst du trinken«, begrüßte sie seinen Dackel.

Seit Rotfux nicht mehr mit Caroline zusammen war, kümmerte sie sich rührend um ihn. Rotfux mochte es, wenn sie ihn mit ihren dunkelbraunen Augen fürsorglich ansah. Mehrmals hatte sie schon Frühstück für ihn mitgebracht. Die schwarzen Haare, ihr kräftiges Becken, die üppigen Brüste und vollen Lippen gaben ihr etwas Mütterliches, obwohl sie jung und attraktiv war, wenn man das mochte. Vor allem aber konnte sich Rotfux voll auf sie verlassen, in jeder Beziehung.

Oh je, dachte er, sie wird bestimmt enttäuscht sein, wenn sie von meiner Bekanntschaft mit Michelle erfährt. Aber das hatte noch Zeit. Bisher war ja gar nichts geschehen.

»Hallo, Frau Bieber, danke, ich habe es schon in der Zeitung gelesen. Aber mehr beschäftigt mich diese Vermisstengeschichte. Rufen Sie bitte die anderen zu einer Besprechung zusammen, sagen wir in 15 Minuten?«

»Klar, Herr Kommissar.«

Obwohl sie schon über zwei Jahre für ihn arbeitete, waren sie bei der förmlichen Anrede geblieben, die sie allerdings sehr locker und freundschaftlich praktizierten. Rotfux fuhr seinen PC hoch und sah sich die neuesten Meldungen an. Im Internet wurde bereits über die Hintergründe der Suchaktion spekuliert. »Freiburg jetzt auch in Aschaffenburg?«, konnte man da lesen, mit dem Hinweis, dass das Flüchtlingsheim nicht weit von der Wohnung von Tobias Frenzel lag und womöglich ein Flüchtling, wie in Freiburg geschehen, hier sein Unwesen getrieben haben könnte. Andere vermuteten, dass Lösegeld vom Versandhaus erpresst werden solle, oder gingen davon aus, dass die Entführung mit der Demonstration vor dem Versandhaus in Zusammenhang stand, um für mehr Aufmerksamkeit zu sorgen. Schließlich wurde darüber spekuliert, ob Nicole Herder vielleicht nur Probleme in der Familie gehabt und sich abgesetzt habe.

Das müssen wir alles untersuchen und vielleicht noch mehr, dachte Kommissar Rotfux und ging zum Besprechungsraum seiner Abteilung. Alle waren schon da, nur der dicke Oberwiesner watschelte als Letzter in den Raum und ließ sich in seinen Stuhl sinken.

»Hallo, Rudi«, sagte er freundlich, »dann kann's ja losgehen.«

Er konnte sich das erlauben. Er kannte Rotfux seit über 20 Jahren und war als Einziger mit ihm per Du.

»Guten Morgen, Frau Geiger, guten Morgen, meine Herren«, begrüßte der Kommissar sein Team.

Gerda Geiger saß etwas müde in ihrem Stuhl. Hat womöglich eine lange Nacht hinter sich, dachte Rotfux. Sie sah gut aus, eine flotte Frau um die vierzig, mit schulterlangen blonden Haaren, blauen Augen, dunkelrot geschminkten Lippen und einer guten Figur.

»Sie haben sicher schon von den Ereignissen gehört oder in der Zeitung gelesen. Otto, vielleicht gibst du uns den letzten Stand zur Suchaktion.«

Otto Oberwiesner berichtete über die Suchaktion, welche die ganze Nacht fortgesetzt worden war.

»Leider haben wir weder Nicole Herder noch das Fahrrad noch irgendwelche sonstigen Anhaltspunkte gefunden. Vielleicht haben wir heute bei Tageslicht mehr Glück«, endete sein Bericht.

»Müssten wir nicht sofort die Bewohner des Flüchtlingsheims befragen, zum Beispiel feststellen, wer nachts so spät noch unterwegs war?«, meldete sich der junge Seidelmann zu Wort.

Der junge Kriminalist war eifrig und ehrgeizig und ging voll in seiner Arbeit auf. Sicher hatte er schon im

Internet recherchiert. Wegen seines rundlichen Gesichts mit der breiten Nase sah er auf den ersten Blick eher etwas behäbig aus, war aber in Wirklichkeit groß und schlank und einer der schnellsten Läufer im Kommissariat. Dazu passten seine kurzen blonden Stoppelhaare.

»Das ist im Prinzip eine gute Idee, aber ich denke, wir müssen erst noch klären, was überhaupt geschehen ist«, antwortete Rotfux. »Momentan haben wir noch keinerlei Hinweise auf ein Verbrechen. Wir brauchen allerdings Verstärkung«, fuhr Rotfux fort. »Ich habe bereits in Würzburg angerufen. Es wird eine 20-köpfige-Sonderkommission gebildet. Die Kollegen aus verschiedenen Revieren sind schon unterwegs zu uns. *Wir* koordinieren das natürlich«, sagte er stolz.

Kurze Zeit später hörte man das Dröhnen eines Hubschraubers über dem Kommissariat.

»Aha, sie sind da«, freute sich Rotfux. »Komm, Otto, wir sehen uns das Ganze mal vor Ort an.«

Sie fuhren auf die andere Seite des Mains und parkten ihr Fahrzeug beim Minigolfplatz. Ganz in der Nähe wohnte Rotfux. Der Hubschrauber flog über dem Ufer des Mains hin und her und auch das Boot der Wasserschutzpolizei war schon wieder im Einsatz. Scharen von Polizisten durchkämmten jeden Quadratmeter am Ufer. Am Nachmittag trafen Polizeitaucher aus Nürnberg ein.

»Irgendwo muss doch etwas gefunden werden«, murmelte Rotfux.

Er hatte inzwischen mehrfach mit Thomas Herder telefoniert, der sich über die Suchaktion auf dem Laufenden halten ließ und von Stunde zu Stunde nervöser wurde.

»Es ist jetzt alles im Einsatz, was wir haben«, versicherte ihm Rotfux. »Mehrere Hundertschaften suchen im gesamten Stadtgebiet. Am Main suchen wir vom Ufer aus, auf dem Wasser und gleich auch unter Wasser durch unsere Taucher.«

Die Taucher stiegen unterhalb der Willigisbrücke in den Fluss, wobei jeder Taucher durch einen Kollegen vom Ufer aus gesichert wurde. Rotfux sah zum ersten Mal einen solchen Taucheinsatz und fand es unheimlich spannend, die Männer bei ihrer Arbeit zu beobachten, die sich Stück für Stück von der Brücke in Richtung Schloss vorarbeiteten. Unterhalb vom Schloss kam dem Kommissar Thomas Herder mit seinem Dackel Bruno entgegen. Der Hund bellte und wedelte mit dem Schwanz, da er den Kommissar aus dem Dackelclub kannte.

»Hallo, Rudi, die Sache wird immer schrecklicher, ich kann mich gar nicht mehr beruhigen. Ich weiß nicht, was ich denken soll. Einerseits hoffe ich, dass sie etwas finden, andererseits wünsche ich, dass es nichts zu finden gibt … Ich bin völlig fertig.«

»Das verstehe ich, Thomas. Ist doch klar. Aber wir tun, was wir können. Ehrenwort.«

Sie gingen ein Stück in Richtung Pompejanum am Main entlang.

»Da vorne, wo die Boote zu Wasser gelassen werden, war Bruno sehr unruhig«, erklärte Thomas Herder. »Womöglich hat er etwas gerochen. Vielleicht sollten eure Männer dort besonders genau suchen.«

»Sie suchen überall gründlich, aber ich werde den Hinweis natürlich weitergeben.«

Rotfux ließ Oberwiesner, der die ganze Zeit schweigend zugehört hatte, den Leiter der Tauchstaffel informieren. Anschließend konzentrierten sich zwei Taucher auf die beschriebene Stelle. Der Dackel Bruno stand am Ufer und bellte. Klaus Zimmermann, der Stadtredakteur des Main-Echos, war inzwischen vor Ort und schoss seine Bilder. Rotfux hatte seinen dunkelblauen VW-Golf schon auf dem Parkplatz unterhalb des Schlosses stehen sehen und wusste, dass er anwesend sein musste. Wie ein Wirbelwind war er hier und da zu sehen, in seiner engen Jeans, über der sich sein Bauch wölbte. Er sah eher behäbig aus, aber ganz das Gegenteil war der Fall. Seine fast schwarzen Augen arbeiteten unermüdlich hinter der schmalen Nickelbrille, welche auf seiner spitzen Nase saß.

»Grüße Sie, Herr Kommissar«, kam er auf Rotfux zu, »wollen hoffen, dass wir jetzt nicht einen Mord haben wie in Freiburg …«

Thomas Herder zuckte bei diesem Satz zusammen und tat Rotfux leid.

»So weit sind wir noch nicht, Herr Zimmermann, wir haben noch keinerlei Anhaltspunkte für ein Verbrechen gefunden«, antwortete der Kommissar.

Im selben Augenblick gab einer der Taucher ein Zeichen, dass er etwas gefunden habe.

»Sehen Sie, gleich werden wir es wissen«, frohlockte Zimmermann.

Er ließ nach dem Geschmack von Rotfux etwas das Mitgefühl vermissen, war immer Sensationen auf der Spur und brachte auch jetzt seine Kamera in Position. Gierig blickte er in Richtung der Taucher, seine Narbe auf der linken Wange ließ das Ganze fast makaber erscheinen, aber Rotfux wusste, das war sein Job ... Er legte seinen Arm um Thomas Herders Schulter, der vor Aufregung zitterte.

»Mein Gott, sie wird doch nicht ...«, stammelte der leichenblasse Mann.

Er war nur noch ein Schatten seiner selbst und niemand, der ihn nicht kannte, hätte hinter ihm einen der reichsten Versandhausinhaber Deutschlands vermutet. Seine rotblonden Locken im Nacken wirkten jetzt ungepflegt, die braunen Augen flackerten unruhig und seine schmale, markante Nase sah bleich und fast wie abgestorben aus.

»Lass sie leben, oh Gott«, stöhnte er. »Sie ist noch so jung, lass sie leben!«

Er scheint fromm zu sein, dachte Rotfux. Inzwischen war das Boot der Tauchstaffel bei den beiden Tauchern angekommen und einer der beiden Taucher verschwand mit einem Seil unter der Wasseroberfläche. Er schien unter Wasser etwas daran zu befestigen. Dann wurde das Seil vom Boot aus nach oben gezogen. Etwas Weißes blitzte aus dem Wasser, man sah den Lenker und dann das ganze Fahrrad.

»Oh mein Gott ...«, stammelte Thomas Herder.

»Ist es das Fahrrad von Nicole?«

»Sieht so aus ...«

Klaus Zimmermann schoss ein Foto nach dem anderen.

»Vielleicht finden sie noch mehr«, begeisterte er sich.

Rotfux mochte seine forsche Art nicht, trotzdem behandelte er ihn freundlich, denn er konnte bei Fahndungen sehr hilfreich sein, wenn er die Bevölkerung aufrief, Hinweise an die Polizei zu geben. Zudem war er sehr erfolgreich und bekannt, die Leute lasen seine Beiträge, da musste man mit seinem Auftreten leben. In den nächsten Stunden wurde jeder Zentimeter des Mainufers abgesucht und abgetaucht. Die Polizei fand noch die Handtasche und das Handy von Nicole, aber von ihr selbst keine Spur.

»Wir suchen weiter, Thomas. Wenn sie irgendwo ist, finden wir sie«, versicherte Rotfux dem Versandhausinhaber. »Und die Spurensicherung wird jedes Blättchen umdrehen.«

»Vielleicht haben sie Nicole tiefer im Main versenkt«, stammelte Thomas Herder und wischte sich mit seinem Taschentuch über die Augen.

6

Thomas Herder kam abends völlig erschöpft von der Mainpromenade zurück. Die Suchaktion nach seiner Tochter Nicole hatte schwer an seinen Nerven gezerrt. Auch sein Dackel Bruno war ganz aufgeregt und bellte, als sie die Haustür seiner Villa erreichten.

»Na, gibt es etwas Neues?«, begrüßte ihn seine Frau. »Ich habe mir schon Sorgen gemacht, weil du erst so spät kommst …«

Thomas Herder erzählte, dass die Taucher Nicoles Fahrrad und ihre Handtasche und das Handy gefunden hatten, dass von Nicole selbst aber bisher jede Spur fehlte. Der Dackel sauste währenddessen aufgeregt im Wohnzimmer umher.

»Der wird Durst und Hunger haben.«

Corinna füllte seinen Trinknapf mit Wasser und der Dackel trank gierig. Anschließend stürzte er sich auf sein Fressen.

»Der arme Kerl. Seit Nicole fehlt, ist er völlig aus dem Häuschen!«

Thomas Herder kraulte den Hund im Nacken und merkte, wie ihn das Tier beruhigte.

»Wo warst du, Papa?«, fragte Jan, der sich mit seinen fünf Jahren schon für alles interessierte. Er war blond und blauäugig wie seine Mutter, und Thomas Herder mochte den lebhaften Jungen sehr.

»Am Main, mit Bruno.«

»So lange? Was habt ihr gemacht?«

»Ach, nichts, waren spazieren …«

Thomas Herder wollte den Jungen nicht mit dem Verschwinden von Nicole belasten, denn die beiden mochten sich. Gerade abends vor dem Essen hatte seine Tochter häufig mit dem Jungen und dem Dackel gespielt.

»Kommt Nicole wieder?«

»Ja, sicher«, schwindelte Thomas Herder, »sie ist bestimmt nur bei ihrem Freund …«

»Bei Tobias?«

»Ja, mein Schatz, bei Tobias.«

Thomas Herder hätte heulen können, als er das sagte, denn er wusste genau, dass es nicht stimmte. Aber warum den Jungen beunruhigen, mit einer Sache, die er doch nicht verstand?

»Ach, übrigens, da sind noch zwei Briefe, persönlich für dich. Müssen extra eingeworfen worden sein. Heute Vormittag, als die Post kam, waren sie noch nicht da«, bemerkte Corinna.

»Seltsam«, murmelte Thomas Herder und nahm seinen silbernen Brieföffner zur Hand, den er von einer Reise nach Athen mitgebracht hatte. In einem kleinen Geschäft in der Plaka hatte er ihn gekauft, zusammen mit Nicole, der er die Reise geschenkt hatte. Sie selbst hatte sich dort eine goldene Eule mit Kettchen ausgesucht, als Erinnerung an Athen.

Energisch öffnete er den ersten Umschlag.

›ACHTUNG! ICH WARNE DICH. KEINE POLI-ZEI‹, war dort in ausgeschnittenen Zeitungsbuchstaben zu lesen. ›WIR HABEN DEINE TOCHTER – EINE MILLION IN KLEINEN SCHEINEN, ODER SIE IST TOT! WIR MELDEN UNS.‹

Thomas Herder hielt das Blatt zitternd in der Hand und betrachtete das Foto, welches beigefügt war. Nicole war breitbeinig auf ein Bett gefesselt, hatte über dem Kopf eine schwarze Kapuze, wenn es überhaupt Nicole war … Immerhin, die Bekleidung stimmte, aber die könnten sie auch einer anderen angezogen haben.

»Was ist?«, fragte seine Frau.

»Ein Erpresserbrief«, sagte er leise, weil es der Junge nicht hören sollte.

»Dann musst du sofort die Polizei informieren«, flüsterte Corinna.

»Auf keinen Fall! Ich will Nicole nicht gefährden. Wir warten erst mal ab, bis sich die Entführer melden. Ich bezahle und dann ist sie hoffentlich bald wieder bei uns …«

Thomas Herder ging unruhig im Wohnzimmer auf und ab. Die Vorstellung, dass Nicole in den Händen von Entführern war, die sie womöglich quälten, machte ihn wahnsinnig. Sie war sein Ein und Alles. Er schaute hinab zum Main, war froh, dass sie dort nicht im Wasser gefunden worden war, sondern vermutlich noch lebte. Jetzt nur keinen Fehler machen! Er nahm den zweiten Umschlag und schob den silbernen Brieföffner unter die Lasche. »Ratsch« war er offen, mit schönem, sauberem Schnitt. Er konnte es nicht leiden, wenn Umschläge so hässlich aufgerissen wurden, dass die Fetzen in alle Richtungen hingen. Das kann doch wohl nicht wahr sein, dachte er, als er einen zweiten Brief vor sich sah.

›KEINE POLIZEI, SONST IST SIE TOT! UND KEINE MODE MEHR AUS BANGLADESCH UND PAKISTAN.‹

Dem zweiten Erpresserbrief war kein Foto beigefügt und auch sonst nichts.

»Vielleicht solltest du doch zur Polizei gehen«, sagte Corinna leise. »Die können das untersuchen.«

»Nein, das ist mir zu riskant. Ich darf Nicole nicht in Gefahr bringen.«

»Aber die Polizei kennt sich aus. Die wissen doch, was sie tun …«

»Ich weiß auch, was ich tue«, brummte Thomas Herder ärgerlich.

Wenn es um seine Tochter ging, waren sie schon oft unterschiedlicher Meinung gewesen. Er hatte den Eindruck, dass seine Frau das Mädchen nicht mochte. Klar, sie war nicht ihre leibliche Tochter, stammte von seiner ersten Frau, da konnte die Beziehung nicht so eng sein wie zwischen Mutter und Kind. Zwar sagte Nicole inzwischen Mutti zu ihr, aber es hatte lange gedauert, bis er sie dazu bewegen konnte. Wirklich warm geworden waren die beiden nie miteinander.

Thomas Herder nahm den Dackel Bruno auf den Arm und ging mit ihm zum Schlafzimmer im Dachgeschoss. Er brauchte seine Ruhe. Ein schöneres Schlafzimmer konnte man nicht haben. Hoch über dem Main, ging der Blick hinüber zum Pompejanum, das in der Nacht von Scheinwerfern angestrahlt wurde, genau wie das Schloss mit seinen mächtigen Türmen. Darunter lag der Fluss, der irgendwie die Verbindung zum Rest der Welt herstellte, zum Rhein und schließlich zum Meer. Thomas Herder ließ sich auf sein Bett fallen und legte den Dackel neben sich.

»Wir müssen uns ein wenig ausruhen«, sagte er. »War heute anstrengend für uns.«

Der Dackel Bruno kuschelte sich an seinen Bauch. Thomas Herder spürte das gleichmäßige Atmen des Hundes, das sehr beruhigend für ihn war. Er kraulte den Dackel im Nacken.

»Wie es Nicole wohl geht? Was die Schweine mit ihr machen?«

Bruno sah ihn mit seinen dunklen Augen an, gab aber keine Antwort.

Warum haben wir so ein Pech, dachte Thomas Herder. Er erinnerte sich an die Suchaktion, sah in Gedanken das Fahrrad, das sie aus dem Fluss zogen, und die Handtasche, die bald darauf folgte. Er musste mit seinem Vater reden. Ihm konnte er sich anvertrauen. Und dem Finanzprokuristen, wegen des Geldes ... Wie und wann sich die Entführer wohl melden würden? Ob er die Übergabe selbst vornehmen oder jemanden beauftragen sollte? Fragen über Fragen wirbelten durch seinen Kopf. Schließlich döste er in einen sanften Schlaf hinüber, wie der Dackel, der schon längst friedlich schnarchte.

Nicole spürte ihre Arme und Beine kaum noch. Sie hatte fast nichts gegessen und getrunken und dämmerte gefesselt auf dem Bett vor sich hin. Der Typ mit der dunklen Stimme war schon mehrfach bei ihr gewesen, hatte sie befummelt, aber zum Glück noch nicht vergewaltigt. Sie würden viel Spaß miteinander haben, sagte er jeweils. Hatte beim letzten Mal sogar etwas von Liebe gefaselt und dass er sie befreien würde. Aber sie glaubte das alles nicht, wollte nur noch nach Hause, zu ihrem Papa und zu Bruno, den sie so vermisste. Ein Käfer oder Insekt lief ihr über das Gesicht. Pfui Teufel, dachte sie. Sie konnte sich nicht wehren, lag reglos da und spürte das Tier, welches ihr fast ins Ohr geklettert war, dann aber in Richtung Kinn abdrehte. Sie wusste nicht mehr, ob sie zwei oder drei Tage gefangen war, hatte irgendwie aufgegeben und lag nur noch willenlos da. Es kümmerte sie kaum noch, als sie wieder Schritte hörte und sich der Schlüssel im Schloss drehte.

»Na, Püppchen«, begrüßte sie der Ganove mit der tiefen Stimme, »jetzt werden wir wieder Spaß haben.«

Er band ihre Beine los, zog ihr die Jeans herunter und ließ sie zur Toilette gehen. Es war eine Erleichterung für sie, über dem ausgesägten Loch des Plumpsklos zu sitzen und sich entleeren zu können. Gott sei Dank, dachte sie. So jämmerlich klein war sie geworden, war schon froh, wenn sie ihre Notdurft verrichten konnte oder ein Stück Brot zu essen bekam.

»Hübsche Beine hast du, Püppchen.«

Sie konnte ihn nicht sehen, hatte ihre schwarze Haube über dem Kopf, aber sie merkte, wie er ihr über die Beine streichelte, hoch bis zum Schritt, in ihrer Behaarung wühlte und sie an ihrer geheimsten Stelle berührte.

»Ein heißes Püppchen bist du. Wir werden viel Spaß zusammen haben.«

Sie konnte sich nicht wehren und auch nichts sagen. Seine Berührungen ekelten sie an, aber sie merkte, wie sie gleichgültiger wurde. Vielleicht war das seine Masche. Er machte sie völlig fertig, ließ sie in ihrer Angst und Einsamkeit schmoren, bis sie sich nach seiner Berührung sehnte … Immerhin war er der letzte menschliche Kontakt, den sie noch hatte.

»Heute werden wir wieder ein paar Fotos machen, Püppchen. Schließlich will dein Opa auch seine Freude haben.«

»Wieso mein Opa?«, wollte sie schreien, aber der Knebel ließ es nicht zu.

»Opas bezahlen besonders gut«, lachte ihr Peiniger.

Also ging es doch um Geld, dachte sie.

»Hier, du hältst die Bildzeitung vor deine Brust. Unten lassen wir mal alles frei, das gefällt dem Opa …«

Er hatte ihr eine Hand losgebunden und schob ihr die Zeitung zwischen die Finger. Mit der anderen Hand war sie sehr unbequem ans Bett gefesselt.

»So, jetzt setzt du mal eine Brille auf, damit du hübsch aussiehst, Püppchen.«

Er schob eine Brille unter die schwarze Haube und über ihre Ohren, dann nahm er ihr die schwarze Haube ab.

»Prima siehst du aus, Püppchen. Am besten gefällst du mir unten«, lachte ihr Peiniger mit der dunklen Stimme.

Er griff ihr zwischen die Beine und fummelte an ihr herum. Es fühlte sich kalt an, er musste Handschuhe tragen. Sie konnte nichts sehen, die Brille war total abgeklebt. Nur ein feiner Lichtschein drang seitlich sowie oben und unten an den abgeklebten Brillengläsern vorbei.

»Wie eine Lady siehst du jetzt aus. Das wird dem Opa gefallen.«

Sie hörte das Geräusch einer Kamera und stellte sich

vor, wie widerlich sie aussehen musste. Unten herum völlig nackt, mit einem Bein und einer Hand ans Bett gefesselt, die Bildzeitung vor dem Oberkörper, mit fettigen Haaren, blass und völlig fertig, das wäre schlimm für ihren Opa, der sie so mochte. Der würde das Bild bestimmt ihrem Vater zeigen, und der würde toben, da sie nicht auf ihn gehört hatte und über die Mainpromenade gefahren war …

»So, jetzt noch ein paar Extra-Fotos von unten. Mach mal schön die Beine breit, Püppchen.«

Er packte ihr rechtes Bein und zog es auf die Seite, dann hörte sie das Geräusch der Kamera.

»Super, du bist richtig fotogen. Das wird dem Opa gefallen, falls er etwas sparsam sein sollte. Und im Internet kann ich die Bilder auch noch posten, damit du mal etwas bekannter wirst«, lachte er.

Er schien kein Erbarmen zu kennen. Sie versuchte verzweifelt, an den Rändern der Brille etwas zu erkennen, sah aber nur millimetergroße Ausschnitte ihrer Umgebung. Die Hütte schien einen Holzfußboden zu haben, das hatte sie auch aufgrund der Geräusche schon vermutet. Der Ganove trug eine Jeans und schwarze Schuhe und knallgelbe Plastikhandschuhe, wie man sie in der Küche benutzte. Mehr konnte sie nicht erkennen.

»Wollen mal sehen, wie dem Opa die Bilder gefallen. Falls er noch nicht zufrieden ist, komme ich wieder. Dann haben wir mal richtig Spaß und machen davon ein paar Bilder.«

Ihr wurde schlecht bei dem Gedanken. Er wechselte ihr den Knebel. Das hatte er schon gestern getan, auch um ihr etwas zu essen zu geben.

»Ein Ton von dir und ich mach dich platt«, drohte er. »Außerdem gibt's dann nichts zu essen, Püppchen!«

Sie hatte gestern versucht, mit ihm zu reden, aber nur mit dem Erfolg, dass er ihr ganz brutal ins Gesicht geschlagen hatte und ihr nichts zu essen gab. So war sie deshalb ganz still, aß ein Stück Brot, trank etwas Wasser, bevor er ihr einen neuen Knebel in den Mund schob und ihn mit Klebeband fixierte.

»So ist's fein, Püppchen«, lobte er sie. »Ich sehe, wir verstehen uns. Schade, dass wir uns wieder anziehen müssen. Sollst nicht frieren.«

Er half ihr, den Schlüpfer und die Hose anzuziehen und band sie wieder breitbeinig auf dem Bett fest.

»Mach dir's gemütlich. Wie man im Liegen so viel Geld verdienen kann … Na ja, nicht umsonst spricht man vom horizontalen Gewerbe«, lachte er schallend.

Er zog ihr die schwarze Haube über den Kopf, nahm ihr die beklebte Brille ab, sie hörte den Schlüssel in der Tür, seine Schritte auf den Treppen, anschließend das startende Auto, das langsam leiser wurde, dann war alles ganz still … Noch lebte sie. Und der Opa würde zahlen, da war sie sich ziemlich sicher. Wenn ihm nur nichts passierte oder ihrem Vater, falls er das Geld übergab. Sie lag regungslos auf dem Bett, hörte das Knistern im Gebälk, vielleicht war der Holzwurm bei der Arbeit, dachte über ihr Leben nach, über ihre Träume und Wünsche. Wie es wohl Tobias ging? Bestimmt hatten sie ihn schon befragt und er machte sich Sorgen. War ja auch zu dumm, dass sie sich nicht hatte von ihm nach Hause bringen lassen. Nun lag sie hier und konnte nichts tun, außer warten …

Das Summen seines Handys riss Thomas Herder aus dem Schlaf. Es steckte in seiner Hosentasche und er hatte Mühe, es aus der Tasche zu bekommen. Im letzten Augenblick wischte er darüber und nahm den Anruf an.

»Hallo.«

»Hallo, Thomas, ich bin's«, hörte er die Stimme seines Vaters.

»Hallo, Papa, ich wollte dich schon anrufen …«

Der Dackel Bruno war hellwach und bellte vor Schreck. Er stolzierte auf dem Deckbett von Thomas Herder herum, grub mit den Pfoten eine Kuhle und rollte sich darin zusammen.

»Es gibt Neues zu Nicole …«

»Tatsächlich? Hoffentlich Gutes, was ist?«

»Vor ein paar Minuten habe ich einen Erpresserbrief erhalten.«

»Was? Du auch?«

»Wieso?«

»Ich habe vorhin zwei Erpresserschreiben bekommen. Sie wurden scheinbar eingeworfen, als ich am Main bei der Suchaktion war. Corinna hat sie aus dem Briefkasten genommen.«

»Bei mir hat es vor einer Viertelstunde geklingelt, aber bis ich nachsehen konnte, war niemand mehr da. Allerdings fand ich einen Brief im Kasten. ›ACHTUNG! ICH WARNE DICH. KEINE POLIZEI‹, ist darin in ausgeschnittenen Zeitungsbuchstaben zu lesen. ›WIR HABEN DEINE ENKELIN – EINE MILLION IN KLEINEN SCHEINEN, ODER SIE IST TOT! WIR MELDEN UNS‹«, berichtete Wolfgang Herder, der Gründer und Seniorchef des Versandhauses.

»Genau wie bei mir, außer dass sie bei dir ENKELIN sagen. Ist ein Bild dabei, Papa?«

»Und ob ein Bild dabei ist«, seufzte Wolfgang Herder, »ein scheußliches Bild.«

»Kannst du Nicole darauf erkennen, Papa?«

»Ich denke schon. Unten herum ist sie völlig nackt, da kenne ich mich nicht so aus, habe das Kind nie so gesehen, jedenfalls in den letzten Jahren nicht. Vor der Brust hält sie die Bildzeitung von heute. Ihr Gesicht ist erkennbar, trotz einer dunklen Brille, die sie ihr verpasst haben.«

»Dann hast du mehr als ich«, seufzte Thomas Herder. Er erzählte seinem Vater von seinem eigenen Bild, auf dem Nicole bekleidet war und eine schwarze Haube über dem Kopf trug.

»Und was willst du jetzt tun?«, fragte Wolfgang Herder.

»Ich wollte keine Polizei einschalten, das ist mir zu riskant. Ich dachte, das Lösegeld zu bezahlen, um Nicole auf jeden Fall frei zu bekommen.«

»Mhmm«, brummte sein Vater. »In deiner Haut möchte ich nicht stecken. Aber mach, wie du es für richtig hältst. Das kannst nur du entscheiden. Meinen Segen hast du jedenfalls.«

Das liebte Thomas Herder an seinem Vater. Er war ein großzügiger Mann, wusste genau, was er wollte, aber im entscheidenden Moment konnte er sich auch zurücknehmen, wenn es ihm richtig erschien. Sie sprachen über die Abwicklung, beschlossen, mit dem Vorstand der Sparkasse zu reden, um das Geld in kleinen Scheinen und mit registrierten Nummern zu bekommen.

»Auf die kannst du dich verlassen. Wir arbeiten schon seit Jahrzehnten mit der Sparkasse zusammen. Sie sind absolut zuverlässig«, betonte Wolfgang Herder.

Das Versandhaus Herder war eine sehr solide Firma, brauchte eigentlich nie fremdes Kapital, allenfalls zur kurzfristigen Überbrückung, wenn zu Saisonbeginn die Ware eingelagert wurde oder die Katalogproduktion zu bezahlen war. Eine Million war, damit verglichen, ein Pappenstiel und konnte vom Versandhaus aus der Portokasse bezahlt werden, allerdings nicht in bar und nicht in kleinen Scheinen. Dafür brauchte man die Sparkasse.

»Gib mir bitte sofort Bescheid, wenn sich die Entführer bei dir melden, Papa. Ich werde versuchen, noch heute Nacht mit dem Vorstand der Sparkasse zu reden, ich kenne Herrn Dressler persönlich, er ist Mitglied in der CSU.«

Thomas Herder war sehr gut vernetzt in Aschaffenburg, kannte über die IHK die wichtigsten Unternehmer der Stadt, kannte den Oberbürgermeister und die Stadträte, kannte die führenden Köpfe der CSU, die Schulleiter der Region, den Präsidenten der Hochschule und viele mehr. Er würde seine Beziehungen nutzen, um Nicole frei zu bekommen, das schwor er sich.

»Wir müssen zusammenhalten«, verabschiedete sich sein Vater von ihm. »Halt die Ohren steif, mein Junge.«

Das war sein Spruch, und wenn er sagte »mein Junge«, dann wusste Thomas Herder, dass es niemanden auf der Welt gab, der ihn so liebte wie sein Vater, außer dem Dackel Bruno vielleicht …

7

Als Rotfux am Morgen das Main-Echo aus dem Briefkasten zog, erkannte er sofort sein Bild auf dem Titel
der Zeitung. Er war in Großaufnahme neben Thomas
Herder am Ufer des Mains zu sehen, als sie die Suchaktion beobachteten.

›Fahrrad der Vermissten gefunden‹, lautete die Headline. Darunter wurde die Suchaktion in allen Details
beschrieben und man sah Fotos von den Tauchern, wie
sie das Fahrrad und die Handtasche von Nicole Herder
aus dem Main zogen. Die Leser wurden gebeten, Beobachtungen an die Polizei zu melden. Es folgten Spekulationen über die möglichen Hintergründe. Klaus Zimmermann, der Stadtredakteur des Main-Echos, konnte
sich sowohl eine Entführung vorstellen, mit der Geld
vom Versandhaus erpresst werden sollte, er brachte aber
auch das Flüchtlingsthema ins Spiel und wies darauf hin,
dass Thomas Herder zahlreiche Feinde hatte, denen eine
Entführung ins Konzept passen würde: Politische Kon-
kurrenten und Neider, den ehemaligen Vorstand des
Dackel-Clubs, die Dritte-Welt-Aktivisten, welche gegen
Billigmode zu Felde zogen. An dem ist wirklich ein Kriminalist verloren gegangen, dachte Kommissar Rotfux.
Mit Vermutungen war der Redakteur schnell zur Hand,

allerdings fehlte die Fundierung, um die er sich als Kommissar kümmern musste. Natürlich wollte Zimmermann seinem Publikum Interessantes zum Lesen bieten. Die Presselandschaft wurde schwieriger, stand unter Druck durch das Internet. Man konnte froh sein, wenn eine Tageszeitung wie das Main-Echo erfolgreich blieb. Mit solchen Gedanken spazierte Rotfux über die Mainpromenade. Seit er den Dackel Oskar bei einem Kriminalfall übernommen hatte, stand er morgens eine halbe Stunde früher auf und ging mit dem Hund am Main entlang. Oskar war ursprünglich der Dackel eines Mordopfers und Rotfux hatte ihn aus dem Tierheim geholt, weil ihm der Hund leidtat, der so plötzlich sein Herrchen verloren hatte und verlassen und allein im Tierheim saß. Seitdem waren die beiden unzertrennlich.

»Wir müssen wieder nach oben, komm«, sagte er zu dem Dackel, der zum x-ten Mal sein Beinchen hob und ein Gebüsch markierte. Büsche und Bäume zeigten ihr zartes Frühlingsgrün. Die Promenade war um diese Zeit am Morgen noch verlassen, zumal Rotfux im hinteren Bereich des Floßhafens wohnte, der etwas abgelegen war. Ein Fahrrad kam ihm in Richtung Schloss entgegen, ein junger Mann mit Aktentasche auf dem Gepäckträger, der vermutlich in die Stadt zur Arbeit fuhr.

»Los jetzt, wir müssen hoch«, forderte Rotfux den Dackel nochmals auf.

Als der nicht hörte, was bei Dackeln vorkommen soll, nahm er ihn einfach auf den Arm und trug ihn das letzte Stück zurück in seine Wohnung.

»So, Freundchen, jetzt noch deine Leckerli, dann geht's zum Kommissariat!«

Rotfux warf ein kleines rosarotes Gummischwein durch das Wohnzimmer und Oskar brachte es zu ihm zurück.

»So ist's brav«, lobte der Kommissar, gab ihm ein Stück vom Leckerli und wiederholte die Prozedur.

»Oskar, bring!«

Unermüdlich sauste der Dackel hin und her, bis er den Leckerli-Streifen komplett erhalten hatte.

»Im Kommissariat kannst du dich ausruhen, Oskar.«

Rotfux frühstückte und fuhr mit dem Hund zu seiner Dienststelle im Stadtteil Nilkheim. Seine Sekretärin erwartete ihn schon. Sie mochte den Dackel und hatte sich bereiterklärt, gelegentlich auf ihn aufzupassen.

»Hallo, Herr Kommissar«, begrüßte sie ihn freundlich, »scheint ja eine ganz große Sache zu sein mit der Entführung oder dem Mordfall … Kollege Oberwiesner hat mir schon berichtet, dass die Taucher die junge Frau nicht gefunden haben.«

Rotfux erkundigte sich nach den Details und erfuhr, dass die Taucher bis zum Einbruch der Dunkelheit gesucht hatten und heute ihre Suche fortsetzten.

»Klar, wir dürfen nicht aufgeben«, brummte Rotfux, »solange es kein Erpresserschreiben oder ein Lebenszeichen der Vermissten gibt, müssen wir versuchen, sie zu finden.«

Rotfux rief seine Sonderkommission zusammen und verteilte die Aufgaben. Mehrere Ermittler sollten Befragungen in der Flüchtlingsunterkunft in der Schweinheimer Straße durchführen. Das Team der Spurensicherung würde alle Spuren vom Main genauestens untersuchen: Das Fahrrad, die Handtasche, das Handy und alle Spuren, die am Ufer gefunden wurden. Ein weiteres Ermittlerteam sollte das Umfeld der jungen Frau an der Aschaffenburger Hochschule genau unter die Lupe nehmen. Er selbst und Oberwiesner koordinierten das Ganze und wiesen die Teams an, sofort Nachricht zu geben, wenn etwas Interessantes auffiel.

»Ich verlasse mich auf Sie. Ich hoffe, dass wir das Mädchen finden. Geben Sie sofort per Handy Bescheid, wenn Ihnen etwas auffällt«, beendete Rotfux die Besprechung.

»Ich begleite das Team an die Hochschule, du kannst dich zunächst beim Flüchtlingsheim umsehen«, sagte er zu Oberwiesner.

Im Stillen dachte Rotfux, dass er auf diese Weise vielleicht Michelle Moorkamp sehen würde, wenn es der Zufall wollte. Sie müsste heute an der Hochschule sein, hatte sie ihm gesagt, und heute Abend würde er sich ohnehin mir ihr treffen. Aber so ein unverhofftes Wiedersehen stellte er sich reizvoll vor.

»Ich nehme heute Oskar mit, an der Hochschule dürfte das kein Problem sein.«

Er fuhr zusammen mit drei Kollegen von der Einfahrt an der Flachstraße auf das Hochschulgelände, hielt vor der Schranke an und drückte den Knopf am Sprechgerät, um sich anzumelden. Es dauerte einige Sekunden, dann meldete sich krächzend eine Stimme:

»Ja bitte?«

»Hier Rotfux, Hauptkommissar Rotfux. Wir ermitteln im Fall der vermissten Studentin. Können Sie uns bitte auf den Parkplatz lassen?«

»Ja, sicher. Ich öffne.«

Die Schranke fuhr nach oben und Rotfux parkte sein

Fahrzeug direkt vor dem großen weißen Gebäude linker Hand.

»Wir fragen uns einfach durch«, sagte er zu den Kollegen und sie betraten das Erdgeschoss. Oskar ging brav bei Fuß und gab keinen Mucks von sich. Aus den Hörsälen waren Vorlesungen zu hören, da einige Professoren die Türen offen stehen hatten, wahrscheinlich, um frische Luft hereinzulassen. Eine Studentin kam ihnen von der Toilette entgegen.

»Entschuldigung«, sprach Rotfux sie an, »wo kann man sich hier nach den Stundenplänen erkundigen?«

»Im ersten Stock, beim Dekanat, gleich hier die Treppe nach oben …«

»Okay, vielen Dank!«

An der Tür zum Dekanat war ein Foto mit sämtlichen Mitarbeitern abgebildet, alles nette Damen und der Dekan. Scheinen sehr freundlich zu sein, dachte Rotfux. Er klopfte und trat ein. Oskar bellte, so als ob er seinem Erscheinen Nachdruck verleihen wollte.

»Guten Tag, Rotfux, Kriminalpolizei. Wir kommen wegen Nicole Herder, vielleicht haben Sie davon in der Zeitung gelesen …«

»Ja, klar, schrecklich …«, sagte eine der beiden Damen, die hinter dem Tresen an ihren Schreibtischen saßen und freundlich aufschauten. »Wie können wir helfen?«

»Wir würden gern einige Studenten befragen, mit denen Frau Herder zusammen studiert. Gibt es einen Stundenplan, so dass wir die Gruppe finden?«

Die beiden Damen tauschten sich kurz aus, schauten, in welchem Semester Nicole Herder studierte, und kamen zu dem Ergebnis, dass es am besten sei, mit dem

Dekan zu sprechen. Sie klopften an dessen Tür und meldeten den Kommissar und seine Begleiter an. Der Dekan, ein sehr freundlicher Professor im dunklen Anzug, bat sie, an seinem Besprechungstisch Platz zu nehmen.

»Einen kleinen Augenblick, ich muss gerade noch mal nachschauen, ob Frau Herder heute Vorlesungen gehabt hätte, so dass Sie mit den dortigen Studenten sprechen können.«

Er huschte hinter seinen Schreibtisch, sah sich auf dem Bildschirm verschiedene Dateien an und stellte fest, dass von 9.45 bis 11.15 Uhr eine Marketing-Veranstaltung im Raum 116 stattfand, die zu ihrem Programm gehörte.

»Ich kann Sie dorthin bringen, es ist gleich auf unserem Stockwerk.«

Der Dekan ging voraus zum Raum 116, klopfte an die Tür, öffnete und stellte den Kommissar vor.

»Guten Morgen, Frau Moorkamp, wir müssen leider stören, das ist Kommissar Rotfux, er hat ein paar Fragen wegen Nicole Herder.«

Michelle Moorkamp lächelte den Kommissar an. Nur er wusste, was das bedeutete. Aber sie verriet nicht, dass sie ihn kannte. Oskar steuerte auf sie zu und wedelte mit dem Schwanz.

»Der Dackel ist ja nett«, sagte sie.

»Guten Tag, Frau Moorkamp«, gab Rotfux ihr die Hand. Er ließ sich ebenfalls nicht anmerken, dass sie keine Fremde für ihn war. Es war angenehm, ihre Hand zu spüren.

»Hallo, Herr Kommissar«, sagte sie locker und lächelte immer noch.

Anschließend begann die Befragung. In mehreren

Seminarräumen, die neben dem Hörsaal auf der gleichen Etage lagen, wurden die Studenten einzeln befragt. Anschließend bat der Kommissar darum, dass die männlichen Kommilitonen Fingerabdrücke und Speichelproben abgeben sollten.

»Eine reine Routinemaßnahme, meine Herren«, versicherte Rotfux, »da ich davon ausgehe, dass Sie nichts mit dem Verschwinden von Frau Herder zu tun haben, brauchen Sie nichts zu befürchten.«

Nach anfänglichem Zögern erklärten sich alle jungen Männer dazu bereit und Rotfux war erleichtert.

»Ich danke Ihnen sehr, dass Sie unsere Ermittlungen unterstützen! Falls Sie noch etwas bemerken oder Ihnen etwas einfällt, hier meine Nummer.«

Er schrieb die Nummer an die Tafel, zwischen einige Notizen von Michelle Moorkamp.

»Entschuldigung, Frau Professor, ich hoffe, ich habe Ihnen da nichts durcheinandergebracht«, lachte er und zwinkerte ihr zu.

»Nein, nein, ist mit Sicherheit wichtiger als mein Anschrieb zum Thema Werbung.«

Er verabschiedete sich mit einem kräftigen Händedruck von ihr und verließ mit seinen Kollegen und dem Dackel den Hörsaal, wobei sie wieder auffallend freundlich lächelte.

»War ja ein steiler Zahn, die Professorin«, frotzelte ein Ermittler aus Würzburg, während sie die Treppe zum Erdgeschoss nahmen, »da würde man gern noch mal studieren.«

»Was du unter ›studieren‹ verstehst …«, lachte ein anderer.

Rotfux sagte dazu nichts. Er trug Oskar mit Rücksicht auf dessen Rücken die Treppen nach unten. Wenn ihr wüsstet, dachte er und freute sich schon auf die Verabredung am Abend.

Den Rest des Tages verbrachte der Kommissar damit, sich von den diversen Ermittlerteams ihre Ergebnisse vorstellen zu lassen. Oberwiesner berichtete, dass sie in der Flüchtlingsunterkunft alle anwesenden Männer befragt und ebenfalls Speichelproben genommen hatten. Nur zwei der Männer hätten sich geweigert, solche Proben abzugeben, aber deren Personalien seien genau erfasst worden.

»Warum sie sich wohl geweigert haben?«, grübelte Rotfux. »Damit machen sie sich doch erst recht verdächtig.«

»Ich kann es mir auch nicht erklären«, brummte Oberwiesner. »Es waren zwei jüngere Männer aus Afghanistan, wie viele dort. Eigentlich nichts Besonderes.«

Gerda Geiger berichtete von der Spurensicherung. Sie trug wie meistens einen eng anliegenden Pulli, der ihre Oberweite betonte. Ihre blonden schulterlangen Haare hätte man bei einer Kriminalbeamtin nicht unbedingt vermutet, aber Rotfux wusste, dass er sich absolut auf sie verlassen konnte. In der Handtasche habe man ein Haar gefunden, das nicht von der Vermissten stamme, erzählte sie, und ihre blauen Augen leuchteten stolz. Es werde noch geprüft, ob es von ihrem Freund sein könne. Falls nicht, habe man vielleicht einen guten Anhaltspunkt. Am Fahrrad seien Faserspuren gefunden worden, die von einer Decke oder einem Umhang stammen könnten. Die genauere Analyse laufe inzwischen.

»Das ist immerhin mehr als nichts«, freute sich Rotfux, »egal, was passiert ist, wir werden den oder die Täter finden.«

Er verabschiedete sich und fuhr mit Oskar nach Hause. Dort gab er dem Dackel zu fressen und zu trinken, machte sich kurz frisch, tauschte seinen gelben Pulli gegen eine schicke Lederjacke und war kurz vor fünf unterwegs zur Pizzeria Lombardi im Zentrum der Stadt.

»Du bist ganz brav«, sagte er zu Oskar, kurz bevor sie das Lokal erreichten.

Der Dackel ging bei Fuß neben dem Kommissar und begann mit dem Schwanz zu wedeln, als er Michelle Moorkamp sah, die am Eingang wartete. Sie sah strahlend aus, trug einen schmalen kurzen Rock und eine weinrote Bluse, über die ihre blonden Haare locker fielen.

»Ich habe noch gewartet, damit wir gemeinsam aussuchen können, wo wir sitzen wollen.«

»Hallo, das ist nett, aber du hättest dich ruhig setzen können«, sagte Rotfux und gab ihr ein Küsschen rechts und ein Küsschen links auf die Wange.

»Ich hoffe, es war okay, dass ich dich heute Vormittag gesiezt habe. Ich dachte, es wäre sonst komisch für dich gegenüber den Studierenden.«

»Das wäre nicht schlimm gewesen … aber ist schon okay.«

Sie wählten eine gemütliche Nische im hinteren Teil des Lokals. Rotfux setzte Oskar auf die Bank neben sich.

»Damit er nicht unter dem Tisch im Dunklen sitzen muss«, erklärte er.

»Klar, das wäre schade, so hübsch, wie der aussieht. Eine nette Ecke, hier sind wir ungestört«, freute sich Michelle.

Tatsächlich hatte man das gesamte Lokal im Blick, saß aber selbst nicht auf dem Präsentierteller, sondern geschützt zwischen rustikalen Holzbalken, die hier eine Nische bildeten und eine gemütliche Atmosphäre verbreiteten. Auf den derben Holztischen lagen blau-weiß-karierte Tischdecken, die einen daran erinnerten, dass sich Aschaffenburg in Bayern befand, auch wenn es mehr durch Frankfurt geprägt war als durch München. Michelle Moorkamp blätterte in der Karte und Rotfux bewunderte das zierliche Goldarmband, welches sie am Handgelenk trug.

»Warst du schon mal hier?«, fragte er.

»Ehrlich gesagt, noch nicht. Meist fahre ich sofort im Anschluss an die Vorlesungen nach Hause, aber ich freue mich ... ich glaube, ich nehme eine Dorade.«

Sie strahlte Rotfux mit ihren blauen Augen an. Er sah ihr hübsches Gesicht, die blendend weißen Zähne, die wie eine Perlenkette in ihrem Mund glänzten, wenn sie lachte, und die blonden Locken, die ihr in die Stirn fielen.

Volltreffer, dachte er. Klar, sie war mindestens zehn Jahre jünger als er, aber das war ja nicht schädlich, ganz im Gegenteil.

»Vielleicht nehme ich auch eine Dorade, aus Solidarität sozusagen«, lachte er. »Nach dem heutigen Tag kann ich etwas Vernünftiges vertragen. Du bist selbstverständlich eingeladen ...«

»Wir kennen uns doch kaum ... nein, das kann ich nicht annehmen ...«

»Ach was, heute zur Feier des Tages ... genieß es einfach. Ich freue mich, dass wir uns an der Hochschule getroffen haben.«

»Na gut, aber nur heute.«

Sie unterhielten sich darüber, dass sie beide schon Dorade und davor eine ›soupe de poisson‹ in Südfrankreich gegessen hatten.

»Tja, im Urlaub, mit Blick auf das azurblaue Meer, schmeckt das supergut.«

»Aber heute natürlich auch, in netter Gesellschaft«, lachte sie.

»Dazu ein schöner Weißwein«, schlug er vor. »Vielleicht einen Würzburger Stein, einen Riesling. Was meinst du?«

»Hat nicht Goethe schon vom Würzburger Stein geschwärmt?«, bemerkte sie. »Ich glaube, in einem Brief an seine Frau.«

»Du bist ja gut informiert. Also dann lass uns den nehmen.«

Sie bestellten. Rotfux kannte den Inhaber, Frederico Lombardi, der sie persönlich bediente. Der korpulente mittelgroße Mann war die Freundlichkeit in Person, ein gemütlicher Pizzabäcker, der inzwischen zwar seine Angestellten hatte, sich aber um jeden seiner Gäste selbst kümmerte. Seine lockigen dunklen Haare passten zu diesem typisch südländischen Italiener.

»Ja, Dorade, die sind heute sehr gut«, bestärkte er sie in ihrer Entscheidung, »und davor vielleicht eine italienische Vorspeise?«

Seine fast schwarzen Augen glänzten, als er seinen Vorschlag machte, und sie leuchteten, als Rotfux dem zustimmte, nachdem er Michelle gefragt hatte, ob ihr das recht sei.

»Ja, gern, Frederico, und eine Flasche Würzburger Stein, Sie wissen schon, den Weißen, den ich schon hatte.«

Von ihrem Platz aus konnten sie den Pizzabäcker sehen, der den Pizzateig in die Luft warf und liebevoll bearbeitete, bevor er die Pizzen belegte. Bald kamen die Vorspeise und der Wein und sie begannen zu genießen.

»Ach, ist das gemütlich hier«, seufzte Michelle, »ich hoffe, dein Tag war nicht zu unangenehm. Ich stelle mir das schlimm vor, wenn man nach einem vermissten Mädchen sucht.«

Rotfux berichtete, dass sie Nicole Herder bisher nicht gefunden hatten. Vorsorglich seien DNA-Proben von den Studenten ihrer Gruppe und den Männern im Flüchtlingsheim genommen worden, für den Fall des Falles.

»Wir werten alle möglichen Spuren aus, aber erzähl du lieber mal, wobei ich dich heute in der Vorlesung gestört habe.«

»Du hast mich überhaupt nicht gestört«, sagte sie leise und sah Rotfux tief in die Augen, »im Gegenteil, ich habe mich gefreut, dass du so unvermittelt hereingeschneit bist.«

»Ich fand es auch nett.«

Oskar hob den Kopf und sah sie mit seinen dunklen Augen an.

»Na, dir wird es wohl langweilig«, sagte Rotfux. »Nach dem Essen müssen wir eine Runde drehen.«

Er streichelte dem Dackel über den Rücken.

»Darf ich auch mal?«

Michelle beugte sich über die Beine des Kommissars, um den Dackel erreichen zu können, der auf der anderen Seite von Rotfux saß. Er spürte ihren Körper ganz dicht vor sich, sah ihre blonden Haare, roch ihr Parfüm und sah, wie sie ihre Hände über den Rücken des Hundes gleiten ließ.

»Soll ich Oskar auf deine Seite setzen?«

»Es geht schon …«

Sie schien seine körperliche Nähe zu genießen, während Oskar sich auf die Seite drehte und sich am Bauch streicheln ließ.

»Der scheint dich zu mögen«, sagte Rotfux. »Sonst macht er das nicht bei jedem.«

Das Hauptgericht wurde serviert, Frederico Lombardi filetierte gekonnt die beiden Doraden und wünschte einen guten Appetit. Rotfux prostete Michelle zu.

»Auf dein Wohl, Michelle.«

Er ließ sich das »Michelle« auf der Zunge zergehen, so dass es fast einer Liebeserklärung gleichkam.

»Auf dein Wohl, Rudi.«

Rotfux beobachtete, wie sie den Fisch und das Gemüse in ihren roten Mund schob und das Essen offensichtlich genoss. Oskar kuschelte auf der Bank und gab keinen Mucks von sich. Der weiß vermutlich, dass wir Fisch essen, dachte Rotfux. Er erzählte von seinem Frankreichaufenthalt in der Nähe von St. Tropez. Sie lauschte begeistert und stellte fest, dass sie zum Teil an genau denselben Orten waren.

»Auf der Insel Port-Cros war ich auch schon, habe dort geschnorchelt«, freute sie sich, »die Fische sind dort so zutraulich, dass man sie fast berühren kann.«

»Klar, weil alles absolut unter Naturschutz steht. Nicht einmal rauchen darf man auf der Insel und fischen schon gar nicht. Die Fische kennen den Menschen nicht als Feind, deshalb haben sie keine Angst«, sagte Rotfux.

Er freute sich über ihre Begeisterung für Südfrankreich.

»Wir könnten dort mal gemeinsam schnorcheln. Würde mir gefallen ...«

Er stellte sich vor, wie ihr hübscher schlanker Körper vor ihm durchs Wasser gleiten würde, umgeben von den Fischen, wie er sie berührte, um sie auf einen Tintenfisch hinzuweisen, der über den Grund schwebte, und wie sie anschließend an dem kleinen Sandstrand in der Sonne liegen würden, an dem nur wenige Naturbegeisterte Ruhe suchten.

»Das fände ich toll«, strahlte sie Rotfux an.

Sie hatte inzwischen mehrere Gläser Wein getrunken und wurde zunehmend lustiger, während Rotfux sich zurückhielt, da er noch fahren musste. Sie rückte auf der Bank an ihn heran, er spürte die Wärme ihres Körpers an seinem Oberschenkel und Rotfux war sich sicher, dass sie ihn mochte. Irgendwann zog sie ihr Handy aus der Handtasche und prüfte die Zugverbindungen nach Frankfurt.

»Ich kann entweder um 22.35 oder um 23.35 Uhr fahren.«

»Der erste Zug ist etwas knapp. Nimm den späteren. Wir drehen noch eine Runde mit dem Hund und dann bringe ich dich zum Bahnhof.«

Rotfux winkte Frederico Lombardi zum Tisch und bezahlte. Oskar stellte sich auf die Bank und sah den Kommissar erwartungsvoll an.

»Gleich geht's los«, sagte der und setzte ihn auf den Boden.

Wenig später verließen sie das Lokal und näherten sich dem Schlossplatz. Es war nicht mehr viel los um diese

Zeit. Oskar zog zum nächsten Laternenpfahl und pinkelte.

»Der war den ganzen Abend brav«, lobte Michelle den Hund.

Rotfux hatte seinen Arm um Michelle gelegt und sie kuschelte sich an ihn.

»Ich bin schon ganz torkelig«, lachte sie, »habe, glaub ich, zu viel Wein getrunken. War aber gut.«

Rotfux führte sie die Treppen hinunter zu den Schlossterrassen, dann durch den Laubengang in Richtung Pompejanum. Der Main zog unterhalb ganz ruhig seine Bahn.

»Ich war noch nie allein abends hier ...«, sagte sie leise. »Es ist schön hier.«

»Aber du bist doch gar nicht allein.«

Rotfux blieb stehen, nahm sie in den Arm, sie sah ihn erwartungsvoll an, hielt ihm den Mund entgegen ... Rotfux zögerte. Sollte er wirklich? Dann näherte er sich ihrem Gesicht, ihre Lippen berührten sich und trafen sich zu einem zärtlichen Kuss.

Oskar bellte.

»Nein, nicht allein«, stammelte sie glücklich.

Der Mond warf sein sanftes Licht über die noch jungen Weinblätter des Laubenganges und malte flirrende Schatten auf den Boden.

»Wir müssen so langsam umkehren«, sagte Rotfux.

Schnell voran kamen sie allerdings nicht. Alle paar Meter blieben sie stehen und küssten sich. Michelle konnte gar nicht genug davon bekommen. Fast hätte sie am Ende ihren Zug verpasst.

»Ich melde mich«, verabschiedete er sie am Bahnsteig.

»Ich freue mich, und gute Nacht.«

Sie winkte, als der Zug abfuhr. Obwohl es durch die getönten Scheiben des ICE kaum zu sehen war, war sich Rotfux sicher, dass sie glücklich lachte.

8

Thomas Herder hatte das Gefühl, den wichtigsten Auftrag seines Lebens erfüllen zu müssen. Er war nervös. Seine Hände schwitzten. Er saß in Wanderkleidung in seiner Limousine, obwohl ihm gar nicht zum Wandern zumute war. Eine Million Euro waren in seinem Rucksack versteckt, wie es die Entführer von ihm verlangt hatten.

»Du kommst zum Hohe-Wart-Haus und parkst dort dein Auto. Benimm dich völlig unauffällig, wie ein Wanderer, und gehe den Waldweg Richtung Mespelbrunn. Natürlich allein! Wenn du die Polizei einschaltest, ist deine Tochter tot.«

Er hatte verlangt, dass er seinen Dackel mitbringen dürfe, und das hatten sie akzeptiert.

»Aber mach keinen Zirkus mit dem Tier. Wenn der Hund stört, knallen wir ihn ab.«

Sie klangen brutal, duzten ihn von Anfang an, schienen keinen Spaß zu verstehen. Er fuhr von Aschaffenburg in Richtung Mespelbrunn, durch malerische Spessartdörfer, bog rechts ab, vorbei an einem Ausflugslokal, zunächst am Wald entlang und anschließend immer tiefer in den Wald hinein. Sie hatten den Ort für die Übergabe geschickt gewählt, eine einsame Gegend im Spessart, in der an Wochentagen kaum jemand anzutreffen war. Nicht umsonst kursieren hier die Sagen von den Spessarträubern, dachte Herder. Sein Dackel Bruno saß in der Hundebox auf dem Rücksitz und hatte sich in die Kuscheldecke gerollt. Nach einer scharfen Rechtskurve führte der Waldweg bergab und Herder sah das Hohe-Wart-Haus durch die zartgrünen frühlingsfrischen Blätter der mächtigen Buchen schimmern.

»Gleich sind wir da, Bruno. Dann holen wir uns Nicole zurück.«

Er parkte den Wagen direkt vor der Waldgaststätte, ging zur Toilette, die in einem kleineren Gebäude etwas abseits untergebracht war, dann holte er Bruno aus seiner Transportbox, setzte sich den Rucksack auf den Rücken und sah sich nach dem Weg um, den er gehen sollte. Die Holzbänke vor der Gaststätte waren fast unbesetzt. Nur ein einsamer Wanderer mit seinem Schäferhund trank ein Bier im Schatten der hohen Bäume. Er hatte längere Haare und einen vollen Rauschebart und sah alternativ aus. Herder grüßte ihn, wollte sich aber nicht in ein Gespräch verwickeln lassen. Ich darf keine Zeit verlieren, muss meinen Auftrag erfüllen, dachte er.

»Bei Fuß«, sagte er zu Bruno und steuerte auf den Waldweg nach Mespelbrunn zu. Er hatte den Hund nicht an die Leine gelegt, obwohl sie im Wald waren. Der Dackel folgte ihm aufs Wort, wofür ihn viele Mitglieder im Dackelclub bewunderten. Bruno blieb dicht bei Thomas Herder, schnüffelte am einen oder anderen Busch und hatte schon einige Male das Beinchen gehoben.

»Bist ein braver Hund«, lobte ihn Herder. »Wollen mal sehen, wie weit wir gehen müssen …«

Die Entführer hatten keine näheren Angaben gemacht. Vielleicht beobachteten sie ihn. Womöglich war der Alte mit seinem Schäferhund ein Posten gewesen und hatte schon durchgegeben, dass er sich näherte. Alle möglichen Gedanken gingen ihm durch den Kopf. Er fragte sich, ob es nicht vielleicht doch besser gewesen wäre, die Polizei einzuschalten. Aber das war jetzt zu spät und er wollte einfach kein Risiko eingehen. Seine Wanderkleidung ließ ihn an Nicole denken. Mit ihr war er gern gewandert. Noch vor wenigen Wochen waren sie in der Schweiz am Thuner See gewesen und von Beatenberg zum Niederhorn aufgestiegen. Tausend Höhenmeter waren das gewesen und er war ziemlich ins Schwitzen gekommen, doch man wurde belohnt durch den Blick auf das grandiose Panorama vor Eiger, Mönch und Jungfrau, die bei strahlend blauem Himmel gegenüber lagen. Er würde alles tun, um seine Tochter zurückzubekommen. Bruno strebte auf dem Waldweg voran, der inzwischen schmaler und dunkler wurde. Thomas Herder war froh, dass ihn der Hund begleitete. Er gab ihm das Gefühl, nicht ganz allein zu sein, obwohl es sehr einsam war auf diesem Waldweg. Corinna hatte ihn bis zum Schluss mit ihren Bedenken genervt, doch jetzt gab es kein Zurück mehr. Der Himmel war inzwischen grauschwarz geworden. Die ersten Regentropfen fielen. So ein Mist, dachte Thomas Herder und zog seine Kapuze über den Kopf. Bruno tat ihm leid, der jetzt nass wurde.

»Ich hoffe, wir haben es bald geschafft«, ermunterte er den Hund, der langsamer ging und vermutlich gern umgekehrt wäre. Der Weg war inzwischen so schmal, dass sie teilweise hintereinander gehen und über Wurzeln steigen mussten. Herder schaute zurück. Es verfolgte sie niemand. Er fragte sich, ob er den richtigen Weg genommen hatte. Es schien ihm sinnlos, hier ewig weiterzugehen, immer tiefer in den Wald hinein.

»Ich weiß nicht, Bruno, was wir machen sollen …«

Der Hund blieb stehen, sah ihn mit seinen großen dunklen Augen an und hob seine Nase in den Wind. Der wittert etwas, dachte Herder. Entweder war Wild in der Nähe oder es näherten sich die Entführer. Er beobachtete angespannt den Dackel, der unruhig voranpirschte. Ein Stück weiter blieb er stehen und sog die Luft tief ein.

»Was hast du denn, mein Freund?«

Herder nannte ihn manchmal »mein Freund«, wenn er ihm besonders nah war. Er nahm ihn auf den Arm und merkte, dass der Hund zitterte.

»Ist alles gut, Bruno«, tröstete er ihn. »Wenn jetzt niemand kommt, müssen wir wohl umkehren.«

Er setzte den Dackel auf den Boden und ging noch ein Stück weiter.

»Hallo«, rief er, »ist da wer?«

Keine Antwort. Der Regen, welcher inzwischen kräftiger geworden war, verschluckte sein Rufen. Der Dackel triefte vor Nässe. So ein Mist, dachte Herder. Er war nicht empfindlich und für Nicole hätte er ohnehin alles getan, aber das war eine unmögliche Sauerei. Er zog die Kapuze tiefer ins Gesicht, ging gebückt, sah den Dackel vor sich, der sich durch den Regen kämpfte. Das Geld im Rucksack wird nass werden, dachte er, noch fünf Minuten, dann drehe ich um. Die Büsche rechts und links streiften ihn mit ihren frischen Blättern, ein Stück weiter vorne schimmerte das Licht heller durch die Bäume.

»Hallo!«, rief er nochmals, aber ohne Reaktion.

Gerade als er erneut zwei Büsche passierte, hörte er ein Rascheln. Bruno bellte. Im nächsten Augenblick traf Herder ein Schlag auf den Hinterkopf. Er wollte sich umdrehen, sank aber schon auf die Knie und kippte zur Seite. Bruno bellte wie verrückt. Herder spürte, wie ihm der Rucksack vom Rücken genommen wurde, er wollte schreien, konnte aber nicht. Er merkte, wie sie ihm sein Handy aus der Jacke zogen. Bruno war bei ihm, schleckte ihm übers Gesicht. Schritte entfernten sich. Dann hörte er nur noch das Prasseln des Regens auf seiner Jacke und spürte den Regen im Gesicht. Die Schweine, dachte er. Sie hatten ihn reingelegt, hatten den Rucksack mit einer Million Euro, aber von Nicole keine Spur. Er versuchte sich aufzurichten, stemmte sich mit den Ellenbogen in die Höhe, sah in der Ferne noch einen schwarz gekleideten Mann mit Rucksack rennen, sank dann wieder zurück auf den nassen Blätterboden. Sterne wirbelten vor seinen Augen, sein Kopf dröhnte, ihm war schlecht. Jetzt nur nicht ohnmächtig werden, dachte er. Wenn bloß Nicole noch lebte! Jetzt hatten sie das Geld und seine Tochter, wie das bloß enden sollte? Bruno stupste ihn an der Nase. Ja, wach bleiben, dachte er. Du hast recht, Bruno, ich muss wach bleiben. Er kroch ein paar Meter weiter und lehnte sich an den Stamm einer mächtigen Buche. So saß er aufrecht und der Regen schlug ihm nicht mehr ins Gesicht. Selten hatte er sich so jämmerlich gefühlt. Das Geld war weg und er vermisste seine Tochter. Corinna würde ihm Vorwürfe machen und der Kommissar vermutlich auch. Bruno kam zu ihm.

»Komm unter meine Jacke«, stammelte er leise.

Er hob die Jacke an und ließ den Dackel seitlich darunterkriechen. Er spürte die feuchte Wärme des Hundekörpers und schob seine Hand zu Bruno unter die Jacke.

»Du bist mein Bester. Wir schaffen das.«

Vorsichtig befühlte Thomas Herder seinen Hinterkopf, wo inzwischen eine riesige Beule gewachsen war. Ich muss den Kommissar benachrichtigen, dachte er. Er suchte sein Handy in der Regenjacke, dann fiel ihm ein, dass sie ihm das abgenommen hatten. Mist! Er musste zurück zum Hohe-Wart-Haus und von dort anrufen. Bis dahin wären sie über alle Berge. Er versuchte aufzustehen und schaffte es mit viel Mühe. Bruno wedelte mit dem Schwanz und kam mit. Ein Stück weiter fand Herder einen abgebrochenen Ast, den er als Gehstock benutzen konnte. Wie ein geschlagener Hund schleppte er sich zu der Waldgaststätte zurück. Bruno begleitete ihn und blieb ganz dicht bei ihm. Er schien zu merken, dass es seinem Herrchen nicht gutging. Gedanken wirbelten durch den Kopf von Thomas Herder. Ob seine Tochter Nicole noch lebte? Wo sie wohl gefangen war? Warum hatten sie sich so unfair verhalten? Gut, er hatte es in bester Absicht versucht. Jetzt musste er die Polizei einschalten, auch wenn er davor Angst hatte. Der Regen peitschte weiter auf sie herab und große Tropfen fielen von den Bäumen. Zum Glück hielt Herders Jacke dicht. Lediglich sein Genick war feucht vom Regen, der auf ihn herabgepeitscht war, als er am Boden lag. Endlich tauchte die Waldgaststätte zwischen den Bäumen auf. Bruno bellte.

»Gleich sind wir da.«

Thomas Herder ging durch die schmale Tür, die neben der Theke in die Waldgaststätte führte. Gott sei Dank, endlich im Trockenen, dachte er. Er schob seine Kapuze in den Nacken und wandte sich an die Bedienung.

»Kann ich bitte mal telefonieren? Ich bin überfallen worden.«

»Überfallen …?«

Sie schaute ihn ungläubig an.

»Ja, auf dem Waldweg nach Mespelbrunn. Bitte, wo haben Sie ein Telefon?«

»Kommen Sie, hinter der Theke …«

Thomas Herder rief bei seiner Frau an.

»Hallo, Corinna, bitte stell jetzt keine Fragen. Gib mir die Nummer von Kommissar Rotfux. Sie steht unter ›R‹ im Telefonbüchlein.«

»Hallo, alles in Ordnung? Hast du Nicole?«

»Nein, aber gib mir die Nummer des Kommissars. Schnell bitte!«

Anschließend rief er Kommissar Rotfux an, während ihn die Bedienung neugierig beobachtete.

»Hier Kommissar Rotfux, Kriminalpolizei Aschaffenburg«, meldete sich der.

»Hallo, Rudi, ich bin's, Thomas. Ich wurde überfallen. Wollte Lösegeld übergeben, aber sie haben mich überrumpelt …«

»Wo bist du?«

»Im Hohe-Wart-Haus, das kennst du sicher …«

»Klar, Thomas, wir kommen. Aber sag mir noch: Wer hat dich überfallen? Konntest du etwas erkennen? Können wir nach dem oder den Tätern fahnden?«

»Es hat geschüttet wie aus Eimern. Aber einen habe ich gesehen. Er war schwarz gekleidet und hat jetzt meinen hellblauen Rucksack.«

»Okay, Thomas, bleib einfach da, wir kommen.«

Er hatte keine unnötigen Fragen gestellt, war ein ausgesprochen netter und kompetenter Kommissar. Thomas Herder setzte sich in eine der gemütlichen Nischen, über der ein Heizstrahler seine Wärme verbreitete. Seinen Dackel hob er auf die Bank neben sich. Er versuchte, den Dackel mit einigen Servietten etwas trocken zu bekommen.

»Damit du dich nicht erkältest, mein Freund.«

Als er bemerkte, dass die Bedienung ihn seltsam anschaute, winkte er sie zu sich.

»Hier, für Sie«, steckte er ihr zehn Euro zu, »ich muss mich und den Hund etwas trockenlegen nach dem Überfall. Und bringen Sie mir bitte einen Schwarztee.«

Hunger hatte er keinen. Sein Schädel brummte und es war ihm schlecht. So langsam kam er wieder zu sich. Er kraulte Bruno im Nacken und merkte, wie der Dackel es genoss. Er sah den Baum, der mitten im Gastraum in die Höhe wuchs und in die Dachkonstruktion des Wintergartens einbezogen war. Gemütlich war es hier, auch wenn er sich jetzt gar nicht gut fühlte.

»Hallo, Thomas«, begrüßte ihn nach etwa einer halben Stunde Kommissar Rotfux. »Du machst ja Sachen …«

»Ja, leider. Ich hatte mir das anders vorgestellt.«

Der Kommissar wurde von den Kollegen Oberwiesner und Seidelmann begleitet, um sofort mit den Ermittlungen beginnen zu können.

»Weitere Kriminalisten werden bald zu uns stoßen.«

Er befragte Thomas Herder über den Ablauf des Überfalles, wollte alles über das Geld im Rucksack wissen, war beruhigt, dass es wenigstens von der Sparkasse registriert worden war, und erst ganz am Ende sagte er:

»Schade, dass du uns nicht einbezogen hast, Thomas. Vielleicht hätten wir den oder die Ganoven erwischt.«

Thomas Herder fragte sich inzwischen selbst, ob er einen Fehler gemacht hatte. Aber hinterher war man immer klüger, dachte er. Er hatte nach bestem Wissen und Gewissen gehandelt, um seine Tochter nicht unnötig zu gefährden. Gut, er war zu vertrauensselig gewesen, hatte die Skrupellosigkeit der Entführer unterschätzt, aber er hoffte immer noch, dass sie sich wieder melden würden oder Nicole einfach zurückschickten. Vielleicht ist sie bald zu Hause, dachte er.

»Kannst du uns die Stelle zeigen, wo du überfallen worden bist?«, fragte Rotfux.

»Ich kann es versuchen.«

Er zog seine Wanderjacke wieder an, die inzwischen schon etwas getrocknet war, und ging mit Rotfux und seinen Leuten über den Waldweg nach Mespelbrunn. Es schüttete immer noch wie aus Eimern, aber sein Dackel Bruno blieb dicht bei ihm. Der würde mit mir durch die Hölle gehen, dachte er. Nach einiger Zeit wurde der Weg enger und die Büsche streiften rechts und links seine Jacke.

»Da hast du dich ja schön in den Wald locken lassen«, murmelte Rotfux, wobei ein kritischer Unterton nicht zu überhören war. »Sind wir denn bald da?«

»Noch ein Stück, der Wald lichtete sich dort etwas.«

Der Dackel Bruno wurde zunehmend nervös. Er blieb dicht bei seinem Herrchen und als sie zwei besonders eng stehende Büsche passierten, schlug er an.

»Hier muss es sein. An dieser Stelle haben sie mich niedergeschlagen. Der Hund merkt das genau.«

»Geschickt gewählt. Bei dem Regen hattest du keine Chance, sie zu bemerken«, murmelte Rotfux. »Wo hast du die schwarz gekleidete Person mit deinem Rucksack gesehen?«

Herder deutete in die Richtung, in der das Licht etwas kräftiger durch Büsche und Bäume schimmerte.

»Dort ist er verschwunden.«

»Ich glaube, in der Richtung führt der Weg zu einem Waldparkplatz«, mischte sich der dicke Oberwiesner ein. »Bin hier schon mit meiner Frau gewandert. Vielleicht finden wir Fuß- oder Reifenspuren. Bestimmt haben sie dort geparkt, um schnell verschwinden zu können.«

»Wieso sagst du: ›sie‹?«, hakte der Kommissar ein. »Bisher war doch nur von einer schwarz gekleideten Person die Rede …«

»Ja, okay, ich dachte nur …«

Oberwiesner klang enttäuscht, war aber die kritischen Bemerkungen des Kommissars gewöhnt. Er kannte ihn seit vielen Jahren und wusste, dass er auf absolute Präzision Wert legte.

»Sucht alles genau ab, ich schicke euch so bald wie möglich Verstärkung«, verabschiedete sich der Kommissar von Oberwiesener und Seidelmann. »Ich selbst bringe Herrn Herder zurück nach Aschaffenburg. Wir können kein weiteres Risiko eingehen.«

Er begleitete Thomas Herder mit seinem Polizeifahrzeug tatsächlich bis vor dessen Villa.

»Den Erpresserbrief brauche ich noch, Thomas«, sagte er bei der Verabschiedung. »Den müssen wir untersuchen.«

»Es waren zwei Erpresserbriefe und mein Vater hat einen dritten erhalten.«

Thomas Herder berichtete dem Kommissar von den Briefen und holte seine beiden aus der Villa.

»Den von meinem Vater kannst du dir auch holen, Rudi. Ich werde ihm Bescheid geben, dass wir die Polizei eingeschaltet haben.«

»Das hättest du sofort tun sollen, Thomas. Aber es ist ja nun gelaufen … In Zukunft gib sofort Bescheid, wenn etwas passiert.«

Thomas Herder war müde und niedergeschlagen, als er mit Bruno in das Obergeschoss seiner Villa zurückkam.

»Und? Was ist?«, begrüßte ihn seine Frau.

Sie kam ihm ganz entspannt im Hausanzug entgegen. Ihre rot lackierten Zehen leuchteten in ihren goldfarbenen Pumps, die blonden Haare fielen locker über die Schultern und die blauen Augen sahen Thomas Herder fragend an.

»Das Geld ist leider weg. Ich wurde überfallen. Und von Nicole keine Spur.«

»Das ist ja schrecklich! Du hättest doch die Polizei einschalten sollen …«

»Hab ich ja inzwischen, aber ich wollte eben auf Nummer sicher gehen. Du sitzt hier gemütlich zu Hause, während ich Kopf und Kragen für Nicole riskiert habe …«

»Hättest du ja nicht müssen. Ich sagte doch, dass du die Polizei einschalten solltest. Dann hätten die das erledigt.«

»Hinterher ist man immer klüger«, brummte Thomas Herder.

Ihn nervte ihre Unbekümmertheit. Klar, Nicole war nicht ihre leibliche Tochter. Er hatte immer das Gefühl, dass sie das Mädchen gar nicht liebte, sondern auf Jan fixiert war, ihren fünfjährigen Sohn. Herder nahm den Dackel Bruno auf den Arm und ging mit ihm ins Dachgeschoss. Du bist mein Bester, dachte er. Machst mir keine Vorwürfe und würdest mit mir durch die Hölle gehen. Er setzte den Dackel auf sein Kuschelkissen vor dem Bad und genehmigte sich eine heiße Dusche. Morgen sehen wir weiter, dachte er, ich hoffe, die Entführer melden sich.

9

Matteo Leone saß in seinem Büro hoch über Florenz, ganz in der Nähe des Piazzale Michelangelo. Sein Blick ging über die Stadt, die im Morgenlicht erwachte. Er sah linker Hand das Forte Belvedere, vor sich den Arno mit dem Ponte Vecchio, den Dom und dahinter die Hügel, die sich am Nordrand der Stadt ausdehnten. Sein Büro war ein Traum, den er sich mit seinen 37 Jahren erfüllt hatte. Die Geschäfte gingen gut. In der Tiefgarage stand sein Porsche Cayenne. Mit schneller Mode war viel Geld zu verdienen und er hatte gute Beziehungen, sowohl zu den Absatzmärkten in Deutschland und Europa als auch zu den Produzenten in der Umgebung von Florenz. Im Vorzimmer hörte er Xiao Li, seine chinesische Assistentin, die vermutlich wieder einmal in der Firma übernachtet hatte. Das machte sie häufiger, war unglaublich fleißig, wie viele Chinesen, die in der Region arbeiteten.

»Hallo, Xiao«, begrüßte er sie, als sie sein Büro betrat, »gut geschlafen?«

Sie gefiel ihm, war mehr als eine Bürokraft für ihn, so etwas wie seine rechte Hand, ohne die er nicht sein konnte. Zierlich und schlank, mit glänzenden Mandelaugen, pechschwarzen Haaren und einer zarten weißen Haut, auf die sie sehr stolz war.

»Ja, gut geschlafen«, lächelte sie ergeben und verbeugte sich leicht.

Das mochte er an den Chinesen. Sie waren immer ruhig und höflich, nie aufdringlich und unfreundlich, stets hilfsbereit und fleißig. Er hatte Xiao an der Universität von Florenz kennengelernt, als er dort einen Vortrag hielt, ein Glücksfall für ihn. Sie studierte Wirtschaftswissenschaften und verdiente sich nebenbei Geld in seiner Firma.

»Ich habe gestern Abend noch die Aufträge aus Deutschland bestätigt«, sagte sie, »es ist spät geworden, zu spät für Prato.«

Eigentlich wohnte sie noch bei ihren Eltern in der Stadt Prato, eine halbe Stunde von Florenz entfernt, aber immer häufiger übernachtete sie in der Firma auf einer Klappliege. Matteo Leone hatte sich gut mit ihr arrangiert. Er ließ ihr tagsüber viel Freiraum zum Besuch ihrer Vorlesungen, dafür arbeitete sie notfalls nachts, wenn viel zu tun war.

»Schon gut, Hauptsache, du hast die Auftragsbestätigungen sofort fertig gemacht. Damit verdienen wir schließlich unser Geld …«

Matteo hatte vor einigen Jahren die Modefirma »Firenzmoda« gegründet, als die Geschäfte in Prato immer schlechter gingen und seine Familie die dortige Stoffproduktion einstellen musste. Für gutes Geld konnte er die Produktionshallen an Chinesen vermieten und legte damit den Grundstock für eine neue Firma, die unter dem Modelabel »Firenzmoda« Kleidung aus Italien nach ganz Europa exportierte. Matteo verlegte die Verwaltung der Firma nach Florenz, um mit dem

Namen »Firenzmoda« und diesem Standort werben zu können. Das funktionierte gut. Der Standort Florenz und das »made in Italy« überzeugten die Kunden von der Qualität seiner Ware. In Wirklichkeit kam die Ware aus kleinen chinesischen Fabriken, von denen es in Prato Tausende gab. Von 3.500 Textilfirmen war die Rede, bei denen man Shirts für 3 Euro oder Kleider für 5 Euro bekommen konnte, »made in Italy«. Das stimmte sogar, da Tausende von Chinesen, viele davon illegal, in diesen Fabriken unter erbärmlichen Bedingungen Mode für den europäischen Markt nähten.

Matteo erhob sich, war fast zwei Köpfe größer als die zierliche Xiao, und ging auf seine kleine Assistentin zu.

»Heute Nachmittag muss ich einige neue Firmen in Prato besuchen. Ich hoffe, du kannst mich begleiten.«

Er sah gut aus, hatte dunkle Haare, für einen Italiener überraschend blaue Augen und einen muskulösen Körper, dem man ansah, dass er sich trotz aller Arbeit fit hielt.

»Ja, gern, ab 15.30 Uhr geht es, davor habe ich Vorlesungen. Wenn du mich vielleicht an der Uni abholen könntest …? Ich muss gleich los.«

Er kannte ihre Geschichte. Sie war sechs Jahre alt, als ihr Vater sie mit ihrer Mutter nach Prato holte. Die ersten sechs Jahre wohnte Xiao mit ihrer Familie in der Fabrik, hinter einem Verschlag aus Gipskarton, direkt neben dem Arbeitsplatz von Mutter und Vater. Xiao ging vormittags in die Schule, machte Hausaufgaben am Nähmaschinentisch von Mutter oder Vater und schlief nachts auf einer Matratze hinter ihrem Verschlag. Dort kochte und aß ihre Familie auch. Aber sie schaffte das Abitur und ihre Familie konnte sich irgendwann eine kleine Wohnung leisten und beschäftigte inzwischen sogar selbst ein paar Arbeiter.

»Gut, Xiao. Sieh zu, dass du die Uni pünktlich verlässt. Du weißt, mit dem Parken ist es dort ganz schlecht. Komm an die Via Enrico Forlanini. Ich bringe übrigens Pietro mit, wie immer ...«

»Okay, wie immer«, lachte sie, und wenig später hörte er ihre Pumps auf der Straße vor dem Haus.

Pietro, das war sein Mann fürs Grobe, ein kräftiger, muskulöser Kerl, etwa 35, mit pechschwarzen Haaren und undurchdringlichen dunklen Augen, wovon eines ein hässliches Glasauge war. In Kombination mit seiner Zahnlücke im Oberkiefer überzeugte er jeden schon allein durch sein Äußeres, dass es besser wäre, sich nicht mit ihm anzulegen. Matteo Leone nahm ihn gern zu Gesprächen ins Chinesenviertel von Prato mit. Das war eine Welt für sich, in der man sich mit chinesischer Assistentin und einem Bodyguard vom Kaliber des Pietro deutlich wohler fühlte. Obwohl Matteo aus Prato stammte und die Stadt kannte, war ihm das Viertel mit den chinesischen Fabriken irgendwie fremd geblieben.

Florenz war am Nachmittag voll wie üblich. Schon unterhalb des Piazzale Michelangelo waren Matteo Busse mit Touristen entgegengekommen, die jetzt im Frühjahr den zauberhaften Blick über die Stadt der Mode und der Kunst genießen wollten, den er sogar aus seinem Büro hatte. Das war vielleicht der einzige Nachteil von Florenz: Die Stadt quoll über von Touristen, was manchmal nerven konnte. Matteo fuhr ein Stück am Arno entlang, bis auf Höhe der Ponte Vecchio, von der die Touristen sich in die kleinen Seitenstraßen ergossen. Pietro Rinaldi stieg vor Santa Maria Novella zu, dem Hauptbahnhof von Florenz.

»Hallo, Pietro.«

»Grüß dich, Matteo.«

Sie waren per Du, kannten sich lange, noch aus der gemeinsamen Schulzeit in Prato. Dann hatten sich ihre Wege getrennt. Matteo hatte Wirtschaft studiert, Pietro schlug sich mit Gelegenheitsarbeiten durch, versuchte, mit den Chinesen von Prato Geschäfte zu machen, war auch im Rotlichtmilieu als Zuhälter aktiv, was ihm sein scheußliches Glasauge einbrachte. Inzwischen fungierte er bei Bedarf als Bodyguard von Matteo, ging aber auch seinen sonstigen Geschäften weiter nach.

»Alles klar, Pietro? Wie laufen die Geschäfte?«

»Gut, Chef, alles paletti, wenn du mal wieder eine heiße Nacht verbringen willst …«, lachte er anzüglich, »sag einfach Bescheid.«

Pietro besorgte ständig neue Mädchen und Matteo wunderte sich, woher er sie bekam. Er hatte chinesische, italienische, arabische und auch einige afrikanische im Angebot, wahrscheinlich teilweise Flüchtlingsmädchen, die bei ihm gestrandet waren. Sogar die hübsche Xiao Li wollte er für seine Geschäfte anheuern, aber das hatte Matteo unterbunden und Xiao Li vor diesem Grobian beschützt. Seitdem war das Verhältnis der beiden gestört, aber Matteo war auf beide angewiesen und konnte Xiao überreden, ihn zu begleiten, auch wenn Pietro dabei war.

»Keine blöden Sprüche zu Xiao. Du behandelst sie wie ein Gentleman!«

»Schon gut, schon gut, die ist längst abgehakt …«, brummte Pietro, als sie in die Via Enrico Forlanini einbogen.

»Super, da vorne ist sie …«

Matteo hatte Glück, konnte kurz auf dem Seitenstreifen mit den frühlingsgrünen Bäumen anhalten und Xiao stieg zu.

»Hallo, Xiao, schön, dass du pünktlich bist.«

»Hallo, Matteo … hallo, Pietro …«

Das ›Hallo, Pietro‹ war etwas zögerlich gekommen, aber Matteo war froh, dass sie sich überhaupt begrüßten.

»Wir besuchen fünf Firmen für Pronto Moda in Prato, ich brauche zusätzlich Lieferanten für Shirts und Kleider«, erklärte Matteo, während er seinen Porsche Cayenne auf der Autobahn Richtung Prato beschleunigte.

Wohnsiedlungen, Industrieanlagen und Einkaufszentren wechselten sich ab. Felder zeigten an, dass sie Florenz hinter sich hatten, im Hintergrund stiegen die Hügel der Toscana in die Höhe, bis sie die Autobahn bei Prato Est verließen und zum Industriegebiet von Prato abbogen.

»Wir fahren zuerst in die Via Liguria, dort muss es Sirena Pronto Moda geben«, sagte Matteo und sah auf sein Navigationsgerät. Vor einer grauen, etwas heruntergekommenen Fabrikhalle hielten sie an. ›Pronto Moda Sirena‹, war in großen Buchstaben oberhalb des dreiflügeligen Eingangstores zu lesen, darunter sah man chinesische Schriftzeichen, die vermutlich dasselbe bedeuteten. Nachdem sie in die Halle getreten waren, standen sie inmitten von fahrbaren Kleiderständern, die hier scheinbar zum Abtransport vorbereitet waren. Xiao Li sprach eine Arbeiterin an, die zwei Kleiderständer in Richtung Eingang schob. Die Chinesin deutete zu einer Treppe, welche ins Obergeschoss führte.

»Dort hat Herr Wang sein Büro«, erklärte Xiao Li und ging nach oben voran.

Im selben Augenblick kam ein kleiner stämmiger Chinese die Treppe herunter, der in seiner ganzen Erscheinung an einen Buddha erinnerte, gut genährt, mit Stirnglatze, einem strahlenden Lächeln, einem stattlichen Bauch und kräftigen Armen.

»Wang«, sagte er und verbeugte sich freundlich.

»Leone«, sagte Matteo und verbeugte sich ebenfalls.

Sie übereichten sich formvollendet ihre Visitenkarten, wie das in China üblich war. Matteo wusste, dass Chinesen viel Wert auf diese Formalitäten legten, und stellte auch Pietro und Xiao Li vor. Gemeinsam gingen sie ins Obergeschoss, vorbei an Näherinnen, die offensichtlich Etiketten in Shirts aller Farben und Größen nähten.

»Made in Italy«, lachte Herr Wang schelmisch.

Matteo wusste natürlich, wie die Geschäfte liefen. Diese chinesischen Firmen produzierten ›pronto Moda‹, schnelle Mode, und waren in der Lage, innerhalb weniger Tage nahezu beliebige Mengen von Kleidungsstücken zu liefern. Ein Musterteil genügte, manchmal sogar ein Foto, und sie produzierten das Gewünschte zu sensationellen Preisen. Für die chinesischen Näherinnen bedeutete dies, 15 bis 18 Stunden in der Fabrik zu arbeiten, teilweise auch in der Fabrik zu leben und zu schlafen, wie es ihm Xiao Li erzählt hatte.

Tian Wang ging voraus. Er trug eine beige Stoffhose, wahrscheinlich eine Maßanfertigung für seinen fülligen

Körper, und darüber ein weißes Hemd und eine schwarze Lederjacke. Seine Schuhe waren aus feinem weichem Leder und wer einen Blick dafür hatte, konnte erkennen, dass dieser Chinese es in Prato geschafft hatte. Am Ende des Ganges lag sein kleines Büro, in dem sich verschiedene Musterstücke, Ausschnitte aus Modezeitschriften, Fotos von Kleidern und auch Stoffmuster stapelten. »Geordnetes Chaos« konnte man das Ganze nennen, denn alles schien sorgsam auf seinem Platz zu liegen, obwohl kein System der Ordnung zu erkennen war.

»Sie trinken sicher einen Tee mit mir«, übersetzte Xiao Li.

»Gerne«, erwiderte Matteo.

Wenig später erschien eine hübsche Chinesin, fast ein Abbild von Xiao Li, mit einem Tablett mit Teeschalen und bereitete vor ihren Augen den Tee zu. Geschickt servierte sie den Tee am kleinen Besprechungstisch, verbeugte sich und verschwand wieder. Matteo kannte diese Zeremonie. Er würde heute vermutlich fünfmal Tee trinken müssen, aber das gehörte eben zu den Geschäften. Beim Smalltalk über das Wetter der letzten Tage, die neuesten Fußballergebnisse und die Präsidentschaftswahlen in den USA kam man sich näher.

»Wie geht es Ihrer Familie? Gehen Ihre Kinder noch zur Schule?«, erkundigte sich Matteo und Xiao Li übersetzte.

Er wusste, dass Chinesen gern über ihre Familie sprachen, und hatte Glück.

»Ich habe eine Tochter und einen Sohn, und beide studieren«, erzählte Tian Wang mit leuchtenden Augen. »Sie waren noch klein, als wir ins Land kamen, aber sie waren fleißig, haben ihr Abitur gemacht und jetzt studieren sie. Der Junge Wirtschaftswissenschaften, die Tochter Modekommunikation, sie hat einen der wenigen begehrten Plätze bekommen.«

Tian Wang war stolz auf seine Familie und Matteo ließ ihn erzählen, obwohl er inzwischen unauffällig auf die Uhr gesehen hatte. Wie beiläufig kamen sie über das Thema Mode auf ihre Geschäfte zu sprechen. Tian Wang lobte seine Fabrik, den Fleiß und das Geschick seiner Näherinnen, seine absolute Lieferpünktlichkeit und unterbreitete Angebote für Shirts und für Kleider. Sonderwünsche seien jederzeit erfüllbar. Ein Bekleidungsmuster oder ein gutes Foto genüge. Barzahlung sei natürlich erwünscht. Abgeholt könne die Ware per Lkw werden. Parkplätze seien vor dem Haus vorhanden.

»Wird alles hier in der Fabrik produziert?«, erkundigte sich Matteo.

»Normalerweise schon«, übersetzte Xiao Li, »aber wenn es einmal besonders schnell oder billig sein soll, haben wir Möglichkeiten«, lachte Tian Wang. »Etiketten sind ruck-zuck gewechselt.«

Matteo dachte an die Frauen, die er im Untergeschoss bei der Arbeit gesehen hatte. Er kannte die Gerüchte über die Zusammenarbeit von chinesischer Mafia und Camorra in Neapel. Rund 60 Prozent der Waren würden am Hafen von Neapel durch den Zoll geschmuggelt, darunter Textilien, die dann nach Prato weitergeschickt würden. Pietro Rinaldi, der die ganze Zeit eher teilnahmslos war, wurde plötzlich interessiert und hörte aufmerksam zu.

»Gut, ich melde mich, wenn ich etwas zu tun habe«, verabschiedete sich Matteo freundlich. Er sah die Visitenkarte von Tian Wang nochmals auffällig an und steckte sie demonstrativ in seinen Geldbeutel. Beide verbeugten sich und Tian Wang brachte seine Besucher nach unten zum Eingang der Fabrikhalle.

»Hier sehen Sie, wir haben viel Platz, Sie können mit Ihren Lkw kommen«, waren die letzten Worte, die Xiao Li übersetzte.

Das Gespräch hatte über eine Stunde gedauert und Matteo wollte schnell zu seinem nächsten Termin in der Via Toscana kommen.

»Wir müssen uns beeilen, sonst wird es heute Mitternacht.«

Die Straßen im Industriegebiet von Prato waren breit und großzügig ausgebaut. Die Chinesen konnten hier die Infrastruktur der Italiener übernehmen, die ursprünglich in Prato ein Zentrum der Stoffproduktion angesiedelt hatten. Nach wenigen Minuten erreichte der Porsche Cayenne von Matteo, vorbei am Ristorante Ling, ein Backsteingebäude aus rostroten Ziegeln. ›Pronto Moda‹ war wie überall auch hier über dem großen Einfahrtstor zu lesen, hinter dem gleich von der Straße aus fahrbare Kleiderständer mit Ware zu sehen waren, die offensichtlich zur Abholung bereitstanden.

»Wer die ganzen Klamotten bloß anzieht«, frotzelte Pietro, »ausziehen ist doch viel besser als anziehen …«

Matteo warf ihm einen bösen Blick zu und augenblicklich verstummte er. Vor dem Gebäude parkten einige Pkw, die Fenster im Obergeschoss waren mit weißen Tüchern verhängt. Wahrscheinlich schlafen und arbeiten sie dort, dachte Matteo, der die Gewohnheiten inzwischen kannte.

Spät am Abend, es war schon 22 Uhr, hatten sie ihre Gespräche beendet.

»War ganz erfolgreich«, freute sich Matteo, »drei der fünf Fabriken kommen als Lieferanten infrage. Die anderen beiden haben mir nicht gefallen. Seit Papst Franziskus 2015 hier in Prato war, muss man vorsichtig sein. Weltweit hat er mit seinem Auftritt auf dem Balkon des Domes Aufsehen erregt und die Zustände in der Textilindustrie angeprangert. Da kann man sich keinen Fehler mehr leisten.«

Die Straßen im Industriegebiet hatten sich inzwischen verwandelt. Chinesische Arbeiter luden Kleiderpakete in Lieferwagen, ein kleiner Chinese spielte zwischen Kleiderständern Fußball, Frauen schleppten Stoffballen in die Fabriken, improvisierte chinesische Suppenküchen boten an den Straßenecken warme Mahlzeiten an, in so gut wie allen Hallen brannte Licht. Matteo setzte Xiao Li beim Haus ihrer Eltern ab. Sie kannte das Leben dieser Chinesen und hatte ihm davon erzählt.

»Bis morgen«, verabschiedete sie sich.

Pietro ließ sich in der Nähe des Hauptbahnhofes von Florenz absetzen. Was der wohl noch vorhat, dachte Matteo. Er fuhr zurück zu seiner Villa, stellte den Porsche Cayenne in der Tiefgarage ab und genoss den Blick über das abendliche Florenz. Was bin ich doch für ein Glückspilz, dachte er. In Zukunft würde er noch mehr Geld verdienen. Auf die Preise der Chinesen konnte er mehr als das Doppelte draufschlagen. Seine Abnehmer würden damit immer noch gut verdienen. Jetzt zahlte es sich aus, dass er »Firenzmoda« gegründet hatte. Seine Bekanntheit nahm zu, seine Lkw mit der Aufschrift ›Firenzmoda‹ waren in ganz Europa unterwegs und in Deutschland hatte er einen ziemlich großen Fisch an der Angel ...

10

Kommissar Rotfux hatte sich daran gewöhnt, seit der Entführung von Nicole Herder jeden Morgen mit diesem Fall auf der Titelseite des Main-Echos zu erscheinen.

»Geldübergabe gescheitert«, sprang ihn in großen schwarzen Lettern die Headline der Zeitung an. Es folgte ein Bericht über Thomas Herders Versuch, das Lösegeld zu übergeben und seine Tochter frei zu bekommen. Bilder von dem Ereignis selbst gab es nicht, aber sie hatten Thomas Herder mit seinem Dackel Bruno abgebildet, wahrscheinlich ein Foto aus einem früheren Bericht über den Dackelclub. Wie üblich wurde dazu aufgefordert, sachdienliche Hinweise an das Main-Echo oder jede Polizeidienststelle zu geben. Rotfux hob die Zeitung in die Höhe, als er im Kommissariat mit der morgendlichen Besprechung begann.

»Frau Geiger, meine Herren, ich nehme an, Sie haben die Zeitung gesehen. Es wäre mir wirklich recht, wenn wir endlich wieder aus den Schlagzeilen kämen.«

Oskar lag auf seinem Kuschelkissen und hob den Kopf in die Höhe, als ob er den Satz verstanden hatte. Er kannte diese Besprechungen und hatte sich daran gewöhnt, am frühen Vormittag ein Nickerchen neben dem Platz von Rotfux zu machen, während der mit seinem Team die anliegenden Fälle durchging.

»Otto, berichtest du bitte zuerst, was eure Nachforschungen am Tatort beim Hohe-Wart-Haus ergeben haben.«

Otto Oberwiesner richtete sich in seinem Besprechungsstuhl auf und wirkte noch gewichtiger als sonst. Er kniff die Augenbrauen über seinen dunkelbraunen Augen zusammen, nahm einen Schluck Cola und legte los.

»Wir haben ein Haarbüschel in den Sträuchern gefunden, zwischen denen Thomas Herder zusammengeschlagen wurde. Kann natürlich Zufall sein, aber vielleicht stammt es von dem oder den Tätern ...«

»Ist ja interessant«, brummte Rotfux, »den Mörder der Freiburger Studentin haben sie auch aufgrund eines Haares überführt. Vielleicht haben wir Glück.«

»... und wir haben beim Waldparkplatz in der Nähe frische Reifenspuren gefunden, die vom Tatfahrzeug stammen könnten. Waren zwar durch den Regen schon etwas ausgewaschen, aber zeigten noch deutlich das Profil.«

»Hatten wir nicht auch Reifenspuren am Mainufer festgestellt, an der Stelle, wo das Fahrrad der Vermissten aus dem Fluss gezogen wurde?«, dachte Rotfux laut nach.

»Ja, richtig«, bestätigte Otto Oberwiesner, »wir lassen die Spuren bereits gegeneinander abgleichen. Aber das Ergebnis liegt noch nicht vor.«

»Sonst noch Erkenntnisse, Otto?«

»Eine Fußspur, Herr Kommissar«, mischte sich der junge Seidelmann ganz eifrig ein, der bei der Spurensicherung mit dabei gewesen war. »Direkt neben den Reifenspuren, also wahrscheinlich von einem der Täter …«

Er war der Größte am Tisch, das Nordlicht der Abteilung, stammte ursprünglich aus Hamburg, wozu seine kurzen blonden Haare und die blauen Augen passten.

»Sie gehen also von mehreren Tätern aus?«, hakte Rotfux nach.

»Das will ich damit nicht sagen«, antwortete Seidelmann kleinlaut.

Er wusste, dass Rotfux sehr auf Präzision Wert legte und unbegründete Spekulationen nicht mochte.

»Aber irgendwie denkt man doch, dass so einen Überfall nicht einer allein durchführt«, ergänzte er trotzdem.

»Ja, irgendwie schon«, lächelte Rotfux milde, »aber wir müssen es eben beweisen.«

»Ein Anwohner aus Mespelbrunn hat gemeldet, dass er zur fraglichen Zeit einen schwarzen Lieferwagen mit hoher Geschwindigkeit aus der kleinen Zufahrtsstraße vom Hohe-Wart-Haus in Richtung B 8 hat kommen sehen. Leider konnte er weder die Marke noch das Kennzeichen angeben«, meldete sich Gerda Geiger zu Wort.

Ihre blauen Augen leuchteten, als sie die Information weitergab.

»Mhmm«, brummte Rotfux. »Könnte passen. Wir sollten die Presse darüber informieren und die Bevölkerung nach diesem schwarzen Lieferwagen fragen. Vielleicht ist er irgendwo noch aufgefallen.«

Rotfux besprach mit seinem Team die weitere Strategie. Da jetzt Erpresserbriefe aufgetaucht seien, habe man die kleinflächige Suche am Mainufer und den Zufahrtswegen eingestellt. Man gehe davon aus, dass die Vermisste irgendwo gefangen gehalten werde und hoffentlich noch lebe. Natürlich suche man weiter, aber jetzt großflächiger und punktueller, was die Sache nicht erleichtere.

»Wir müssen Hütten im Wald, einsame Gebäude, Lagerhallen, einfach alle Orte durchkämmen, wo man eine Person verstecken könnte«, schloss der Kommissar seinen Bericht. »Übrigens wurden die drei Erpresserbriefe, die uns vorliegen, alle auf demselben PC-Drucker ausgedruckt. Also stammen sowohl die Geldforderung als auch die Forderung, auf Mode aus Bangladesch und Pakistan zu verzichten, von den Entführern.«

»Das ist ja komisch …«, wunderte sich Seidelmann, »warum haben sie dann verschiedene Briefe geschickt? Da hätten sie gleich alles in einem Brief schreiben können.«

Es entstand eine lebhafte Diskussion zu dieser Frage, ohne dass Rotfux und seine Leute eine plausible Antwort fanden. Ihre einzige Vermutung war, dass damit Thomas Herder verwirrt werden sollte, dem vermutlich die Demonstration vor seinem Versandhaus noch in den Knochen steckte.

Frederico Lombardi schleppte seine Kühlbox quer durch das Restaurant zum Gefrierschrank. Er legte Wert auf frische, gute Ware und kam gerade von der Markthalle in Frankfurt zurück. Mehrere Doraden, ein großes Stück Thunfisch, einige Seezungenfilets und Kabeljaurücken hatte er eingekauft. Der Abend konnte kommen. Er bot in seiner Pizzeria gute italienische Küche, der Laden lief, viele Stammkunden gaben ihm Sicherheit, und seine Holzofenpizza war in Aschaffenburg beliebt. Trotzdem war Frederico nicht glücklich. Seine Tochter machte Probleme. Sofia war in einem schwierigen Alter. Sie studierte an der Hochschule Aschaffenburg, hatte aber mehr ihre Liebschaften im Kopf als das Studium. Die Burschen liefen ihr nach. Kein Wunder, sie war das Abbild ihrer Mutter, pechschwarze Haare, eine gute Figur, dunkle Augen, einen vollen roten Mund und ein strahlendes Lachen. Sie spielte gern Theater, hatte Klavier gelernt und war auch sehr sportlich, ein Traum von einer jungen Frau. Seit der Entführung dieser Versandhaustochter machte sich Frederico zusätzlich Sorgen. Bisher wusste man nicht, wer dahintersteckte, und er fragte sich, ob auch seine Tochter bedroht war. Sie war so unberechenbar, blieb nachts lange weg, schlief oft bis zum Mittag und versäumte die Vorlesungen. Der neueste Schrei war, dass sie sich in einen mittellosen Italiener verliebt hatte, den sie bei ihrer Oma in Italien kennengelernt hatte, als sie dort zu Besuch war. In der Pizzeria helfen wollte sie schon länger nicht mehr, und so herrschte oft dicke Luft in der Familie. Heute war Freitag, da war viel los und Frederico brauchte sie unbedingt. Es war doch nicht zu viel verlangt, dass sie aushalf, wenn er ihr mit ihren 24 Jahren den Lebensunterhalt und das Studium finanzierte.

»Den Fisch habe ich verstaut. Jetzt hole ich noch das Gemüse aus dem Auto«, sagte er zu Giorgia, seiner Frau, die mit ihren 50 Jahren immer noch ein Traum für ihn war. Er hatte sie vom ersten Augenblick an geliebt, schnell wurde sie schwanger, Sofia war unterwegs, seitdem waren sie unzertrennlich.

»Schon gut, Frederico«, gab sie zur Antwort und bereitete den Pizzateig vor, den sie für den heutigen Abend brauchten.

Sie hatten natürlich einen Pizzabäcker, der kam abends, aber dann war es zu spät für den Teig, der in Ruhe gehen sollte.

»Bitte streite nicht wieder mit Sofia, Frederico. Du machst das Mädchen noch ganz verrückt mit deinen ständigen Vorhaltungen. Marco ist weit weg, vielleicht lernt sie auch hier wieder einen Jungen kennen und vergisst ihn.«

Marco Moretti war ihr neuer Freund aus der Nähe von Sorrent, von dem sie ganz begeistert war.

»Ich weiß nicht ... so oft, wie sie mit ihm per Whats-App schreibt und telefoniert ... da bin ich skeptisch, dass das bald endet.«

Frederico klang bedrückt. Er begann, Karotten klein zu schneiden und hier und da in der Küche etwas vorzubereiten. Er konnte die Hände nicht ruhig halten. Bald würde der Koch kommen, aber bis dahin wollte er nicht untätig bleiben. Leider verspätete sich Sofia. Um 19 Uhr hätte sie da sein sollen, aber um 20 Uhr war sie immer noch nicht erschienen.

»Wo das Mädchen wieder bleibt?«, ärgerte sich Frederico.

Das Lokal war voll, er und Giorgia rannten sich die Hacken ab, aber die Tochter erschien nicht, obwohl er ihr schon mehrere WhatsApp-Erinnerungen gesendet hatte.

»Sie antwortet nicht einmal«, schimpfte Frederico im Flüsterton und sah Giorgia hinter der Theke enttäuscht an.

Endlich, um Viertel nach acht, erschien Sofia freude-strahlend.

»Tut mir leid«, sagte sie, »musste noch mit Marco reden.«

»Das hättest du doch auch später tun können«,

schimpfte Frederico. »Hier sitzt der Laden voll und Mama und ich schaffen es kaum noch …«

Das Lachen von Sofia erstarb auf ihrem Gesicht.

»Immer deine Vorwürfe«, beschwerte sie sich enttäuscht, »bald komm ich gar nicht mehr zum Bedienen!«

Giorgia warf Frederico einen besänftigenden Blick zu und winkte ab.

»Jetzt aber an die Arbeit, ihr beiden«, sagte sie aufmunternd. »Diskutieren könnt ihr später noch.«

Als Kommissar Rotfux mit Michelle Moorkamp in die Pizzeria kam, stand die Inhaberfamilie hinter der Theke und schien etwas zu diskutieren.

»Das ist ja eine meiner Studentinnen bei den Wirtsleuten«, bemerkte Michelle. »Die fehlt zwar viel, aber gesehen habe ich sie schon.«

»Ich glaube, das ist die Tochter des Hauses, wir können Frederico gleich fragen.«

Frederico kam auf sie zu, als er sie sah, und begleitete sie mit Oskar zu ihrer gemütlichen Nische, die sie reserviert hatten.

»Wünsche einen schönen Abend«, sagte er freundlich, »wir haben heute frische Dorade, frischen Thunfisch oder auch Seezungenfilets … und natürlich alles von der Karte.«

Es war üblich, dass er einige Fischgerichte speziell empfahl, je nach Marktlage.

»War die junge Dame an der Theke Ihre Tochter?«, fragte Rotfux interessiert, während er die kleine Kuscheldecke von Oskar auf die Bank legte und den Dackel daraufsetzte.

»Ja, das war Sofia. Sie hilft gelegentlich als Bedienung aus, studiert ansonsten an der Hochschule.«

»Oh, Glückwunsch, sie ist sehr hübsch. Kein Wunder, bei der Mama ... Also, wir nehmen zuerst eine große Flasche Mineralwasser mit Kohlensäure, dann sehen wir weiter.«

»Sehr wohl, kommt gleich«, verbeugte sich Frederico, gab ihnen die Speisekarten, die unter seinem Arm klemmten, und eilte in Richtung Theke. Sie richteten es sich gemütlich in der Nische am Ende des Raumes ein, Oskar rollte sich auf der Bank zusammen, Michelle rückte dicht zu Rotfux, wollte seine Nähe spüren. Wenig später erschien Sofia mit einer großen Flasche Mineralwasser, begrüßte Kommissar Rotfux und Michelle Moorkamp freundlich, goss das Mineralwasser in die Gläser und verbeugte sich.

»Kennen wir uns nicht?«, fragte Michelle.

»Ja sicher, Frau Professor, aus Marketing. Wünsche einen schönen Abend.«

Es schien ihr peinlich zu sein, ihre Professorin im eigenen Lokal anzutreffen, vermutlich weil sie genau wusste, wie oft sie in den vergangenen Wochen in der Vorlesung gefehlt hatte.

»Danke, ebenfalls«, sagte Michelle Moorkamp, »so klein ist die Welt ...«

Sie sahen sich die Speisekarten an und genossen ihre gemütliche Sitzecke, aus der man das ganze Lokal überblicken konnte, selbst aber geschützt zwischen kräftigen Holzbalken seine Ruhe hatte.

»Dann stehen wir jetzt leider unter Beobachtung«, flüsterte Rotfux Michelle ins Ohr, »es ist dir sicher unangenehm, dass deine Studentin uns zuschaut ...«

Michelle verschwand mit ihrem rechten Arm unter dem Tisch und legte ihre Hand zärtlich auf das Knie von Rotfux.

»Wir brauchen es ja nicht zu übertreiben«, sagte sie lächelnd. »Und nachher können wir wieder am Main spazieren gehen.«

Rotfux wusste, was sie damit meinte. Er dachte an ihren letzten Spaziergang vom Schloss in Richtung Pompejanum, auf dem sie sich alle paar Meter geküsst hatten.

»Klar, das können wir«, sagte er glücklich, während Oskar durch leises Schnarchen zeigte, wie wohl er sich fühlte.

Rotfux kannte das. Der Dackel fühlte sich wohl, wenn er mit dabei sein durfte und die vertrauten Stimmen von ihm und seiner Begleitung hörte, eingebettet in den gemütlichen Geräuschpegel des Lokals. Rotfux war froh, den Tag mit Michelle in der Pizzeria ausklingen zu lassen. Sein Entführungsfall beschäftigte ihn. Thomas Herder lag ihm verständlicherweise in den Ohren, und seit der gescheiterten Geldübergabe machte er sich große Sorgen, ob seine Tochter überhaupt noch lebte. Sie hatten zwar inzwischen erste Anhaltspunkte. Die Reifenspuren am Main und im Wald beim Hohe-Wart-Haus stammten mit ziemlicher Sicherheit vom selben Fahrzeug, das Haarbüschel vom Ort des Überfalles auf Thomas Herder war vermutlich von einem der Entführer, weil die Spurensicherung ein identisches Haar am Mainufer gefunden hatte. Damit besaßen sie hervorragende Beweisstücke, welche sie aber im Augenblick der vermissten Nicole Herder nicht näher brachten.

»Was denkst du?«, fragte Michelle zärtlich.

Sie hatte bemerkt, dass Rotfux in Grübeleien versunken war.

»Oh, entschuldige, ich habe gerade an meinen Fall gedacht ...«, schreckte Rotfux hoch.

Er erzählte ihr den neuesten Stand und war froh, dass inzwischen die italienische Vorspeise kam, die sie beide bestellt hatten.

»Lass es dir schmecken.«

»Danke, du auch. Ich muss tatsächlich mal wieder auf andere Gedanken kommen.«

Das war mit Michelle nicht schwer. Sie fing an, von ihrem letzten Urlaub zu erzählen, von Finnland, vom Polarkreis bei Rovaniemi, vom Weihnachtsmanndorf, von den Goldgräbern, den Rentieren und Rotfux sah, wie ihre Augen leuchteten und ihre Seele sich ihm weit öffnete, ihm ihre Träume verriet, die sie begleiteten.

»Das muss ja toll gewesen sein«, hörte er begeistert zu.

Als der frisch gegrillte Thunfisch mit zartem Marktgemüse gebracht wurde, schwärmte sie von Portugal. Rotfux hätte ihr ewig zuhören können, und vor allem bemerkte er, wie ähnlich sie sich waren. Auch er reiste gern, träumte von fremden Ländern und Menschen und freute sich auf sein nächstes Abenteuer. Oskar saß inzwischen auf seiner Kuscheldecke und hielt die Schnauze interessiert in die Höhe.

»Ich kann dir heute nichts abgeben«, sagte Rotfux. »Thunfisch ist nichts für dich, mein Freund.«

»Nächstes Mal müssen wir Rindersteak bestellen, dann bekommt er was ab«, lachte Michelle.

Rotfux war glücklich, mit ihr zusammenzusein. Sie ist wirklich hübsch, dachte er. Insgeheim freute er sich auf den angekündigten Spaziergang, auf dem sie sich bestimmt küssen würden, was er im Lokal nicht tat, um sie als Professorin nicht in Verlegenheit zu bringen. Schließlich waren sie keine 17 mehr und konnten nicht wie die Teenager übereinander herfallen.

»Ja, das machen wir, damit Oskar auch seine Freude am Restaurantbesuch hat.«

Nachdem sie gezahlt und die Pizzeria verlassen hatten, spazierten sie tatsächlich zum Schloss.

»War ein schöner Abend, danke!«, sagte Rotfux.

»Es *ist* noch ein schöner Abend«, antwortete sie leise und hielt ihm die Lippen entgegen.

Er wusste, was das bedeutete. Er spürte ihre Lippen und ihr zärtliches Verlangen, das sie ihm jetzt wieder alle paar Meter zeigte.

»Du bist sehr hübsch«, sagte er, mit dem Erfolg, dass sie ihn noch heißer küsste und gar nicht mehr von ihm lassen wollte.

»Schade, dass du wieder nach Frankfurt musst, das ist so ungemütlich …«

»Ja, ungemütlich, lass uns noch hier bleiben …«

Der Mond warf einen glänzenden Lichtstreifen über den Main, die Schatten der Bäume tanzten auf dem Weg, sie drängte sich an ihn, und er spürte, dass sie ihn wollte. Es war noch angenehm warm und man roch förmlich den Frühling, der überall seine frische, zartgrüne Kraft verbreitete. Wenn ihnen bloß niemand begegnete, dachte Rotfux. Der Kommissar im Liebesrausch, das würde sicher nicht zu dem Bild passen, das sich die Leute von ihm machten.

»Wenn du möchtest, kannst du gern mit zu mir kommen …«

Sie zögerte. Er merkte, wie sie mit sich kämpfte.

»Ich glaube, heute nicht. Ich habe keine Zahnbürste und auch sonst nichts dabei, und morgen früh um acht muss ich wieder an der Hochschule sein. Das geht leider nicht. Ein andermal gern …«

»Schade, aber das verstehe ich.«

Sie bedankte sich mit einem zärtlichen Kuss, und er wusste, dass sie es ehrlich meinte.

11

Nicole Herder war inzwischen bereit, alles zu tun, nur um wieder frei zu kommen. Sie wartete darauf, Schritte zu hören, die ihre Einsamkeit durchbrachen, die ihr für kurze Zeit etwas Bewegung verschafften, einen Toilettengang ermöglichten und etwas zu essen und zu trinken versprachen. Sie lag breitbeinig gefesselt auf der Pritsche, konnte sich an gar keine andere Stellung mehr erinnern, versuchte, zwischendurch zu schlafen, bis die Schritte kamen in ihre Einsamkeit. Er hatte sie schon mehrmals missbraucht, der mit der tiefen Stimme. Sie musste zugeben, körperlich erregte es sie sogar, und gleichzeitig ekelte sie sich davor. Aber der Ekel nahm ab, sie begann sich daran zu gewöhnen, dass er sie nahm, breit auf das Bett gefesselt und ihm völlig ausgeliefert. Inzwischen verstand sie, warum er gesagt hatte, sie würden viel Spaß miteinander haben. Zwar hoffte sie immer noch, dass ihr Vater oder Bruno oder die Polizei sie finden würden, aber die Hoffnung schwand, so viele Tage waren schon vergangen, sie wusste gar nicht, wie viele, sondern lebte nur noch von Stunde zu Stunde.

»Hallo, Püppchen«, hörte sie seine Stimme, »heute machen wir es uns besonders schön.« Sie war eingeschlafen und hatte seine Schritte nicht kommen gehört, auch nicht den Schlüssel im Schloss, sondern jetzt war er da, ganz plötzlich, und begann, ihr die Beine loszubinden.

»Geh erst mal zur Toilette, Püppchen, anschließend werden wir wieder Spaß haben, du wartest sicher schon auf mich ...«

Er schien sehr von seinen Fähigkeiten überzeugt, führte sie zur Toilette, nahm ihr den Knebel aus dem Mund, gab ihr zu essen und zu trinken und setzte sie wieder aufs Bett. Die schwarze Kapuze ließ er auf ihrem Kopf, sie konnte nichts sehen. Aber sie roch die Zigarette, die er sich anzündete, und sie hörte, dass er den Rauch genüsslich in die Höhe blies.

»Heute zur Feier des Tages mit Champagner, Püppchen. Du bist jetzt gut eingeritten und kannst mich zu deinen Freiern begleiten.«

Sie hörte den Korken einer Flasche knallen und merkte, wie er ein Glas zu ihrem Mund führte.

»Nun trink schon, Püppchen, dann wird alles noch viel schöner.«

Sie nahm einige Schlucke, konnte nicht sagen, ob es Champagner war oder einfach nur Sekt, aber es schmeckte gut.

»Trink aus, Püppchen. Wir können die ganze Flasche leeren. Dann wird alles sehr lustig. Genieße dein Leben. Du hast nur eines und kannst froh sein, dass ich dich liebe und dich rette.«

Was er damit meinte, war ihr nicht klar. Aber es war auffallend, dass seit dem ersten Abend nur er zu ihr kam. Sie hatte sich schon überlegt, wo der zweite Entführer wohl sein mochte, aber sie wusste es nicht. Er führte ein zweites Glas zu ihren Lippen.

»Damit du locker wirst, Püppchen.«

Sie trank und konnte sich nicht wehren, obwohl es ihr unangenehm war, so viel Alkohol zu trinken.

»Nur zu, zier dich nicht, du wirst doch den guten Champagner nicht verschmähen …«

Sie merkte, wie ihr der Alkohol in den Kopf stieg, irgendwie wurde sie beschwingt, alles war nicht mehr so schlimm, und ändern konnte sie es sowieso nicht.

»Komm, hier die Flasche«, hörte sie ihn sagen. Er stieß sie nach hinten, sie lag jetzt flach auf der Pritsche, die Flasche am Mund, aus der er den Champagner in sie hineinschüttete.

»Nicht so viel«, versuchte sie sich zu wehren.

Doch er war schon über ihr, alles drehte sich um sie, sie war nicht mehr Herr ihrer Sinne, ließ es über sich ergehen und fand es nicht einmal so schrecklich.

»Eine heiße Nummer bist du«, sagte er zufrieden. »Wenn du schön brav bist, werde ich dich retten.«

»Schön brav«, kicherte sie. »Klar bin ich schön brav …«

Sie machte die Beine breit, als ob sie ihm eine nochmalige Einladung aussprechen wollte. Sie fand alles eher komisch, hatte das Gefühl, dass er ein guter Kumpel war.

»Ja, ja, schön brav«, kicherte sie. »Dann rette mich, du Casanova, ich werde wirklich schön brav sein.«

Unter ihrer schwarzen Kapuze konnte sie nichts sehen, die hatte er ihr nicht abgenommen, sie konnte ihn nur fühlen.

»Schwörst du, dass du brav bist, Püppchen?«

»Ja, ich schwöre es. Ich liebe dich doch. Das hast du sicher gemerkt.«

Sie wusste nicht, warum sie das sagte. Es war ihr irgendwie automatisch über die Lippen gekommen, war sicher auch richtig so, und im Bett war er echt gut. Sie war so einsam und allein. Er war der Einzige, der sich noch um sie kümmerte. Also musste sie ihm vertrauen. Nur er konnte sie retten, konnte ihr das Leben schenken und sogar Liebe, das war doch was.

»Kann ich dir wirklich vertrauen, Püppchen?«

»Ja, nimm mir die Fesseln ab, ich folge dir bis ans Ende der Welt, mein Liebster.«

Sie war jetzt wahnsinnig, beseelt von dem Gedanken, frei zu sein, zwar frei nur mit ihm, aber dieser Hütte entkommen.

»Du folgst mir aufs Wort, eine falsche Bewegung und ich muss dich umlegen.«

Sie spürte, wie er ihr eine Pistole auf den nackten Oberschenkel legte. Kalt war es, eiskalt. Eine Gänsehaut bildete sich an ihrem Bein, ein eiskalter Schauer lief ihr über den Rücken.

»Ich werde alles tun, was du willst …«

»Na gut, probieren wir's.«

Er half ihr, sich anzuziehen, tauschte die schwarze Kapuze gegen die abgeklebte Brille, öffnete vorsichtig die Tür der Hütte, spähte nach draußen, wartete einen Augenblick und zog Nicole vor die Tür.

»Moment, ich muss abschließen.«

Sie spürte die kühle Nachtluft, fühlte sich benommen vom Alkohol, stolperte mit ihm die steilen Treppen hinunter, fühlte sich frei, obwohl ihre Hände noch gefesselt waren und sie kaum etwas sehen konnte. Nur durch den Spalt unter ihrer abgeklebten Brille erkannte sie Stufen, wie sie für Weinberge typisch waren. So sah es auch in Hörstein aus, wo ihr Vater einen Weinberg besaß.

»Los jetzt, schnell«, trieb er zur Eile an.

Sie hörte das Geräusch der Schiebetür des Lieferwagens.

»Leg dich auf die Bank oder besser auf den Boden. Ich habe ein paar Decken für dich vorbereitet.«

Sie kuschelte sich in die Decken auf dem Boden, wollte nicht von der Bank fallen, fühlte sich benommen vom vielen Alkohol und am sichersten auf dem Boden.

»Wir machen eine längere Fahrt, eine Fahrt in die Freiheit. Schlaf am besten, dann geht es schneller rum.«

Sie fühlte sich müde. Das viele Liegen in der Hütte hatte ihre Muskeln geschwächt. Sie merkte, wie er über einen Feldweg, wahrscheinlich einen der Wege zwischen den Weinbergen, bergab fuhr. Anschließend holperten sie über eine schmale Straße, vermutlich durch einen Ort, irgendwann machten sie einen Bogen wie bei einer Autobahnzufahrt, anschließend fuhr das Fahrzeug gleichmäßig mit höherer Geschwindigkeit.

»Wo fahren wir hin?«

»Überraschung, Püppchen … Vertraue mir, deinem Retter …«

»Aber ich möchte es wissen …«

»Schlaf am besten, Püppchen, und nerv nicht, sonst muss ich dich bestrafen.«

Was er mit Bestrafen meinte? Ob er wieder über sie herfallen würde? Oder ob er sie erneut einsperren könnte? Sie konnte nicht schlafen, sondern Gedanken wirbelten durch ihren Kopf. Wo er sie hinbrachte? Ob er immer noch Lösegeld erpressen wollte? Ob Vater und Opa schon Bescheid wussten?

Irgendwann nach zwei oder drei Stunden fuhr er auf einen Parkplatz. Sie war endlich eingeschlafen und er hatte sie wieder geweckt.

»Du gehst jetzt zur Toilette. Ich begleite dich. Die Brille behältst du auf. Und keine Zicken, Püppchen!«

Er löste ihre Fesseln und begleitete sie zu dieser unappetitlichen Stahlkabine, wie sie auf Autobahnen üblich waren.

»Ich warte vor der Tür. Beeil dich.«

Sie war froh, sich erleichtern zu können. Der viele Champagner hatte ordentlich Druck in ihrer Blase aufgebaut. Sie nahm die abgeklebte Brille von der Nase und setzte sie in die Haare auf die Stirn. Erleichtert fuhr sie sich mit der Hand übers Gesicht. Endlich frei, dachte sie. Doch das änderte sich schlagartig, als sie die Kabine verließ.

»Brille auf!«, schnauzte er sie an und stieß ihr die Pistole in die Rippen.

Für einen Augenblick hatte sie ihn gesehen. Er war groß, kräftig gebaut, trug eine Lederjacke, hatte pechschwarze Haare, aber irgendetwas schien mit seinen Augen nicht zu stimmen. Mehr konnte sie auf die Schnelle nicht erkennen.

»Entschuldigung, hatte ich auf der Toilette vergessen.«

»Mach das nicht noch einmal«, schimpfte er. »Wir fahren gleich über die Schweizer Grenze. Falls wir kontrolliert werden, sitzt du still in deinen Decken und tust recht schläfrig. Ich habe deinen Ausweis und zeige ihn vor. Ein falsches Wort und du bist hinüber.«

»Woher hast du meinen Ausweis?«

»Hatten wir aus deiner Handtasche genommen. Immer bisschen mitdenken, Püppchen.«

Gedanken wirbelten durch ihren Kopf. Wenn sie tatsächlich kontrolliert würden, könnte sie um Hilfe schreien. Aber was, wenn er wirklich schoss. Zu verlieren hatte er wahrscheinlich nichts. Sie war unschlüssig, was sie tun sollte. Sie bemerkte durch den Spalt unterhalb der abgeklebten Brille die Schlange der Lkw, die sogar nachts vor der Schweizer Grenze warteten. Dann bremste er ab, fuhr im Schritttempo. Die Grenze, dachte sie. Aber er hielt nicht an. Wurde scheinbar durchgewinkt, beschleunigte wieder und hatte bald wieder ordentlich Tempo erreicht. Jetzt waren sie in Basel, sie kannte die Strecke. Aber dann? Wohin ging die Reise?

»Sag mir doch, wohin wir fahren«, bettelte sie.

»Geduld, Püppchen, ich sagte schon: Überraschung … Schlaf noch etwas, solange es dunkel ist.«

Es blieb ihr nichts anderes übrig. Sie fühlte sich inzwischen schlechter. Die Wirkung des Alkohols war verflogen und äußerte sich nur noch in einem Brummschädel, den sie jetzt hatte. Die Erlebnisse der vergangenen Nacht krochen ihr unangenehm den Nacken hoch und verursachten einen schalen Geschmack in ihrem Mund. Wie konnte sie sich nur so gehen lassen? Welcher Teufel hatte sie geritten, dass sie ihm sogar ihre Liebe geschworen hatte? Wahrscheinlich war er halb blind. Irgendetwas stimmte mit seinen Augen nicht. Vielleicht musste er sich deshalb auf diese brutale Art Befriedigung verschaffen? Sie konnte sich das alles nicht erklären und döste in einen unruhigen Schlaf hinüber.

»Aufwachen, Italien«, weckte er sie irgendwann.

Durch den Spalt unterhalb ihrer abgeklebten Brille konnte sie erkennen, dass es jetzt taghell war. Sie merkte, wie er auf einen Parkplatz fuhr.

»Toilettenpause, Püppchen. Hast ja lange durchgehalten. Aber Achtung! Ja nicht wieder die Brille abnehmen. Nur auf der Toilette.«

Er begleitete sie zur Toilettenanlage, wartete auf sie und anschließend führte er sie direkt zum Lieferwagen zurück. Es schien ihm ausgesprochen wichtig zu sein, nicht von ihr erkannt zu werden. Mehrmals erinnerte er sie daran, auf keinen Fall die abgeklebte Brille abzunehmen.

»Du hast mir Gehorsam geschworen, Püppchen, halte dich daran.«

Wohin sie fuhren, wusste sie noch immer nicht. Gut, sie waren in Italien, hatten vermutlich die Route durch den Gotthard-Tunnel genommen, fuhren jetzt möglicherweise Richtung Mailand, aber sicher war das nicht.

»Nun sag mir doch endlich, was du mit mir vorhast. Wo fahren wir hin?«

»Wie oft soll ich es dir noch sagen: Überraschung! Sei doch froh, dass ich dich überhaupt gerettet habe«, antwortete er genervt.

Ob das eine Rettung war? Müde und hungrig saß sie hier mit dieser blöden abgeklebten Brille und musste ihm gehorchen. Fliehen konnte sie nicht, aus Angst, dass er tatsächlich schießen würde. Also musste sie abwarten, was passierte. Sie fuhren flott und blieben offensichtlich auf der Autobahn. Nach mehrmaligen Toilettenpausen und einem kleinen Imbiss im Lieferwagen erreichten sie am Abend ein Ziel in der Nähe der Autobahn. Nicole Herder merkte, dass sie die Autobahn verließen.

»Bald sind wir da«, sagte er. »Dann kannst du dich ausruhen.«

Er schien sich auszukennen, bog mehrmals rechts oder links ab, verlangsamte irgendwann das Tempo und schien auf einen Parkplatz abzubiegen. Inzwischen war es dunkel, was sie bemerkte, da kein Licht mehr durch den Spalt unterhalb der abgeklebten Brille schimmerte.

»So, Püppchen, aussteigen, Endstation!«

Er führte sie über den Parkplatz oder Hof, hinein in ein Gebäude. Sie merkte das am Fußbodenbelag und sah seitlich an ihrer Brille Lampenlicht schimmern.

»Wo sind wir hier?«

»In deiner neuen Heimat, Püppchen. Du wirst hier viel Spaß haben.«

Sie fand das unheimlich. In Italien, in der Fremde, in einem Gebäude, von dem sie nicht wusste, wo es war. Sie stiegen eine Treppe nach oben, gingen einen Gang entlang, dann hörte sie, wie er eine Tür aufschloss, und merkte, wie er sie in einen Raum schob.

»Was soll das? Wo bringst du mich hin?«

»Nun reg dich wieder ab, Püppchen. Du schläfst dich erst mal aus, trinkst was, isst was. Morgen komme ich dich besuchen, bringe ein paar Freunde mit, dann sehen wir weiter … Hast mir doch versprochen, dass du brav bist, Püppchen. Also mach keine Zicken und halte dich daran.«

Sie hörte, wie er die Tür zuzog und von außen abschloss. Mist, dachte sie. Gefangen! Sie riss sich die Brille vom Kopf und sah sich um. Ein kleiner Raum war das, vielleicht drei auf vier Meter. Außer einem breiten Bett, einem Tisch, einem Stuhl und einer Nische mit Toilette und Waschbecken, die durch einen rosa Vorhang abgetrennt war, war nichts zu sehen. Wie ein Gefängnis sah das aus, dachte sie. Allerdings passte die Farbgestaltung nicht dazu. Alles war in Rosa gehalten, vor dem Bett lag ein Läufer aus rosa Plüsch und vor dem kleinen Fenster, welches sich hoch oben unterhalb der Decke befand, hingen rosafarbene Vorhänge. Eher Puff als Gefängnis, dachte sie. Oder Gefängnispuff. Ob es das überhaupt gab? In Italien vielleicht schon … Er hatte gesagt, sie würden morgen viel Spaß haben. Und er wollte Freunde mitbringen. Ihr wurde es mulmig ums Herz. War sie jetzt vom Regen in die Traufe geraten, womöglich in einem italienischen Puff gelandet, wo die schwarzhaarigen Südländer über ein blondes Püppchen herfallen würden? Ihr grauste es bei dem Gedanken. Sie schob den Stuhl vor das Fenster und kletterte vorsichtig nach oben. Aber sie war zu klein. Der Raum war hoch und das Fenster saß direkt unter der Zimmerdecke. Sie konnte nichts sehen. Erst als sie ihre Bettdecke, mehrfach zusammengefaltet, auf den Stuhl legte und daraufstieg, gelang es ihr, einen Blick aus dem Fenster zu werfen. Sie sah eine breite, hell beleuchtete Straße, einen Parkplatz vor dem Gebäude, auf dem aber keine Autos mehr standen, wahrscheinlich, weil es zu spät war. Auf der anderen Straßenseite war eine Fabrikhalle zu sehen, in der noch Licht brannte. Ansonsten schien die Straße ausgestorben. Sie kletterte wieder vom Stuhl und warf sich aufs Bett. Du lieber Himmel, dachte sie, wo bin ich da nur hingeraten? Und das alles, weil sie nicht auf ihren Vater gehört hatte, weil sie an der Mainpromenade entlanggefahren war, anstatt sich von Tobias nach Hause bringen zu lassen. Mein Gott, Tobias ... Er dürfte nie erfahren, was vorgefallen war oder vielleicht noch vorfallen würde. Das könnte er niemals verstehen. Er wusste ja nicht, wie sie gelitten hatte und wie erbärmlich abhängig sie von diesem Typ war, der sie angeblich gerettet hatte, aber in Wirklichkeit sicher nur ausnutzen wollte. Sie aß das trockene italienische Brötchen und den Käse, der auf dem Tisch stand, und trank aus der Wasserflasche. Ihre Ankunft war offensichtlich erwartet worden. Also hatte er hier Komplizen. Sogar eine Zahnbürste, ein Stück Seife und ein Handtuch lagen bereit. Unter dem Kopfkissen fand sie einen Pyjama. Sie hatten an alles gedacht. Nachdem sie sich frisch gemacht hatte und im Bett lag, fühlte sie sich etwas besser. Durch das Fenster schimmerte das Licht der Straßenlaternen und warf einen rosafarbenen Schein ins Zimmer. Wenigstens war sie hier nicht gefesselt wie in dieser Hütte, und sie konnte zur Toilette, wann sie wollte. Immerhin ein Fortschritt, dachte sie. Andererseits war es ein beklemmendes Gefühl, in einer fremden italienischen Stadt eingesperrt zu sein und nicht zu wissen, was sie mit ihr vorhatten. Vieles ging ihr durch den Kopf. Ob es hier Leidensgenossinnen gab, fragte sie sich. Vielleicht war es wirklich ein italienischer Puff und sie würde die anderen morgen kennenlernen ...

12

Thomas Herder war auf dem Weg zur Ausmusterung. Er nahm die überdachte Brücke, welche vom neuen Verwaltungshochhaus der Firma hinüber zu den Gebäuden mit den Musterzimmern führte. Dies war der ursprüngliche Teil des Versandhauses, welcher seit den 60er-Jahren existierte. Der Seniorchef hatte hier weiterhin sein Büro. Er erschien nicht mehr häufig in der Firma, aber wenn er kam, wollte er seine gewohnte Umgebung haben. Neben Thomas Herder lief sein Dackel Bruno. Er kannte den Weg und war es gewohnt, sein Herrchen zur Ausmusterung zu begleiten. Thomas Herder hörte die Krallen des Hundes auf dem Steinfußboden.

»Wir müssen durchhalten, Bruno«, sagte er. »Nicole ist verschwunden, aber die Firma muss trotzdem weiterlaufen. Du hilfst mir. Wir schaffen das.«

Die Gedanken an seine Tochter Nicole beschäftigten den Versandhausinhaber Tag und Nacht. Er hoffte, dass Nicole noch lebte, hätte alles dafür gegeben, aber im Moment konnte er nichts für sie tun. Also wollte er wenigstens seine Arbeit in der Firma erledigen. Das Ausmusterungsprogramm war unerbittlich. Die Termine mussten unbedingt eingehalten werden, denn davon hingen alle weiteren Abläufe ab. Erst wenn die Ware ausgewählt war, konnte sie fotografiert werden, die Werbeabteilung konnte die Katalogseiten gestalten, bis schließlich die Druckbögen fertig waren und in der Druckerei in Millionenauflage gedruckt wurden. Außerdem mussten die entsprechenden Internetseiten produziert werden. Auch die Einkaufsabteilungen brauchten seine Entscheidung, damit die Ware geordert und disponiert werden konnte. Zwar war Thomas Herder der Chef und Mitinhaber der Firma, aber diese Abläufe raubten ihm jede Freiheit, und er war eingespannt in ein enges Terminkorsett. Natürlich musste er dabei über die neueste Mode informiert sein, um die richtigen Entscheidungen zu treffen. Er hatte die Modemessen in Paris und Mailand mit seinen Modeeinkäufern besucht und auch die CPD in Düsseldorf, die wichtigste Collectionspremiere in Deutschland.

»Guten Morgen, Herr Herder«, begrüßte ihn sein Einkäufer für Strick und Shirts im Musterzimmer. »Gibt's was Neues von Ihrer Tochter?«

Walter Becker war einer der ältesten und erfahrensten Einkäufer der Firma. Der Seniorchef hatte ihn noch eingestellt und er kannte Thomas Herder aus der Zeit, als dieser seine Karriere in der Firma begann.

»Solange sie nicht gefunden wird, hoffe ich, dass sie lebt …«, brummte Thomas Herder.

Es war ihm unangenehm, dass er überall nach seiner Tochter gefragt wurde, wobei seine Beziehung zu Walter Becker so eng war, dass er es akzeptierte.

»Die Polizei sucht weiter, wir tun, was wir können, aber die Ausmusterung muss trotzdem laufen.«

»Klar, Herr Herder.«

Walter Becker war ebenso groß wie Thomas Herder, ein stattlicher Mann mit grauen Schläfen und lebhaften dunklen Augen, der selbst eine flotte Strickweste in Blau trug. Doch obwohl er einige Jahre älter als der Firmenchef war, wirkte er zurückhaltend und ergeben. Er wusste, wer der Chef war, und hatte sich daran gewöhnt, dass die letzte Entscheidung bei diesem lag. Er schob einen Kleiderständer ein Stück näher und erläuterte die Stricksachen für Damen, die er zusammengestellt hatte. Zu jedem Teil nannte er den Lieferanten, den Preis und eventuellen Verhandlungsspielraum, gab seine Einschätzung zur erwarteten Stückzahl und zur modischen Aktualität des Strickteiles. In manchen Fällen war die Entscheidung schnell klar.

»Gut, nehmen«, sagte Thomas Herder dann und Walter Becker machte einen Vermerk auf den Begleitpapieren.

In anderen Fällen diskutierten sie länger und stellten die Entscheidung zurück, oder Thomas Herder sagte: »Lieber nicht, da gibt es Besseres.«

Der Dackel Bruno lag währenddessen auf einem Kuschelkissen, das extra für diesen Zweck im Musterzimmer vorbereitet war. Auch ein Trinkschälchen mit Wasser hatte die Sekretärin von Herder gebracht. Sie wusste, dass es dem Dackel an nichts fehlen durfte, damit sein Herrchen gut gelaunt war. Irgendwann wurde Bruno unruhig und spazierte zwischen den Kleiderständern herum.

»Na, du musst wohl Pipi …«, nahm ihn Thomas Herder an die Leine und ging für eine Viertelstunde mit ihm nach draußen. Es war erstaunlich, den Mitinhaber eines der größten deutschen Versandhäuser, der bei Verhandlungen knallhart sein konnte, so liebevoll mit dem Dackel zu sehen.

»So, es kann weitergehen, Herr Becker«, meldete Thomas Herder sich anschließend zurück. Er war ein unermüdlicher Arbeiter. Über die Ware traf er die letzten Entscheidungen selbst und alle in der Firma hatten sich daran gewöhnt.

»Jawohl, Chef. Wir müssen nur noch zwei Ständer durchsehen und dann kommt dieser Matteo Leone aus Florenz, wir hatten darüber gesprochen ... Er wartet bereits am Empfang.«

Es war üblich, dass Lieferanten alle paar Jahre, vor allem, wenn es besondere Neuheiten gab, ihre Ware persönlich vorstellten. Walter Becker hatte Matteo Leone in Florenz besucht, war beeindruckt von dessen Büro mit Blick über die Stadt gewesen und hatte ihn spontan nach Aschaffenburg eingeladen.

»Er bietet sehr preisgünstige Ware, aber ›made in Italy‹. Im Preiswert-Bereich sind wir noch etwas schwach auf der Brust«, bemerkte Walter Becker.

»Das ist auch nicht unbedingt unsere Schiene ...«

»Aber die Textildiscounter werden immer stärker«, widersprach Becker. »Die Kunden sind nicht mehr so markenaffin wie vor zehn Jahren. Discounter wie Primark, H&M oder auch Schnäppchenanbieter wie TK Maxx erobern immer größere Marktanteile. Aldi und Lidl präsentieren inzwischen Modekollektionen.«

Walter Becker war einer der fähigsten Modeeinkäufer des Versandhauses. Er beschäftigte sich nicht nur mit einzelnen Artikeln und Anbietern, sondern hatte auch Auswertungen über das Preisniveau der Konkurrenz gemacht. Thomas Herder schätzte es, mit ihm zu diskutieren.

»Wir werden ja sehen«, brummte er. »Natürlich wollen die alle nur Geschäfte machen.«

»Klar, wir ja auch, Herr Herder …«

Walter Becker konnte sich diese Anmerkung erlauben, da er fast schon zur Familie gehörte. Er erläuterte die restlichen Strickteile, dann gingen sie ins Musterzimmer beim Empfang, wo die Lieferanten persönlich ihre Mode vorstellten. Thomas Herder legte den Dackel Bruno an die Leine.

»Mal sehen, ob du diesen Matteo magst …«

Das Musterzimmer lag im Erdgeschoss des Gebäudes, direkt neben dem Eingang. Die Lieferanten konnten im Innenhof parken und gelangten mit ihren Musterkoffern durch eine überdachte Schleuse ins Innere, so dass die Anlieferung selbst bei Regen möglich war. Thomas Herder fiel auf, dass Matteo Leone einen Porsche Cayenne besaß, wobei man natürlich nicht wusste, ob der nur geliehen war.

»Das ist Herr Matteo Leone aus Florenz«, stellte Walter Becker den Gast vor.

»Freut mich, Thomas Herder.«

Im selben Augenblick kläffte Bruno, zog in Richtung Matteo Leone und knurrte.

»Was ist denn in dich gefahren? Entschuldigen Sie«, sagte Thomas Herder.

Er kraulte den Dackel hinter den Ohren und versuchte, ihn zu beruhigen.

»Das macht doch nichts«, lachte Matteo Leone. »Er

muss schließlich für Ordnung sorgen. Könnte ja jeder kommen …«

Leone sprach gut Deutsch, war knapp 40 Jahre alt, groß gewachsen, hatte pechschwarze Haare und dafür erstaunlich blaue Augen. Dem werden die Frauenherzen wohl zufliegen, dachte Thomas Herder. Einzig seine Ohren schienen etwas groß, was er aber mit seiner längeren Frisur gut kaschiert hatte.

»Ich wollte Ihnen mein Modelabel ›Firenzmoda‹ vorstellen«, begann Leone. »Marken sind Gold wert, inzwischen auch im Billigbereich. Florenz hat einen guten Ruf als Stadt der Kunst und der Mode. Deshalb habe ich ›Firenzmoda‹ eintragen lassen und meine Abnehmer können davon profitieren. Ich gewähre sogar einen Rabatt von zehn Prozent, wenn Sie das Label in Ihrem Katalog herausstellen.«

»Da müssten Sie eher einen Werbekostenzuschuss an uns bezahlen, wenn wir Ihr Label in Millionen von Katalogen bringen«, hakte Thomas Herder sofort ein.

»Das meine ich doch. Zehn Prozent Werbekostenzuschuss, wenn Sie es so nennen …«

»Aber zehn Prozent sind etwas wenig …«

»Vielleicht sollten wir uns erst einmal die Ware ansehen«, mischte sich Walter Becker höflich ein. »Über die Konditionen können wir anschließend sprechen.«

Er kannte seinen Chef und wusste, dass er sich an so einer Rabattgeschichte festbeißen konnte.

»Na gut«, brummte Thomas Herder und ließ sich Shirts und Kleider zeigen.

»Wir sind konkurrenzlos günstig. Drei Euro für ein Shirt mit dem Label ›Firenzmoda‹ und dem Etikett

›made in Italy‹, das bekommen Sie sonst nirgends«, lobte Matteo Leone seine Ware.

»Aber Sie lassen die Shirts bestimmt in China nähen oder in Bangladesch oder in Pakistan«, ging Thomas Herder dazwischen.

»In der Umgebung von Florenz gibt es viele chinesische Firmen«, mischte sich Walter Becker ein, »aber mit Bangladesch oder Pakistan hat es bestimmt nichts zu tun.«

»Das will ich hoffen«, murmelte Thomas Herder. Für einen Augenblick musste er an seine Tochter Nicole denken und den Erpresserbrief, der dazu aufforderte, keine Ware aus Bangladesch und Pakistan anzubieten.

Matteo Leone erläuterte, dass er Ware aus der Umgebung von Florenz beziehe, insbesondere aus Prato, von dem sie sicher gehört hätten. Aber er habe gerade deshalb seine Firma in Florenz gegründet und das Label ›Firenzmoda‹ eintragen lassen, damit die Mode seriöser wirke. Davon könne das Versandhaus Herder profitieren. Das sei im gegenseitigen Interesse.

Nach längerer Diskussion einigten sie sich auf einen Versuch mit mehreren Shirts und einigen Kleidern. Der Werbekostenzuschuss sollte 15 Prozent auf den Einkaufspreis betragen, worüber Thomas Herder hart verhandelt hatte. Sogar der Dackel Bruno hatte einige Male gebellt und geknurrt, als ob er sein Herrchen verteidigen wollte. Dadurch ergab sich ein Preis von 2,55 Euro pro Shirt, was extrem günstig war und Matteo Leone als Einstiegsangebot bezeichnete.

»Ich kann das ausnahmsweise zum Einstieg machen«, hatte er gesagt. »Aber wenn die Geschäfte laufen, sind mehr als zehn Prozent Werbekostenzuschuss leider nicht drin, Herr Herder. Das müssen Sie verstehen.«

»Ja, ja, schon gut. Wir werden sehen«, brummte Thomas Herder.

Er kannte das Gejammer der Lieferanten und nahm an, dass auch Matteo Leone noch mit dem Geschäft zufrieden sein konnte. Wenn er einen Porsche Cayenne fuhr, nagte er vermutlich nicht am Hungertuch.

»Also auf gute Geschäfte!«, verabschiedete sich Herder.

»Ja, gern. Wir werden zuverlässig liefern. In jeder Menge, die Sie benötigen.«

Thomas Herder ließ den Dackel bei Fuß gehen und kehrte zu seinem Büro im Verwaltungshochhaus zurück.

»Hallo, Herr Herder«, begrüßte ihn Lilly Winter, seine Sekretärin. Sie war wie üblich perfekt gestylt und stolzierte auf ihren hochhackigen Pumps durchs Büro. »Ihre Frau hat angerufen. Ich soll Ihnen etwas ausrichten.«

»Und?«

»Sie ist nach Frankfurt unterwegs, will dort einkaufen.«

»Schon gut«, sagte Thomas Herder leise und gleichzeitig enttäuscht.

In letzter Zeit war sie häufiger unterwegs. Das Verschwinden von Nicole schien sie nicht daran zu hindern, gemütlich auf Shopping-Tour zu gehen und viel Geld für neue Kleider und Schmuck auszugeben. Während er sich in der Firma abrackerte, schien sie ihm beweisen zu müssen, dass es auch etwas anderes als Versandhausmode gab, und durchstreifte die nobelsten Läden von Frankfurt. Louis Vuitton, Burberry, Gucci, Wellendorf, Prada und Dior, das waren ihre Anlaufstellen in der Nähe der Goethestraße. Anschließend ein Menu in der Freßgass, so würde vermutlich ihr Programm aussehen. Gut, sie war 20 Jahre jünger als er, das war vermutlich der Preis, den er für diese hübsche junge Frau zahlen musste. Abends zeigte sie ihm ihre Einkäufe und erwartete, dass er sie lobte, wenn er müde aus der Firma kam.

Matteo Leone verließ das Versandhaus Herder, nachdem er seine Ware wieder in seinem Porsche Cayenne verstaut hatte. Das war ein knallharter Verhandlungspartner, dieser Herder, dachte er. Aber dem würde er es heimzahlen. Er hatte andere Möglichkeiten. Er fuhr auf die Autobahn Richtung Frankfurt. Im Steigenberger Hotel Frankfurter Hof hatte er reserviert, dort würde er sie treffen. Er hatte die Präsidenten Suite gebucht, einen Traum aus Teak und Marmor, der jede Frau schwach werden ließ. Mit Marmorbad, begehbarem Kleiderschrank, Blick auf die Frankfurter Skyline. Auch wenn es nur für ein paar Stunden war, er sah es als Investition in die Zukunft, die sich auszahlen würde. Er hatte sie gebeten, direkt in der Suite auf ihn zu warten. Sie wollten diskret sein. Keiner sollte ihre Zusammenkunft beobachten.

»Hallo, Matteo«, begrüßte sie ihn zärtlich mit einem Kuss. »Du hättest nicht wieder die Präsidenten Suite nehmen sollen. Ich kann nur wenige Stunden bleiben.«

»Für dich ist mir nichts zu teuer, Chérie.«

Er nannte sie Chérie, obwohl er Italiener war. War gutaussehend, ein Traum von einem Mann, wie sie noch nie einen gehabt hatte. Seine pechschwarzen Haare und dazu die blauen Augen waren beeindruckend. Sein muskulöser Körper ließ von heißer Liebe träumen. Er bestellte Champagner beim Zimmerservice und ein Mittagessen aus dem Restaurant Francais, einem Sterne-Restaurant im Frankfurter Hof.

»Entspann dich, Chérie«, flüsterte er und massierte ihr sanft den Nacken.

Er wusste, wie er sie behandeln musste. Er konnte sich vorstellen, dass sie das bei ihrem Mann nicht bekam. Der war 20 Jahre zu alt für sie, dachte nur an sein Versandhaus und seine Prozente, wusste das Leben und seine schönen Seiten nicht zu genießen. Dabei hatte er eine der hübschesten Frauen, die man sich vorstellen konnte, blond wie ein Engel, mit blauen Augen, traumhafter Figur, vollen roten Lippen, endlos langen Beinen, zwischen denen das Paradies lag. Er legte seine schwere Goldkette ab, die er am Handgelenk trug.

»Damit ich dich nicht verletze, Chérie.«

Er spürte, wie sie sich nach seinem kräftigen Körper sehnte, aber sie mussten noch auf den Zimmerservice warten, damit sie nicht gestört würden. Er hatte sie vor 3 Monaten entdeckt, hatte Bilder von ihrer Hochzeit im Internet gefunden, als er sich über das Versandhaus Herder informierte. Dann war alles ein Kinderspiel. Er beobachtete sie, folgte ihr nach Frankfurt, begegnete ihr wie zufällig bei Louis Vuitton. Sie gefiel ihm, sah so einsam aus wie ein verlorener Engel, den man in die Fremde geschickt hatte. Er hatte sie angesprochen und mit ihr einen Kaffee getrunken. Mehr war nicht. Aber sie hatten ihre Nummern ausgetauscht, per Whats-App geschrieben, er merkte, dass sie einsam war, und wusste, dass ihre Familie eines der größten Versandhäuser Deutschlands besaß. Inzwischen hatten sie sich mehrmals getroffen, sie war ihm zugefallen wie eine reife Frucht. Er mochte sie, aber es war mehr als das. Sie war seine Fahrkarte in eine erfolgreiche Zukunft. Das Spiel hatte längst begonnen und er würde es zum erfolgreichen Abschluss bringen.

»Wie geht es dir, Chérie?«

Sie zerfloss wie Wachs in seinen Händen.

»Ich habe solche Sehnsucht nach dir.«

»Ich auch nach dir …«, seufzte er.

Inzwischen brachte der Zimmerservice das Essen und den Champagner. Sie aß nicht viel, trank aber zwei Gläser Champagner. Schließlich war sie nicht zum Essen hier.

»Ich habe Hunger, aber nur nach dir …«, hauchte sie ihm ins Ohr.

Doch er ließ sich Zeit, aß sein leckeres Steak und auch die Pommes frites mit Gemüse, die sie bestellt hatten. Schließlich brauchte er seine Kraft.

»Gleich, Chérie, wir haben noch viel Zeit.«

Sie wusste nicht, dass er heute geschäftlich bei ihrem Mann gewesen war. Das behielt er für sich, wollte nicht die Stimmung verderben. Auch die Entführung erwähnte er nicht. Lieber keine schlafenden Hunde wecken. Es reichte, wenn sie ihm vertraute und ihm eines Tages die Tür zum Versandhaus Herder öffnen würde.

»Komm, Matteo, es ist schon vier Uhr. Spätestens um sechs muss ich zurück, und ich brauche noch etwas von Louis Vuitton oder den anderen Läden, was ich Thomas zeigen kann, damit er glaubt, dass ich beim Shopping war.«

»Da hast du gleich was gefunden«, lachte Matteo.

Er nahm sie in den Arm und küsste sie über das ganze Gesicht. Nur nicht zu schnell, dachte er. Sie war so heiß auf ihn, dass er sich Zeit lassen konnte. Er zog ihr langsam das Kleid aus, streichelte sie am ganzen Körper, den sie ihm bereitwillig anbot.

»Du bist so schön«, flüsterte er.

Sie zitterte unter seinen Händen und ließ den Slip nach unten rutschen. Nichts war mehr zwischen ihnen, sie schob sich ihm entgegen, genoss seine Kraft, seine Stärke, klammerte sich an ihm fest, bis es vorbei war, so wie sie es sich gewünscht hatte. Eine Zeitlang blieb sie noch bei ihm liegen. Dann zog sie sich an.

»Ich muss leider los«, seufzte sie. »Melde dich, wenn du wieder in Frankfurt bist.«

Er nahm ihr Gesicht zwischen seine Hände und küsste es.

»Mache ich, Chérie, es wird bestimmt nicht lange dauern.«

13

Giorgia Lombardi war ratlos. Ihre Tochter Sofia war seit dem Vorabend verschwunden. Ihr Mann Frederico nahm das auf die leichte Schulter und wollte die Polizei nicht alarmieren.

»Die wird bei Freunden übernachtet haben. War auch sonst schon mal länger weg. Ist vielleicht ganz gut, wenn sie anderen Umgang hat. Vielleicht vergisst sie bei der Gelegenheit diesen Marco ...«

Er mochte Marco nicht, den mittellosen Freund seiner Tochter, den sie bei einem Besuch in Italien kennengelernt hatte.

»Ich weiß nicht, Frederico. Wie kannst du so ruhig sein? Gerade erst wurde diese Versandhaustochter entführt. Vielleicht soll auch von uns Lösegeld erpresst werden.«

Lombardi lachte schallend.

»Bei uns ist doch nichts zu holen, nun glaub mir, sie taucht schon wieder auf. Gestern war diese Party an der Hochschule, ›Campus Night‹ oder wie das heißt, da wird sie versackt sein, du weißt, wie sie in letzter Zeit ist. Jedenfalls ist mir das lieber als diese Geschichte mit Marco ...«

»Bisher hat sie uns immer informiert, wenn etwas war.

Es ist schon Mittag, so lange hat sie noch nie gefehlt, ohne Nachricht zu geben.«

»Hast du sie schon auf dem Handy angerufen?«

»Klar, aber keinerlei Reaktion, nicht mal ein Besetztzeichen oder so …«

Frederico Lombardi wurde nachdenklich.

»Und von ihren Freunden hast du auch nichts gehört?«

»Ich weiß momentan nicht, wer ihre Freunde sind. Seit dem Streit über Marco ist sie so verschlossen. Ich komme gar nicht mehr an sie heran.«

Giorgia warf sich ihrem Mann in die Arme. Tränen rannen über ihr Gesicht.

»Bitte, Frederico, tu was. Ich habe ein ganz schlechtes Gefühl …«

Frederico konnte seine Frau nicht weinen sehen.

»Jaja, schon gut«, brummte er. »Wenn sie bis drei Uhr nicht da ist, ruf ich bei Kommissar Rotfux an.«

Otto Oberwiesner saß vor dem breiten Schreibtisch von Kommissar Rotfux. Er berichtete seinem Chef über die neuesten Erkenntnisse zum Entführungsfall Nicole Herder.

»Das Haarbüschel, das wir am Ort des Überfalles auf Thomas Herder gefunden haben, ist tatsächlich identisch mit dem Haar, das sich in der Handtasche von Nicole Herder verklemmt hatte. Sowohl an der Entführung von Nicole Herder als auch beim Überfall auf ihren Vater war also derselbe Täter beteiligt.«

»Prima, Otto, das ist doch was. Wenn wir den oder die Täter erwischen, werden wir sie zweifelsfrei überführen können.«

Rotfux beugte sich zur Seite und schaute unter seinen Schreibtisch. Oberwiesner musste schmunzeln. Er kannte das schon. Der Kommissar sah nach seinem Dackel Oskar, der bei ihm nachmittags auf einem Kuschelkissen unter dem Schreibtisch lag.

»Na, lebt er noch, dein Kampfhund?«, lachte Oberwiesner.

»Ja, ja, alles okay. Sprich ruhig weiter, Otto. Ich höre dir zu.«

Der Kommissar kraulte den Dackel hinter seinen weichen Schlappohren und gab ihm ein paar Streicheleinheiten.

Oberwiesner berichtete, dass auch der Abgleich der Reifenspuren erfolgreich war. Sowohl die Spuren, welche sie am Main an der Stelle gefunden hatten, an der Nicole Herders Fahrrad im Fluss gefunden wurde, als auch die Spuren vom Waldparkplatz in der Nähe des Hohe-Wart-Hauses stammten vom selben Fahrzeug.

»Die Tiefe der Reifeneindrücke deutet auf einen Kleintransporter hin, die Profile sind identisch«, erläuterte Oberwiesner. »Wir hatten Glück. An beiden Orten haben sich die Reifen in die weiche Erde gedrückt und wir konnten Eindruckspuren sichern. Sollten wir ein entsprechendes Fahrzeug ermitteln, können wir anhand von Vergleichsspuren den Nachweis über die Beteiligung des Fahrzeuges führen.«

»Ist fast zu schön, um wahr zu sein«, freute sich Rotfux, »dumm nur, dass wir bisher kein Fahrzeug haben …«

»Aber vielleicht einen Hinweis dazu …«, ergänzte

Oberwiesner. »Es hat sich ein Bewohner aus Hörstein gemeldet, der nachts in den Weinbergen oberhalb der Räuschberghalle einen schwarzen Lieferwagen gesehen haben will. Dieser sei aus den Weinbergen gekommen und Richtung Autobahn gefahren. Sein Hund habe Verdauungsprobleme gehabt, deshalb sei er nachts um zwei mit ihm nach draußen gegangen und habe sich über das Fahrzeug gewundert. Leider konnte er weder den Fahrzeugtyp noch das Nummernschild erkennen. Er sei überrascht gewesen, habe dem Lieferwagen aber keine weitere Bedeutung beigemessen. Erst der Hinweis im Main-Echo, dass ein solches Fahrzeug gesucht werde, habe ihn hellhörig werden lassen.«

»Ist manchmal schon hilfreich, die Tageszeitung«, brummte Rotfux.

Er saß inzwischen wieder aufrecht hinter seinem Schreibtisch und ließ Oskar bei seinen Füßen kuscheln.

»Wir sollten die Weinberge bei Hörstein durchsuchen. Hat nicht Thomas Herder dort auch einen Weinberg mit Hütte?«

»Kann ich nicht sagen«, antwortete Otto Oberwiesner. »Lässt sich aber feststellen.«

»Ach, lass nur, Otto. Ich glaube, er hatte beim Dackelclub mal so was erwähnt.«

Das Telefon von Kommissar Rotfux läutete. Komisch, dachte er, Frau Bieber weiß doch, dass ich ein Gespräch habe …

»Ja, hallo, was gibt's?«, nahm er ab.

»Entschuldigen Sie, Herr Kommissar, ich habe Herrn Lombardi am Apparat«, sagte seine Sekretärin. »Sie wissen schon, von der Pizzeria Lombardi. Er ist sehr aufgeregt, will Sie unbedingt sprechen. Seine Tochter sei verschwunden, sagt er. Ich dachte, das sei wichtig.«

»Klar, danke, stellen Sie durch.«

Frederico Lombardi berichtete ziemlich aufgeregt, dass seine Tochter Sofia seit dem Vorabend verschwunden sei.

»Sofia hat Sie bedient, als Sie das letzte Mal bei uns waren. Vielleicht erinnern Sie sich, Herr Kommissar. Wir hatten auch kurz über meine Tochter gesprochen.«

»Selbstverständlich erinnere ich mich, Herr Lombardi. Ich stelle mal auf laut. Dann kann Kollege Oberwiesner gleich mithören. Er sitzt zufällig bei mir.«

Lombardi berichtete, dass seine Tochter am Vorabend auf eine Veranstaltung an der Hochschule gehen wollte. »Campus Night« oder so ähnlich. Nun sei sie immer noch nicht zurück und seine Frau und er machten sich Sorgen, denn nie sei sie so lange weggeblieben, ohne Bescheid zu geben.

»Und bei ihren Freunden haben Sie schon nachgefragt, Herr Lombardi?«

Frederico Lombardi zögerte. Er schien nicht zu wissen, was er sagen sollte.

»Es tut mir leid, Herr Kommissar, wir wissen über ihre Freunde nicht so richtig Bescheid. Sofia war in letzter Zeit sehr verschlossen. Sie hat natürlich Freunde an der Hochschule, aber Genaues wissen wir nicht.«

»Mhmm«, brummte Rotfux. »Und Verwandte? Gibt es Verwandte, wo sie sein könnte?«

»Nein, leider nicht. Unsere Verwandten leben alle in Italien.«

Rotfux stellte Lombardi noch verschiedene Fragen, erkundigte sich, wo seine Tochter wohne, was ihr üblicher Weg von der Hochschule nach Hause sei, ob sonst etwas Besonderes vorgefallen wäre, ob seine Frau vielleicht etwas über Freunde wisse, ob sie etwas mit Nicole Herder zu tun hatte oder ob ihm sonst etwas einfalle.

»Sie war in denselben Hochschulkursen wie Nicole Herder. Das hat sie mal erzählt, auch dass Sie an der Hochschule ermittelt haben, Herr Kommissar.«

Rotfux erinnerte sich an seinen Besuch in der Veranstaltung von Michelle Moorkamp und die Befragung der Studierenden.

»Das ist ja interessant«, brummte der Kommissar. »Wir werden sofort eine Suchaktion starten, Herr Lombardi. Wir tun, was wir können. Falls Ihnen noch etwas einfällt oder sich Ihre Tochter meldet, benachrichtigen Sie mich bitte sofort.«

Rotfux ließ sich entnervt in seinen Bürostuhl sinken.

»Das hat uns gerade noch gefehlt, Otto … Die zweite Vermisstenanzeige innerhalb kurzer Zeit. Und wieder eine Studentin der Hochschule, sogar aus derselben Studiengruppe. Aschaffenburg wird Kopf stehen.«

»Ja, Chef, ist schon seltsam. Was da wohl dahintersteckt?«

Oberwiesner und Rotfux diskutierten, was zu tun sei. Sie entschieden sich für eine sofortige Suchaktion nach Sofia Lombardi. Auch die Presse sollte eingeschaltet und die Bevölkerung um Mithilfe gebeten werden.

»Wir dürfen nichts versäumen, selbst wenn alles unnötig sein sollte und sie wieder auftaucht, wir müssen vom negativen Fall ausgehen«, murmelte Rotfux.

Er beachtete den Dackel inzwischen nicht mehr, der offensichtlich spürte, dass etwas Besonderes im Gange war, sein Kuschelkissen verließ und mit hocherhobenem Kopf durch das Büro von Rotfux stolzierte.

»Der will mitmachen«, lachte Oberwiesner.

»Lach nicht, Otto. Der spürt genau, dass etwas im Busch ist. Bei der Suchaktion in Hörstein kann er auch wirklich mit dabei sein.«

Rotfux war überzeugt, dass sofort eine Suchaktion in den Weinbergen von Hörstein durchgeführt werden sollte, wo der schwarze Lieferwagen gesichtet worden war. Vielleicht wurde Nicole Herder dort festgehalten.

»Wir dürfen den Fall Herder nicht aus den Augen verlieren, auch wenn wir uns zusätzlich um Sofia Lombardi kümmern müssen.«

Rotfux war in seinem Element. Er rief bei der Polizeipräsidentin in Würzburg an und informierte sie. Er forderte Unterstützung für die Suchaktionen. Er organisierte die Suche nach Sofia Lombardi in Aschaffenburg und die Suchaktion nach Nicole Herder in Hörstein. Er telefonierte mit Klaus Zimmermann, dem leitenden Stadtredakteur des Main-Echos, und informierte ihn über den letzten Stand.

»Ich wäre Ihnen sehr verbunden, Herr Zimmermann, wenn Sie an prominenter Stelle über die beiden Fälle berichten«, beendete er seine Information. »Vielleicht gibt es Personen, die etwas beobachtet haben. Immerhin hat Ihr letzter Bericht den Hinweis auf den schwarzen Lieferwagen in Hörstein ergeben.«

Klaus Zimmermann freute sich über dieses Lob. Er war eigentlich ein netter Kerl, auch wenn er Rotfux gelegentlich zu aufdringlich erschien. Er sah den Journalisten vor sich, mit seiner spitzen Nase, auf der eine Nickelbrille saß, seinen funkelnden, fast schwarzen Augen, die einen manchmal regelrecht zu durchbohren schienen.

»Klar, Herr Kommissar, wir bringen das mit Sicherheit auf dem Titel der morgigen Ausgabe. Es ist nur schon etwas spät. Ich muss sehen, wie ich das noch reinbekomme. Haben Sie denn ein Foto von der Pizzeria-Tochter?«

»Ich lasse Ihnen eines zukommen.«

»Gibt es sonst noch Informationen zum neuen Vermisstenfall, Herr Kommissar?«

»Leider nein, nichts, was ich Ihnen nicht schon gesagt hätte. Sie sind, außer der Polizeipräsidentin, praktisch der Erste, den ich informiert habe. Wenn es etwas Neues gibt, hören Sie von mir.«

Es schadete nicht, Zimmermann dieses Kompliment zu machen. Er würde sicher einen packenden Bericht bringen, den die Leute lasen und der zusätzliche Hinweise der Bevölkerung auslöste. Etwa eine Stunde später war die Suche an beiden Standorten voll im Gange. Oberwiesner koordinierte die Suche in Aschaffenburg, Rotfux selbst fuhr mit einigen Kollegen und einer Hundertschaft der Bereitschaftspolizei zur Räuschberghalle in Hörstein. Auf dem Weg dorthin telefonierte er mit Michelle Moorkamp.

»Hallo, Michelle.«

»Hallo, Rudi, ich freu mich auf heute Abend!«

»Michelle …«, Rotfux zögerte, »Michelle, ich habe schlechte Nachrichten. Wir haben einen zweiten Entführungsfall. Hier steht alles Kopf. Ich fürchte, wir können uns heute Abend nicht sehen. Ich schaff es einfach nicht.«

Dass sie eine Zeitlang nichts sagte, brachte ihre Enttäuschung vielleicht am besten zum Ausdruck.

»Schade«, seufzte sie nach einer längeren Pause, »aber ich kann auf dich warten, egal, wie spät es wird …«

»Das möchte ich dir nicht zumuten. Ich habe keine Ahnung, vielleicht wird es Mitternacht, vielleicht sogar später.«

»Melde dich einfach. Ich bleibe an der Hochschule und arbeite, habe noch viel vorzubereiten, und dann sehen wir weiter. Melde dich, egal, wie spät es ist …«

Sie war verrückt, wirklich verrückt. Vermutlich hatte sie heute ihre Zahnbürste eingepackt und wollte gerne bei ihm übernachten. Er freute sich darüber, aber einen schlechteren Termin hätte es kaum geben können.

»Okay«, sagte er, »ich vermute, es wird sehr spät. Aber ich melde mich. Wünsche dir bis dahin fröhliches Schaffen. Es tut mir leid, Michelle, aber ich kann es im Moment nicht ändern.«

In der Hundebox auf dem Rücksitz kuschelte Oskar.

»Michelle ist richtig heiß auf uns«, sagte er zu dem Dackel.

Obwohl der Hund keine Antwort geben konnte, sprach er mit ihm wie mit einem guten Freund.

»Wir sehen mal, was sich ergibt. Vielleicht klappt es ja doch heute noch mit ihr, und dann kuscheln wir zusammen auf unserem Berberteppich.«

Oskar hörte sich das an.

»Klar, du verstehst mich, altes Schlappohr. Jetzt hilfst du erst mal bei der Suche nach Nicole.«

Auf dem Parkplatz bei der Räuschberghalle waren mindestens zehn Polizeitransporter zu sehen, mit welchen die Männer der Bereitschaftspolizei gekommen waren. Rotfux begrüßte den Führer der Hundertschaft, den er vom letzten Einsatz kannte.

»Grüße Sie, Herr Kunkel. Tut mir leid, dass wir Sie schon wieder brauchen. Aber die Polizeipräsidentin meinte auch, wir sollten keine Zeit verlieren, nachdem wir diesen Hinweis mit dem schwarzen Lieferwagen erhalten haben.«

Hartwig Kunkel legte die Hand an die Mütze. »Alles klar, grüße Sie, Herr Kommissar. Wir tun nur unsere Pflicht. Hoffen wir, dass wir Erfolg haben und das Mädchen finden. Habe selbst eine Tochter, da weiß man, worum es geht.«

Hartwig Kunkel war ein großer, drahtiger Kerl, schlank und durchtrainiert, der in seiner Uniform stattlich wirkte. Wenn er sprach, tanzte sein scharf ausrasiertes Bärtchen auf der Oberlippe. Seine dunklen Augen musterten Rotfux freundlich. Während sie noch den Einsatzplan durchgingen, stieß Thomas Herder zu ihnen.

»Grüß dich, Rudi, danke, dass du mich benachrichtigt hast.«

Sein Dackel Bruno, der wie üblich nicht angeleint war, begrüßte bellend Oskar, den Rotfux an der Leine hatte.

»Ist doch klar, Thomas. Ich dachte, dass Bruno vielleicht was erschnüffeln könnte. Er ist doch am engsten mit Nicole vertraut. Keiner kennt sie besser als er. Oskar wird ihm dabei helfen. Der hat mich schon auf manche Spur gebracht.«

Rotfux stellte Thomas Herder dem Führer der Hundertschaft vor.

»Tut mir leid, die Sache mit Ihrer Tochter. Wir geben unser Bestes!«, sagte Kunkel.

Man spürte, dass er es ernst meinte. Er gab seine Kommandos, die Hundertschaft schwärmte aus, überquerte den Aschaffenburger Weg, zog vorbei an Gärten und einigen Häusern hinauf zum Mittleren Röderweg, und von dort hinein in die Weinberge, die hinauf bis zur Mömbriser Straße anstiegen. Beeindruckend sah es aus, wie sie mit ihren dünnen Metallstangen die Landschaft durchkämmten. Rotfux und Thomas Herder folgten ihren Dackeln über den Mittleren Röderweg. Linker Hand stiegen die Weinstöcke in die Höhe, die ihr erstes frisches Grün zeigten. Hier wuchs ein guter Wein, das wusste Rotfux. Umso seltsamer kam es ihm vor, dass sie ausgerechnet an diesem schönen Ort nach einer Vermissten suchten. Sie hatten fast das Ende des Weges erreicht, unterhalb im Tal war der Waldhof zu sehen, als der Dackel Bruno unruhig wurde.

»Was hast du denn, Bruno?«, rief ihn Thomas Herder zu sich. Aber der Dackel wollte weiter.

»Der hat irgendeine Fährte aufgenommen«, sagte Herder.

Einige Polizisten der Hundertschaft waren in der Nähe und durchkämmten mit ihren Stangen die gleichmäßigen Reihen der Reben. Bruno war inzwischen ganz aufgeregt und zog vom Weg nach links in den Weinberg hinein. Er hoppelte wie ein Hase einige Stufen nach oben und Oskar, den Rotfux weiter an der Leine hatte, folgte ihm.

»Bruno hat irgendwas erschnüffelt«, sagte Herder nervös. »Wenn Nicole bloß lebt. Wenn nur nichts passiert ist«, jammerte er.

Am Ende der Stufen kamen sie zu einer Hütte im Weinberg. Die hölzernen braunen Fensterläden waren zu, die Tür verschlossen. Trotzdem ließ sich der Dackel Bruno nicht beruhigen. Er setzte sich vor die Tür und bellte.

»Da ist was drin«, sagte Herder. »Der Hund verhält sich sonst nicht so.«

Rotfux ging um die Hütte herum. Das Rohr der Dachrinne führte in eine Wassertonne, in der Regenwasser stand. Auf der Hangseite gab es keine Fenster. Alles sah ordentlich und aufgeräumt aus.

»Wir müssen feststellen, wem die Hütte gehört …«, murmelte Rotfux.

»Aber dann kann es zu spät sein«, erregte sich Thomas Herder. »Wenn meine Tochter da drin ist, müssen wir sofort handeln.«

Er rüttelte an der Tür, als ob er sie aus den Angeln heben wollte. Beide Dackel bellten und zwei Polizisten der Hundertschaft kamen interessiert dazu.

»Also gut, ich nehme es auf meine Kappe«, sagte Rotfux entschlossen. »Meine Herren, bitte brechen Sie die Tür auf!«

Die beiden Bereitschaftspolizisten nahmen ihre Klappmesser aus dem Futteral und hebelten die Tür direkt neben dem Schloss auf. Krachend und splitternd sprang sie auf.

»Das ging ja leichter als gedacht«, freute sich Rotfux. »Danke, meine Herren.«

Die Dackel stürmten bellend in die Hütte. Rotfux und Herder gingen hinterher.

»Hier ist niemand«, seufzte Thomas Herder enttäuscht.

»Aber hier war jemand … Bitte nichts anfassen!«, sagte Rotfux. »Die Decken auf der Pritsche sind zerwühlt. Die Stricke sehen aus, als ob da jemand gefesselt wurde. Die Sektflasche und das Glas kann ich mir zwar nicht erklären, aber hier hat etwas stattgefunden. Vielleicht hat es mit deiner Tochter zu tun, Thomas.«

»Oh mein Gott«, lamentierte Herder. »Ich hoffe nur, dass sie lebt.«

Der Dackel Bruno war nicht mehr zu beruhigen. Er wollte hoch auf die Pritsche.

»Ich bin ziemlich sicher, dass Nicole hier war. Sonst spielt der Hund sich nicht so auf.«

Herder nahm den Dackel auf den Arm und drückte ihn fest an sich.

»Schon gut, Bruno. Wir werden sie finden. Du hilfst uns dabei«, sagte er und konnte seine Tränen nicht mehr unterdrücken. »Das ist hart«, schluchzte er, »sie war vermutlich hier, aber wir sind zu spät gekommen.«

Inzwischen erschien auch Hartwig Kunkel, der Führer der Hundertschaft, an der Hütte.

Rotfux erklärte ihm die Situation und sie beschlossen, die Suchaktion im Augenblick zu beenden.

»Die Spurensicherung muss zunächst die Hütte untersuchen. Vielleicht führt uns das weiter. Möglicherweise haben sie die Vermisste weggebracht, nachdem sie vom schwarzen Lieferwagen in der Zeitung gelesen haben. Wir werden sehen.«

Rotfux beauftragte sofort die Spurensicherung, obwohl es inzwischen schon 22 Uhr war.

»Wir dürfen keine Zeit verlieren!«

Er gab ihnen die genauen Koordinaten der Hütte durch und ließ den jungen Seidelmann vor Ort. Mit Hartwig Kunkel besprach er, dass eine Halbgruppe mit Gruppenführer der Bereitschaftspolizei noch bei der Hütte blieb, um sie zu sichern.

»Sie koordinieren hier die Aktion, Herr Seidelmann. Sorgen Sie dafür, dass niemand etwas anrührt, bevor die Spurensicherung zur Stelle ist. Ich selbst muss mich noch um den Vermisstenfall in Aschaffenburg kümmern.«

Zusammen mit Thomas Herder und den beiden Dackeln ging er zurück zum Parkplatz bei der Räuschberghalle. Herder tat ihm leid. Er war noch blasser als zu Beginn der Aktion.

14

Auf dem Rückweg über die Autobahn nach Aschaffenburg rief Rotfux den Kollegen Oberwiesner an und berichtete ihm von der Suchaktion in Hörstein. Dann befragte er ihn zu den Geschehnissen in Aschaffenburg.

»Und wie sieht es bei dir aus, Otto? Kommt ihr klar?«

»Ja, Rudi, wir sind dabei. Wird noch eine Weile dauern. Wir haben einen Turnschuh gefunden, der möglicherweise der Vermissten gehört, und ganz in der Nähe vom Fundort eine Blutspur …«

»Scheiße«, entfuhr es Rotfux.

Er benutzte dieses Wort nur selten, aber jetzt war es so weit. Für heute hatte er genug.

»Wir durchkämmen noch die Straßen bis zur Pizzeria Lombardi im Zentrum der Stadt. Ich denke, dann müssen wir für heute Schluss machen und erst mal die Spuren auswerten.«

»Wo habt ihr den Turnschuh gefunden?«

»In der Würzburger Straße, nicht weit von der Hochschule. Könnte sein, dass sie direkt nach Verlassen der Party überfallen wurde.«

»Okay, Otto, noch viel Erfolg! Alles andere dann morgen. Und danke natürlich für deinen Einsatz!«

Es gefiel Rotfux gar nicht, dass der Turnschuh in der Würzburger Straße so nah bei der Hochschule gefunden worden war. Das war nicht weit von der Flüchtlingsunterkunft in der Schweinfurter Straße und würde mit Sicherheit dieses Thema wieder aufbringen. Er hatte Aschaffenburg fast erreicht. Es war 23 Uhr und er rief Michelle Moorkamp an.

»Hallo, Michelle.«

»Hallo, Rudi, bist du schon fertig? Es ist ja erst elf Uhr.«

»Bin gerade auf dem Rückweg …«

»Komm einfach an der Hochschule vorbei. Ich freue mich auf dich.«

Das war eine nette Begrüßung, so etwas wie nach Hause kommen, dachte Rotfux.

»Ich bin aber ziemlich müde, Michelle. Vielleicht sollten wir uns lieber morgen treffen.«

Sie zögerte enttäuscht.

»Ach, komm doch einfach, wenigstens kurz. Was morgen ist, weißt du nicht.«

Also ließ sich Rotfux überreden und hielt wenig später in der Flachstraße vor dem Hochschulgelände. Nachdem er ihr eine WhatsApp-Nachricht gesendet hatte, kam sie aus ihrem Gebäude.

»Hallo, Rudi, schön, dass du noch gekommen bist«, mit diesen Worten gab sie ihm einen zärtlichen Begrüßungskuss.

Er spürte ihre Haare im Gesicht, roch den Duft ihrer Haut, merkte, wie sie sich an ihn schmiegte, und fühlte, dass da mehr war als eine zufällige Begegnung.

»Und jetzt …?«

»Was und jetzt?«, lachte sie. »Jetzt sind wir endlich zusammen. Ich habe mich den ganzen Tag nach dir gesehnt.«

Sie hatte ihren Aktenkoffer und eine Reisetasche dabei.

»Du willst wohl verreisen«, witzelte er.

»Ich habe nur meine Zahnbürste mitgebracht«, lachte sie und lag im nächsten Augenblick in seinen Armen und küsste ihn zärtlich. Er lud das Gepäck ins Auto.

»Also komm«, sagte er. »Wir essen noch kurz was bei einem Schnellimbiss. Auf einen langen Kneipenbesuch habe ich nach diesem Tag keine Lust mehr. Ist das okay?«

Sie sah ihn enttäuscht an.

»Aber ich dachte, wir können noch etwas zusammen sein …«

Er musste schmunzeln.

»Das können wir doch auch. Du kannst gern zu mir mitkommen, aber ich brauche meine Ruhe. Möchte den restlichen Abend nicht in einer Pizzeria oder sonstigen Kneipe verbringen.«

»Ach, so meinst du das«, seufzte sie erleichtert. »Das verstehe ich. Aber ich möchte dich nicht stören …«

»Du störst mich nicht, ganz im Gegenteil. Doch ich bin heute ziemlich geschafft. Lass uns schnell eine Kleinigkeit essen und dann zu mir.«

Sie strahlte. Rotfux beschlich das Gefühl, dass sie tatsächlich den ganzen Tag auf ihn gewartet hatte. Sie aß ihre Pommes mit den Fingern, schien sich sogar im Schnellrestaurant mit ihm wohl zu fühlen, trank ein großes Cola und saß ganz eng bei Rotfux.

»Ich hoffe, es sind keine Studenten da«, lachte Rotfux.

»Ich sehe keine, aber es wäre mir auch egal.«

Oskar hatten sie in seiner Box im Auto gelassen, um keine Zeit zu verlieren. Als sie zurück zum Auto kamen, hob er den Kopf, schaute kurz nach ihnen und rollte sich wieder zusammen.

»Der hat heute schon viel erlebt und ist müde«, erklärte Rotfux.

Bei seiner Wohnung am Floßhafen ließen sie den Dackel kurz pinkeln, dann gingen sie ins Haus und fuhren mit dem Aufzug nach oben.

»Eine super Aussicht hast du«, schwärmte Michelle, als sie vom Wohnzimmer zum Main schaute.

Der Fluss schimmerte dunkel durch die Bäume, die an seinem Ufer wuchsen, dazwischen leuchteten die Boote an den Anlegestellen der Wassersportclubs. Ein einsamer Spaziergänger ging Richtung Schloss. Michelle ließ ihren Blick durch die Wohnung von Rotfux schweifen, in der man seine Begeisterung für das Reisen spürte, bewunderte sein Schachspiel aus China, den Berberteppich aus Marokko, den Weihrauch aus dem Oman, seine Thangka aus Nepal, die säuberlich gerahmt an der Wand hing.

»Traumhaft hast du es hier«, sagte sie.

»Nur manchmal etwas einsam.«

Rotfux war hinter sie getreten und umfasste ihre Hüfte. Sie war barfuß, hatte die Schuhe gleich am Eingang ausgezogen. Oskar lag ruhig auf dem flauschigen Berberteppich und beobachtete die beiden mit seinem typischen Dackelblick schräg von unten.

»Heute ist es doch nicht einsam …«

Sie drehte sich um, suchte seine Lippen, und schon lagen sie sich in den Armen und küssten sich. Sie war nicht wie eine Professorin, dachte Rotfux. Sie war wie ein blonder Engel, der aus seinem Nest gefallen war und ausgerechnet bei Rotfux gelandet. Er zog Michelle zu seiner breiten Couch, von der man Blick zum Main hatte, und kuschelte dort mit ihr. Oskar lag immer noch ganz still auf dem Berberteppich, als ob er nicht stören wollte.

»Das habe ich mir so gewünscht«, flüsterte Michelle und streichelte Rotfux sanft über sein Gesicht, die geschlossenen Augen, den Mund und die Nase.

»Schlaf einfach«, sagte sie, »du musst wirklich einen schlimmen Tag hinter dir haben.«

Rotfux genoss es. Sie war so zärtlich, ohne aufdringlich zu sein. Er merkte, wie gut ihm das tat nach diesem verrückten Tag, und schlief nach einigen Minuten in ihren Armen ein.

»Jetzt muss ich entweder gehen oder bleiben«, sagte sie irgendwann.

Rotfux schreckte hoch. Er hatte von dieser Hütte in den Weinbergen geträumt, hatte Nicole Herder gefesselt auf der Pritsche gesehen. Mein Gott, das Bild … das Bild aus dem Erpresserbrief, das war der Beweis, dass sie die richtige Hütte gefunden hatten. Das müsste er gleich morgen mit der Hütte vergleichen …

»Entschuldige, ich bin eingeschlafen«, stammelte er.

»Es war schön. Ich habe über dich gewacht.«

»Wo ist Oskar?«

»Der ist irgendwann ins Schlafzimmer marschiert. Stand einfach auf und ging.«

»Du kannst gern bleiben, wenn du willst«, sagte Rotfux. »Ich weiß gar nicht, wie spät es ist.«

»Es ist halb eins. Für Frankfurt wäre es höchste Zeit.

Da müsstest du mich gleich fahren, sonst schaffe ich es nicht mehr.«

Rotfux sah den blonden Engel neben sich, dessen blaue Augen erwartungsvoll leuchteten. Er spürte ihren warmen Körper, ihre langen Beine, ihre Hände, die ihn gestreichelt hatten, und er wusste, was sie wollte. Sie hatte bis zum letzten Moment gewartet, hatte ihn erst geweckt, als es schon fast zu spät war. Warum sollte er sie gehen lassen? Das wäre mehr als dumm und ziemlich ungemütlich.

»Bleib doch hier. Ich würde mich sehr freuen.«

Ein langer zärtlicher Kuss war ihre Antwort. Sie bezogen das Bett frisch für sie, Michelle blieb auffallend lang im Bad, und als sie zurück ins Schlafzimmer kam, durchwehte ein angenehmer Duft den Raum. Sie sah hübsch aus in ihrem hauchzarten Pyjama, der die Konturen ihres Körpers leicht umspielte.

»Ich bin so froh, dass ich bei dir bleiben darf …«

Rotfux ging ins Bad. Dort stand ihr Zahnputzbecher, hing ihr Handtuch über der Stange neben dem Waschbecken und einige Döschen und Tuben waren säuberlich auf der Ablage angeordnet. Sie macht es sich heimisch bei mir, dachte Rotfux. Wie selbstverständlich breitete sie sich in seinem Leben aus, so als ob sie schon immer zu ihm gehört hätte. Er kehrte zurück ins Schlafzimmer, Oskar hob kurz den Kopf und kuschelte dann weiter auf seinem Kissen. Michelle hatte sich bis zum Hals zugedeckt, nur die Arme lagen auf der Zudecke und ihre blonden Haare waren auf dem Kopfkissen ausgebreitet. Die Augen hatte sie geschlossen. Sie wartet auf mich, dachte Rotfux, löschte das Licht und schlüpfte ebenfalls unter seine Decke. Eine Zeitlang lagen beide ganz still da. Er roch ihren Duft, hörte ihren leisen Atem und konnte es nicht lassen, ihren rechten Arm zu berühren. Das war wie ein Signal, nach dem sie sich gesehnt hatte. Sie hob die Bettdecke an und schlüpfte zu ihm. Er spürte ihre langen Beine an seinem Körper, ihre Haare in seinem Gesicht, die Lippen, die sich nach ihm sehnten, die schlanken Hände, die über seinen Körper glitten, die alles erkundeten, was er zu bieten hatte.

»Ich liebe dich«, flüsterte sie.

»Ich dich auch.«

Er war sich nicht sicher, ob das stimmte. Die Liebe war ein großes Wort, vielleicht zu groß für diese kurze Bekanntschaft, aber irgendwie passte es, so wie sie bei ihm lag, wie ihr Körper nach ihm suchte, wie sie scheinbar alles vergaß, nur noch Frau war, die Professorin in seinem Bad gelassen hatte und jetzt als blonder Engel nur noch ihm gehörte.

Am nächsten Morgen holte die Titelseite des Main-Echos Rotfux brutal in die grausame Realität zurück. »Zweite Studentin verschwunden«, war dort in großen Lettern zu lesen. Es folgten Bilder des gefundenen Turnschuhs, eine Skizze des vermutlichen Heimwegs von Sofia Lombardi und verschiedene Spekulationen über den Hintergrund der Geschehnisse. Wie Rotfux befürchtet hatte, wurde die Frage gestellt, ob Flüchtlinge für das Verschwinden der beiden Frauen verantwortlich sein könnten, besonders im zweiten Fall, bei dem der vermutliche Tatort nicht weit von der Flüchtlingsunterkunft in der Schweinfurter Straße entfernt war. Auch wurde spekuliert, ob die

Fälle etwas mit der Aschaffenburger Hochschule zu tun haben könnten, da beide Studentinnen aus derselben Studiengruppe stammten.

Rotfux hatte nach dem Frühstück Michelle Moorkamp an der Hochschule abgesetzt und war inzwischen mit seinem Dackel Oskar im Kommissariat im Stadtteil Nilkheim. Die Ermittlungen liefen auf Hochtouren. Das Bild aus dem Erpresserbrief an Thomas Herder stimmte tatsächlich mit der Hütte in Hörstein überein.

»Also haben sie Nicole Herder dort festgehalten«, murmelte Rotfux. »Wir müssen diese Hütte auf den Kopf stellen. Vielleicht finden wir Spuren, die auf die Entführer hinweisen.«

Er beauftragte Peter Seidelmann und Gerda Geiger, mit ihrer Mannschaft nochmals zur Hütte in den Weinbergen von Hörstein zu fahren und alles genau unter die Lupe zu nehmen. Otto Oberwiesner sollte die Bewohner der Flüchtlingsunterkunft in der Schweinfurter Straße befragen.

»Du kennst dich da schon aus, Otto. Ich werde mir anschließend an der Hochschule diese Studiengruppe nochmals vornehmen, in der sowohl Nicole Herder als auch Sofia Lombardi studiert haben.«

»Entschuldigung, Herr Kommissar«, unterbrach ihn seine Sekretärin, welche durch die Verbindungstür in sein Büro schaute. »Unten vor dem Kommissariat ist Frau Lombardi. Sie tut sehr wichtig, lässt sich nicht abweisen, will Sie unbedingt sprechen.«

»Okay, Frau Bieber, bitte holen sie die Dame am Empfang ab.«

»Klar, mach ich«, sagte sie.

Wenig später brachte sie Giorgia Lombardi, die Inhaberin der Pizzeria, in das Büro von Rotfux.

»Guten Tag, Frau Lombardi, haben Sie Ihren Mann nicht mitgebracht?«, wunderte sich der Kommissar.

Frau Lombardi sah unsicher in Richtung von Alexandra Bieber. Erst als die den Raum verlassen und die Tür geschlossen hatte, gab sie Antwort.

»Nein, Herr Kommissar, Frederico darf nixe wissen.«

Sie sprach sehr gut Deutsch, machte aber auch nach den vielen Jahren in Deutschland kleine liebenswerte Fehler, die sie sehr charmant erscheinen ließen.

»Ich kann nur mit Ihnen reden, wenn Sie versprechen, nixe zu verraten …«

Rotfux sah sie verwundert an.

»Worum geht es denn?«

»Iste großes Geheimnis«, stammelte Giorgia Lombardi. »Darfe meine Mann nixe wissen.«

Sie sah für ihre etwa 50 Jahre extrem gut aus, eine rassige Italienerin, mit schwarzen Haaren, einem schmalen Gesicht, dunklen Augen und einer tollen Figur. Es war Rotfux schon in der Pizzeria Lombardi aufgefallen, dass die Blicke der Männer ihr folgten, wenn sie durch das Lokal ging.

»Also, wenn es geht, werde ich nichts verraten«, versprach ihr Rotfux.

»Nixe wenn es geht, Commissario«, blitzten ihre dunklen Augen, »100 Prozente, Commissario.«

Innerlich musste Rotfux darüber schmunzeln, wie sehr sie sich engagierte.

»Gut, 100 Prozent«, sagte er leise.

Sie erhob sich aus ihrem Stuhl, beugte sich über den

Schreibtisch von Rotfux, kam ganz dicht auf ihn zu, er roch ihr Parfum, sah ihr reizvolles Dekolleté, sah ihr Gesicht und ihre dunklen Augen ganz dicht vor sich, bemerkte das Zittern ihrer vollen roten Lippen, als sie sehr leise sagte: »Sofia iste nichte die Tochter von Frederico …«

Rotfux war sprachlos.

»Nicht von Frederico …?«

Sie kam noch dichter auf ihn zu. Er konnte jeden Mann verstehen, der bei ihr schwach wurde.

»Iste von Thomas Herder«, sagte sie so leise, dass es Rotfux mehr ahnen als hören konnte.

»Von Thomas Herder«, wiederholte er erstaunt.

Das schien ihr zu laut zu sein.

»Psst«, machte sie. »Nixe verraten!«

Dann erzählte sie dem Kommissar genauso leise und dramatisch, dass sie vor ihrer Liebe zu Frederico eine kurze Affäre mit Thomas Herder gehabt habe, das sei nichts Ernstes gewesen, aber nicht ohne Folgen geblieben.

»Iche habe Frederico geliebt, habe nixe gesagt, habe geheiratet, war alles gut, aber jetze iste Sofia verschwunden, vielleicht wegen Thomas Herder …«

So hatte das Rotfux noch gar nicht gesehen. Beide vermissten Studentinnen waren demnach Töchter von Thomas Herder. Vielleicht gab es tatsächlich einen Zusammenhang.

»Wer weiß davon?«

»Habe nixe gesagt, zu niemand.«

»Mhmm …«, brummte Rotfux. »Aber wenn es niemand weiß, kann es auch keine Rolle spielen.«

»Iche habe vielleicht mal im Traum gesprochen, könnte möglich sein«, stammelte sie. »Vielleicht Frederico gehört …«

Aha, deshalb macht sie sich Gedanken, dachte Rotfux. Aber was sollte das mit dem Verschwinden von Sofia zu tun haben?

»Und sonst kann niemand etwas wissen?«

»Iche glaube nicht«, stammelte sie, »aber ich wollte Ihnen sagen. Bitte, finden Sie Sofia. Iste meine Herzblut.«

Sie saß inzwischen völlig aufgelöst vor Rotfux, bleich und zitternd, mit schwitzenden Händen.

»Es ist gut, dass Sie es mir gesagt haben, Frau Lombardi. Wir werden alles tun, um Ihre Tochter zu finden.«

»Und nixe verraten, Commissario …«

»Nein, nichts, hundertprozentig«, versprach Rotfux.

15

Sie hörte den Schlüssel, der sich quietschend im Schloss drehte.

»Come please«, sagte einer der beiden Chinesen, die sie zur Arbeit abholten.

Sie hatten pechschwarze Haare, dunkle Mandelaugen, waren kräftig gebaut und trugen Jeans, Shirts und an den Füßen grobe Ledersandalen. Nicole Herder kannte die beiden schon. Sie kamen jeden Morgen, nachdem sie ihr karges Frühstück gegessen hatte, und nahmen sie mit in die Fabrikhalle, welche auf derselben Etage wie ihr Zimmer lag.

»Nice day«, sagte der etwas größere Chinese, der sie fest am Ellenbogen gepackt hatte, so dass ein Entkommen aussichtslos war. »Today good work.«

Sie sprachen nicht viel, beherrschten nur wenige Brocken Englisch, versuchten aber, freundlich zu sein. Die Fabrikhalle war ein farbloser, weißgetünchter Raum, der wie ihr Zimmer nur hoch unterhalb der Decke Fenster hatte, die aber mit weißen Tüchern verhängt waren. Grelle Neonröhren hingen von der Decke herab und beleuchteten die Arbeitsplätze an den Nähmaschinen, die sich in drei Reihen durch den Raum zogen. Die meisten Plätze waren schon besetzt und das Surren der Maschi-

nen erfüllte den Raum mit einem eintönigen wellen-
förmigen Geräusch, das mal hier und mal da durch ein
Klackern und Klicken vom Umschalten der Maschinen
durchbrochen wurde.

»Come here«, sagte der größere der beiden Chinesen
und schob sie in die hinterste Ecke des Raumes.

Nicole Herder kannte diese Ecke schon. Sie musste
hier seit Tagen nähen, von früh bis spät, bis ihre Nachtschicht der ganz anderen Art begann.

»Please sit down.«

Sie wehrte sich nicht. Es wäre zwecklos gewesen.
Setzte sich auf den Stuhl hinter der Nähmaschine, wäh-
rend der kleinere der beiden aus einer Schublade die
Stahlkette mit dem Fußring nahm und ihr um das linke
Bein legte.

»Good girl«, lachte der Mann.

Sie spürte das kalte Metall, sie wusste, dass sie hier
gefangen war, gefangen auf übelste Art, ausgebeutet und
erniedrigt, wie es schlimmer nicht ging. Neben ihr saß
bereits Sunita, eine dunkelhäutige junge Frau aus Nigeria, ebenfalls angekettet, mit schwarzen krausen Haaren,
einem rundlichen Gesicht, schneeweißen Zähnen und
ziemlich großen Brüsten. Auf der anderen Seite arbeitete Fatima aus Libyen, eine kaffeebraune Schönheit mit
schwarzen Haaren und vollen Lippen, die irgendwie gar
nicht in diese Fabrikhalle passte.

»Hello«, sagte Nicole, »hello«, antworteten Sunita
und Fatima.

Die drei jungen Frauen konnten sich kaum unterhalten. In der Halle war es zu laut und da sie angekettet
waren, konnten sie ihre Plätze nicht verlassen. Sunita

und Fatima sprachen nur wenige Worte Englisch. Nur schreiend konnten sie sich verständigen, wenn gerade kein Aufseher in der Nähe war. Immerhin hatte Nicole erfahren, dass die beiden über das Mittelmeer geflüchtet waren und sich bis Florenz durchgeschlagen hatten. Dort seien sie einem Italiener mit Namen Pietro in die Hände gefallen, ohne Geld und ohne Pass, der ihnen angeblich helfen wollte, sie aber in diese Fabrik verschleppt und später zum Sex gezwungen hatte. So saßen sie zu dritt angekettet an ihren Maschinen und nähten von früh bis spät Shirts zusammen, immer dieselben Nähte, so wie man es ihnen gezeigt hatte. Zuerst die Ärmel rein, dann rechts und links zusammennähen. Vormittags war es noch erträglich, aber schon gegen Mittag schmerzten Nicole der Rücken und der Nacken, vom gebückten Sitzen an der Maschine, das sie nicht gewohnt war. Sie versuchte, sich ab und zu aufzurichten, den Kopf nach hinten in den Nacken zu drücken, um Linderung zu erhalten, aber meist stand ziemlich schnell ein kräftiger kleiner Chinese neben ihr.

»Work, work«, trieb er sie an und hatte ihr sogar schon mit einer Peitsche über den Rücken geschlagen, als sie nicht schnell genug reagierte. So war es auch jetzt wieder. Sie hatte sich aufgerichtet und etwas Nackengymnastik gemacht, sofort war er da.

»Work good, no gymnastik!«, brüllte er, was eher komisch klang, da er eine ausgesprochen dünne Stimme hatte.

Nicole musste sich beherrschen, um nicht zu lachen, obwohl ihr gar nicht zum Lachen zumute war. Etwa einmal pro Stunde holte der Chinese die genähten Teile ab und fuhr sie mit einem Wagen zur nächsten Station, bei der die Ärmel der Shirts mit Bündchen umsäumt wurden. Anschließend brachte er neue Stoffteile zum Nähen. Nicole vermutete, dass der Mann nach Stückzahl entlohnt wurde, da er unheimlich darauf achtete, dass sie nicht die geringsten Pausen machten. Die etwa 30 chinesischen Arbeiterinnen, die an den übrigen Maschinen saßen, waren nicht angekettet. Sie schufteten hier freiwillig und Nicole wunderte sich, mit welchem Fleiß sie das taten.

Gegen Mittag machten sich einige der Arbeiterinnen hinter improvisierten Wänden aus Karton zu schaffen. Nicole wusste, was das bedeutete. Sie kochten für ihre Familien oder Kolleginnen. Sie wohnten hier hinter Pappkartons in der Fabrik und arbeiteten Tag und Nacht. Leere Plastikflaschen, zerknülltes Papier und schwarze Müllsäcke umgaben die Kojen. An den Wänden hingen ungesicherte Kabel. Bald kamen die Kinder aus der Schule und die Familien aßen. Nicole hätte sich diese chinesische Fabrik in Italien in ihren kühnsten Träumen niemals vorstellen können.

»Good meal«, riss sie eine alte Chinesin aus ihren Gedanken und stellte eine Schale mit Hühnerbrühe und Gemüse vor sie. Die Suppe duftete gut. Die Chinesin war kräftig gebaut, hatte ergraute Haare, tiefe Falten im Gesicht und eine Lücke in der vorderen Zahnreihe. Wahrscheinlich die Großmutter einer Familie, die sie dazu bestimmt hatten, die Gefangenen zu versorgen, dachte Nicole.

»Good appetit«, rief Sunita und Nicole winkte ihr zu. Eine kurze Essenspause durften sie genießen, obwohl trotzdem keine Ruhe einkehrte. Da nicht alle gleichzeitig aßen, surrte die Hälfte der Nähmaschinen permanent. Nach der Hühnersuppe brachte die Chinesin eine gefüllte Frühlingsrolle, anschließend gebratenen Reis mit Eiern und Hühnerfleisch. Müssen heute wohl günstig Hühner bekommen haben, dachte Nicole. Sie zwang sich zu essen, obwohl es ihr nicht sonderlich schmeckte, angekettet an diesen Arbeitsplatz und ihrer Freiheit beraubt.

»Hallo, Püppchen«, hörte sie hinter sich eine tiefe Stimme.

Er ist da, durchzuckte es Nicole. Ihr Retter oder Peiniger, wie man wollte. Sie drehte sich um und sah ihn mit fünf chinesischen Männern auf sie zukommen. Er trug eine dunkle Sonnenbrille, die seine Augen verbarg. Schwein, dachte sie. Er legte seine Hand auf ihre Schulter.

»Geht es dir gut, Püppchen? Hast du gut gegessen?«

Nicole sagte nichts. Aus den Augenwinkeln beobachtete sie die Männer. Einer war schlank, drei gut genährt und einer regelrecht fett. Nur den nicht, dachte sie. Aber nicht sie wählte aus.

»Sehr nette Freunde, Püppchen«, lachte der Dunkelhaarige mit der Sonnenbrille. »Du hast mir versprochen, brav zu sein. Wirst keine Zicken machen, Püppchen. Wäre sonst schade um dein hübsches Gesicht …«

Nicole wusste, was das bedeutete. Vor gut zwei Wochen hatte sich Fatima gegen einen Freier gewehrt. Am nächsten Morgen war sie mit total verschwollenem Gesicht und blutunterlaufenem Auge erschienen, konnte kaum noch nähen, wurde aber mit der Peitsche des Aufsehers dazu gezwungen.

»Lass mich endlich frei. Ich möchte nach Hause …«

»Unser Püppchen will nach Hause«, lachte der mit der Sonnenbrille. »Du hast es hier doch gut. Hast sogar ein Einzelzimmer. Schau, wie die anderen hinter Pappkartons hausen. Bekommst leckeres Essen und jeden Tag Liebe. Kann es schöner für dich sein?«

»Du bist gemein, hast versprochen, mich frei zu lassen …«

»Was willst du denn in der Freiheit? Wüsstest doch gar nicht, wo du hin sollst, brauchst mich doch, dass es dir gutgeht, wärst vielleicht längst tot, wenn ich dich nicht gerettet hätte …«

Nicole schwieg. Sie beobachtete, wie die fünf Chinesen sich wie die Teenager aufführten. Sie steckten die Köpfe zusammen und kicherten. Dann kamen sie näher und sahen sich Sunita, Fatima und Nicole genauer an. Die geilen sich regelrecht an uns auf, dachte Nicole. Der fetteste unter ihnen ging sogar so weit, Sunita an der Brust zu betatschen. Hoffentlich nimmt er die, dachte Nicole, obwohl sie ihr gleichzeitig leidtat bei dem Gedanken.

»Sind heute wieder besonders hübsche Kandidaten«, witzelte der dunkle Italiener mit seiner Sonnenbrille. »Du wirst viel Spaß haben, Püppchen.«

Während er das sagte, näherte sich der dicke Chinese Nicole. Seine Hose konnte nur eine Maßanfertigung sein, denn bei seinem Bauchumfang bekam er sicher nichts von der Stange. Die anderen nannten ihn Wang und mit seinem Bauch, seinen kräftigen fleischigen Armen und seiner Stirnglatze wirkte er fast wie ein Buddha.

»Dem gehört sogar eine Fabrik, direkt gegenüber«, flüsterte der mit der Sonnenbrille. »Sei nett zu ihm, Püppchen. Er steht auf Blond.«

Nicole lief es eiskalt den Rücken herunter, als der Dicke auf sie zukam und begann, über ihre Haare zu streichen. Sie blieb wie versteinert sitzen, wusste nicht, was sie tun sollte, während die Chinesen herzhaft lachten.

»Er hat gesagt, du wärst das Schönste, was ihm bisher geboten wurde. Er zahlt 100 Euro, das ist viel mehr als üblich …«

Der mit der Sonnenbrille rieb sich die Hände.

»Wenn du heute brav bist, Püppchen, gibt's morgen eine Extraportion beim Essen«, lachte er.

Nicole fand das Ganze widerlich, konnte sich aber nicht wehren. Sie saß still an ihrem Platz und ließ die Prozedur über sich ergehen. Die chinesischen Arbeiterinnen in der Nähe sahen verstohlen zu. Sie hatten begriffen, worum es ging.

»Also, heute Abend gibst du alles, Püppchen. Es soll dein Schaden nicht sein. Anschließend komm ich dich besuchen. Will keine Klagen hören. Ist das klar?«

Nicole sage nichts.

»Ist das klar, Püppchen? Denk an dein Versprechen!«

Nicole nickte.

»Nun hab dich nicht so, Püppchen. Andere würden sich die Finger nach diesem Prachtexemplar lecken. Komm, wir machen noch ein Bild von dir …«

Der Schwarzhaarige mit der Sonnenbrille zückte sein Handy und fotografierte Nicole an ihrem Arbeitsplatz.

»Falls wir mal wieder ein Foto für den Opa oder den

Papa benötigen«, lachte er. »Wenn dein Papa Glück hat, werden die von dir genähten Shirts in eurem Versandhaus verkauft. Wäre doch cool.«

Nicole konnte sich nicht vorstellen, dass solche Billigmode jemals im Versandhaus Herder verkauft würde.

»Das wird sicher nicht vorkommen«, widersprach sie.

»Vielleicht, wenn wir etwas nachhelfen«, sagte der Schwarzhaarige leise.

Er ging zu den fünf Chinesen, sie kicherten wie die Schuljungen. Einige Geldscheine wechselten den Besitzer, dann waren sie wieder verschwunden. Sofort war der chinesische Aufseher zur Stelle.

»Work good«, rief er den jungen Frauen zu und schnalzte mit seiner Peitsche.

Nicole konzentrierte sich auf ihre Arbeit. Auf einen Peitschenhieb über den Rücken konnte sie verzichten. Gedanken wirbelten durch ihren Kopf. Ob das Versandhaus Herder tatsächlich Billigmode verkaufte, die unter solch erbärmlichen Bedingungen produziert wurde? Vielleicht wollte das Schicksal ihr das zeigen, gerade ihr, der Versandhaustochter. Sie schwor sich, gegen solche Billigmode anzukämpfen, wenn sie jemals aus dieser höllischen Fabrik entkommen sollte.

Klatsch, spürte sie die Peitsche auf dem Rücken. »Work good!«, rief der Aufseher mit seiner lächerlich dünnen Stimme.

Sie hatte einen Moment lang gedankenverloren geträumt, hatte kurz aufgehört zu nähen, schon war er da und sorgte für Ordnung. Sunita sah sie mitleidig an und sie wusste, dass sie sie bedauerte.

»It's okay«, rief sie laut, mit dem Effekt, dass sie ein weiterer Peitschenhieb des Aufsehers über den Rücken traf.

»Work good!«, rief er und ließ die Peitsche schnalzen.

Bis zum Abend arbeitete sie konzentriert und versuchte, ihre Gedanken im Zaum zu halten. Ihr Rücken und ihr Nacken schmerzten und sie bewunderte die chinesischen Frauen, welche diese Arbeit Tag für Tag seit Monaten oder vielleicht sogar seit Jahren taten. Sunita rief ihr etwas von Boko Haram, von Krieg und Hunger in Nigeria zu und es kam Nicole der Gedanke, dass es noch schlimmer sein konnte, als es schon war. Sie lebte noch, sie würde kämpfen, vielleicht würde sie versuchen zu fliehen, oder ihr Papa würde sie finden. Sie war sicher, dass er nach ihr suchte, er und ihr Dackel Bruno würden sie nie im Stich lassen, das wusste sie.

Das Abendessen bekamen sie an ihrem Arbeitsplatz, zwei trockene italienische Brötchen, etwas Käse, Mortadella und Salami, Gurken und Tomaten. Dazu Tee und Mineralwasser. Nicole war froh, dass es abends nichts Chinesisches gab. Sie genoss die kurze Essenspause. Draußen wurde es schon dunkel. In dieser Fabrik wurde gearbeitet bis spät in die Nacht. Allerdings hatten die angeketteten jungen Frauen das Privileg, etwas früher aufzuhören. Es erschienen die beiden Chinesen, welche sie morgens begleitet hatten, und brachten sie auf ihre Zimmer zurück. Zuerst Sunita, dann Fatima, schließlich Nicole.

»Come back«, sagte der größere Mann, nachdem der kleinere ihr die Stahlkette vom linken Bein entfernt hatte. Er packte sie kräftig am Ellenbogen und führte sie aus der Fabrikhalle hinaus zu ihrem Gang. Die Blicke der chinesischen Frauen folgten ihr. Bestimmt wussten sie, was auf die jungen Frauen zukam, aber keine kümmerte sich darum, alle saßen brav an ihren Nähmaschinen und arbeiteten.

»Good night«, waren die letzten Worte des kleineren Chinesen, nachdem sie das Zimmer von Nicole erreicht hatten. Dabei grinste er zweideutig und Nicole war sicher, dass er genau wusste, was sich hier bald abspielen würde. Sie warf sich enttäuscht und müde auf ihr Bett. Draußen war es inzwischen stockdunkel. Nur das Licht der Straßenlaternen leuchtete durch die rosaroten Vorhänge beim Fenster unterhalb der Decke und warf seinen Schein ins Zimmer. Nicole blieb einige Minuten auf dem Bett liegen, dann riss sie sich zusammen, zog sich aus und machte sich am Waschbecken hinter dem rosafarbenen Vorhang frisch. Seife und Parfüm hatten sie ihr gegeben, französischen Lavendelduft, auf den die Chinesen scheinbar besonders standen. Anschließend zog sie sich wieder an und legte sich aufs Bett. Die Augen fielen ihr zu. War ja auch egal. Sie würde schon hören, wenn dieses chinesische Walross kam. Und er wollte ja etwas von ihr, nicht sie von ihm.

Aus dem Nebenzimmer hörte sie Geräusche, das Quietschen des Bettes. Dort wohnte die schwarze Sunita, die wohl schon Besuch hatte. Nicole legte ihr Ohr an die Wand und lauschte. Sie hörte das Quietschen des Bettes und das Stöhnen des Liebhabers. Schweine, dachte sie. Bald würde es ihr auch so gehen, wenn dieser chinesische Fabrikbesitzer kam, der angeblich auf Blonde stand. Aber sie hatte keine Wahl, legte sich wieder aufs Bett und wartete. Irgendwann hörte sie den Schlüssel im Schloss.

Sie schreckte hoch, war kurz eingeschlafen, und erhob sich. Strahlend kam ihr Herr Wang entgegen. Er wusste, was sich gehörte, hatte eine Flasche Champagner dabei und zwei Gläser. Nachdem die Tür wieder von außen verriegelt war, ließ er sich auf den Stuhl fallen, der unter seinem Gewicht verdächtig ächzte, stellte die Gläser auf den Tisch und goss Champagner ein.

»Cheers«, sagte er und prostete Nicole zu.

Er sprach ganz ordentlich Englisch, schien tatsächlich gebildeter zu sein, erzählte von China, von Peking und Shanghai, goss ein zweites Glas ein, bevor er begann, Nicole auszuziehen.

»You are a very nice girl«, sagte er und fuhr mit seinen dicken Fingern über ihre Brüste. »I need a little love.«

Fast tat er ihr leid, dieser gewichtige Mann, der so tief gesunken war, dass er eine gefangene Sklavin missbrauchen musste, hier in dieser schäbigen Fabrik, in der sie Billigmode für ganz Europa produzierten. Er strich ihr durch die blonden Haare, roch daran, wühlte darin, und Nicole merkte, wie ihn das erregte.

»Give me a little love, baby«, seufzte er.

Sie war inzwischen ganz nackt, er glitt mit seinen Fingern über ihren Körper, es war nicht so unangenehm, wie sie gedacht hatte. Er war wie ein großer, pummeliger Teddybär, der Erste, mit dem sie sich seit langem unterhalten konnte.

»You are so nice«, schwärmte er und sie merkte, wie er anfing, sich selbst auszuziehen.

Sein Bauch hing in fleischigen Wellen nach unten. Darunter war etwas zu sehen, klein im Vergleich zu seinem mächtigen Bauch, aber sie wusste, dass er sie wollte …

16

Thomas Herder nahm den Aufzug zum Besprechungszimmer des Versandhauses im Erdgeschoss. Sein Dackel
Bruno begleitete ihn.

»Du bist lieb zu Jonas«, forderte Thomas Herder den
Hund auf, der ihn schräg von unten ansah. »Ganz brav.«

Sein Bruder Jonas hatte um ein Gespräch gebeten. Was
der wieder will, dachte Thomas Herder. Er verstand sich
nicht besonders gut mit ihm. Häufig war sein Bruder
anderer Meinung, war bei den Grünen aktiv, schwärmte
für Umweltschutz und fair Trade und vergaß dabei nur
allzu leicht die wirtschaftlichen Belange der Firma. Schon
als er die Tür zum Besprechungszimmer öffnete, schlug
ihm der strenge Geruch der Zigarillos seines Bruders
entgegen. Bruno begann sofort zu bellen.

»Der mag deine Zigarillos nicht«, lachte Thomas Herder. »Hallo, Jonas«, begrüßte er ihn.

Jonas Herder trug eine dunkelgraue Strickjacke und
eine graue Stoffhose und machte mit seinem offenen
karierten Freizeithemd einen eher altmodischen Eindruck. Wer ihn nicht kannte, hätte nicht unbedingt den
Mitinhaber des Versandhauses hinter ihm vermutet. Er
war einen Kopf kleiner als sein Bruder Thomas, dem er
die Hand entgegenstreckte.

»Hallo, Thomas, gibt's was Neues von Nicole?«

Er fragte das wohl mehr pflichtbewusst, war ledig, hatte sich nie viel aus Frauen und aus Kindern gemacht.

»Nein, leider nicht. Die Polizei ermittelt weiter, aber seit der gescheiterten Geldübergabe gibt es weder ein Lebenszeichen noch einen Erpresserbrief oder sonstige Hinweise.«

»Hast du von dem neuen Vermisstenfall gehört?«

»Klar, hab's im Main-Echo gelesen. Ist ja irre, dass ein zweites Mädchen von der Hochschule verschwunden ist, sogar aus derselben Studiengruppe …«

Sie unterhielten sich noch eine Zeitlang über die verschwundenen Studentinnen, dann kam Jonas Herder zum eigentlichen Thema.

»Ich habe Lastwagen aus Florenz von ›Firenzmoda‹ in unserem Hof gesehen«, sagte er vorwurfsvoll, »wollen wir jetzt auch diese Billigmode anbieten, die in Wirklichkeit in chinesischen Fabriken gefertigt wird?«

»Woher willst du wissen, dass sie in chinesischen Fabriken fertigen?«

»Das liegt doch auf der Hand. Wenn du aus Florenz preiswerte Mode beziehst, kann sie nur in Prato produziert worden sein.«

»Das weiß ich nicht …«, widersprach Thomas Herder.

»Das willst du vielleicht nicht wissen, denn dir ist es egal, aber anders kann es nicht sein. Tun dir die armen Menschen gar nicht leid, die in solchen Fabriken brutal ausgebeutet werden?«

Die dunkelbraunen Augen von Jonas funkelten. Sein rundliches Gesicht glühte und sein Bruder merkte, dass er sich sehr über dieses Thema aufregte. Bruno knurrte und fing erneut an zu bellen, als ob er sein Herrchen unterstützen wollte.

»Ich bin auch gern menschlich, Jonas, aber wir müssen Geschäfte machen. Die Konkurrenz schläft nicht. Die Billiganbieter sind auf dem Vormarsch, H&M, Primark, KiK und wie sie alle heißen … sogar Aldi und Lidl stoßen mit Modekollektionen auf den Markt. Abgesehen davon brauchen die Menschen in solchen Fabriken vermutlich ihre Arbeit, sonst müssten sie hungern.«

Ein tiefer Graben tat sich zwischen den beiden Brüdern auf. Jonas, dem Idealisten, der von einer besseren Welt träumte, und Thomas, dem Realisten, der für die wirtschaftlichen Belange des Versandhauses stand. Sie stritten noch eine Zeitlang über das Für und Wider von Billigmode, bis Thomas Herder das Gespräch kurz angebunden beendete.

»Also, Jonas, die Verträge, die wir mit ›Firenzmoda‹ geschlossen haben, müssen natürlich eingehalten werden. Es ist nur ein kleiner Versuch. Über die Zukunft können wir nachdenken. Aber vergiss bitte nicht ganz, auch du lebst vom Versandhaus. Ich muss jetzt weitermachen. Die Ausmusterung kann nicht verschoben werden.«

Es ärgerte Thomas, dass sein Bruder immer schnell mit klugen Sprüchen und Idealvorstellungen bei der Hand war, dann aber seinen Anteil am Gewinn einstrich, ohne mit der Wimper zu zucken.

»Komm, Bruno, bei Fuß!«

Der Rauhaardackel folgte ihm aufs Wort und hatte sich inzwischen wieder beruhigt. Sie gingen direkt zum Musterzimmer im dritten Stock des Altbaus, der noch aus den sechziger Jahren stammte. Bruno kannte den Weg über den Hof, pinkelte dort an seinen Lieblingsbusch und begleitete Thomas Herder in den Aufzug.

»Bist ein braver Hund«, lobte ihn der Versandhausinhaber.

Er sprach häufig mit dem Dackel, bevorzugt im Aufzug oder wenn er sonst mit ihm alleine war.

»Wir werden die Kleider schon richtig ausmustern, du hilfst mir, wie immer ...«

Tatsächlich nahm er den Dackel oft mit in die Musterzimmer, die Einkäufer kannten den Hund, und einige brachten ihm sogar Leckerli mit, entweder Hundefreunde oder Mitarbeiter, die sich bei ihrem Chef profilieren wollten.

»Hallo, Herr Herder«, begrüßte ihn Heinz Kaps, der Einkäufer für Kleider und Kostüme.

»Hallo, Herr Kaps, können wir? Habe mich leider ein paar Minuten verspätet. Hatte ein Gespräch mit meinem Bruder.«

»Klar, habe alles vorbereitet, zunächst die Ständer, später die aktuelle Kollektion mit Models.«

Bruno stand bei Heinz Kaps und wedelte.

»Bruno, komm her!«, rief ihn Herder zu sich.

Der Hund senkte den Blick, zog den Schwanz ein und trottete zu seinem Herrchen.

»Toll, wie der hört«, lobte ihn Heinz Kaps. »Darf ich ihm trotzdem etwas geben?«

»Alter Schlingel«, lachte Herder, »der wusste das, na, dann geh schon.«

Bruno schien ihn zu verstehen. Er hob den Kopf, wedelte und steuerte auf Heinz Kaps zu. Der zog einen

Leckerlistreifen aus seiner Tasche, brach ein Stück davon ab und hielt es dem Dackel hin. Gierig packte er zu und verschlang es.

»Na, noch eins?«

Herder lachte.

»Klar, noch eins. Bis der Streifen alle ist.«

Er freute sich über den Hund und vergaß für einen Augenblick die Zeit.

»Jetzt aber voran«, sagte er irgendwann.

Sie gingen die Kleider auf den Ständern durch. Heinz Kaps gab Erläuterungen zur modischen Aussage, zum Lieferanten und zur Preisgestaltung. Er war gut vorbereitet, einer der besten Einkäufer des Versandhauses. Thomas Herder wusste, dass er sich auf ihn verlassen konnte, und stimmte in den meisten Fällen seinen Vorschlägen zu. Lediglich als er einige Teile von ›Firenzmoda‹ präsentierte, wurde er kritischer und ließ sich alles genauestens erklären.

»Wie sind Sie auf diesen Lieferanten gekommen?«

»Herr Becker von ›Strick und Shirts‹ hat ihn mir empfohlen, der hatte ihn kürzlich da und war in Florenz bei ihm. Scheint in Ordnung zu sein. Ich dachte, einen Versuch wäre es wert.«

Herder sah sich die Kleider genau an und diskutierte über jedes Stück. Er musste an das Gespräch mit seinem Bruder denken und wollte keinen Fehler machen. Wenn er Kleider von »Firenzmoda« auswählte, mussten es Renner werden, um seinem Bruder den Wind aus den Segeln zu nehmen. Schließlich entschieden sie, von sieben Vorschlägen drei ins Programm aufzunehmen, die besonders erfolgversprechend schienen.

»Über den Preis müssen Sie aber mit Herrn Leone nochmals sprechen, Herr Kaps. Wir haben mit ihm bei Shirts einen Werbekostenzuschuss von 15 Prozent auf den Einkaufspreis vereinbart. Das sollte bei Kleidern auch gelten.«

Thomas Herder verhandelte knallhart und Kaps wusste das.

»Ich werde es versuchen«, sagte er kleinlaut.

»Was heißt hier versuchen? Sie machen das, Herr Kaps, sonst nehmen wir die Teile einfach nicht. Grüßen Sie Leone von mir, dann klappt das schon.«

Er hatte die Erfahrung gemacht, dass die Lieferanten bei ihm tatsächlich stärker nachgaben als bei den Einkäufern. Wahrscheinlich lag es daran, dass sie sich gegenüber dem Firmeninhaber profilieren wollten, um ins Geschäft zu kommen oder im Geschäft zu bleiben. Warum sollte man das nicht nutzen?

Nachdem sie die Kollektion auf den Ständern durchgeschaut hatten, wechselten sie das Musterzimmer, um sich die Kollektion der hochaktuellsten Kleidermode von Models präsentieren zu lassen. Kaps hatte drei Models gebucht, junge Dinger ohne Fältchen im Gesicht, welche die Teile vorführen würden. Herder liebte diese kleine Modenschau. Er hatte bei einer solchen Gelegenheit seine zweite Frau kennengelernt und genoss es, die jungen hübschen Frauen in der aktuellsten Mode zu sehen. Er saß auf einem Sofa, welches extra zu diesem Zweck ins Musterzimmer geschafft worden war, sein Dackel Bruno durfte neben ihm sitzen, während Kaps die Kleider präsentierte und erläuterte. Gelegentlich rief Herder eines der Models zu sich, befühlte den

Stoff, betrachtete den Schnitt ganz genau und manchmal konnte man den Eindruck haben, dass er auch das Model von oben bis unten taxierte. Kaps kannte die Vorliebe des Chefs für blonde Frauen, weshalb zwei der drei Models blond waren.

»Kann's losgehen?«

»Klar, Chef.«

Das erste Model erschien, im knappen Kleid mit Blumenprintmuster, blond natürlich, freundlich lächelnd, ein Traum von einer jungen Frau.

»Sehr schön«, lobte Herder, winkte sie zu sich, befühlte den Stoff, fragte nach Lieferant und Preis, bevor er sagte: »Nehmen.«

Das reichte Heinz Kaps. Mehr brauchte er nicht als die Zustimmung seines Chefs. Er klatschte in die Hände und das zweite Model erschien in einem Kleid in schwarz-weißem Vichy-Karo, figurbetont und sexy, super passend zu diesem ebenfalls blonden Model. Auch das zweite Kleid fand die Zustimmung von Herder. Als drittes erschien ein schokobraunes Model mit pechschwarzen Haaren, eine rassige junge Frau, in einem hauchzarten Kleid aus beigem Tüll und Spitze. Herder rief auch diese zu sich, fast sah es aus, als wolle er an ihr schnuppern, so dicht ließ er sie zu sich kommen.

»Die Farbe ist etwas blass, das lassen wir lieber«, war anschließend sein Urteil.

Da gab es nichts zu diskutieren. Kaps wusste das. Er klatschte in die Hände und ließ das nächste Model nach vorne kommen. Die Blonde präsentierte ein sportliches Midi-Kleid in auffallender Fuchsia-Farbe mit betonter Taille, das Herder auf Anhieb gefiel.

»Davon auf jeden Fall 2.000 bestellen, das geht mit Sicherheit. Den Preis natürlich noch etwas drücken.«

»Geht klar, Chef.«

Bruno wurde inzwischen unruhig. Er stand hoch erhoben auf dem Sofa neben Herder und wollte offensichtlich nach unten.

»Dir ist wohl langweilig«, sagte Herder und setzte den Dackel auf den Boden. Der spazierte durch das Musterzimmer, schnüffelte hier und schnüffelte da und verschwand schließlich hinter den provisorischen Paravents, hinter denen sich die Models umzogen. Augenblicklich war ein Bellen und anschließend ein Kreischen und Kichern zu hören.

»Der muss auch mal seinen Spaß haben«, lachte Herder.

Er stand auf, warf die Arme in die Höhe, riss den Kopf in den Nacken, ging einige Schritte hin und her und rief Bruno zu sich.

»Kurze Pause, die Damen. In einer Viertelstunde geht es weiter«, verkündete er und verließ mit dem Dackel das Musterzimmer.

»Bist mein Bester«, sagte er zu Bruno im Aufzug. »Klar, du musst eine kleine Runde drehen.«

Er spazierte mit dem Dackel in den Hof und hinter das Gebäude, wo eine Grünfläche seitlich der Parkplätze angelegt war, mit einigen Sträuchern, deren zarte Blättchen hellgrün an den Frühling erinnerten. Bruno hob mehrmals sein Beinchen und erleichterte sich.

»Bist ein braver Hund«, lobte ihn Herder.

Er zog sich einen Kaffee aus dem Automaten in der Eingangshalle und ging anschließend wieder nach oben.

»Kann es weitergehen, Herr Kaps?«

»Gerne, wie Sie wünschen.«

Die Modenschau nahm jetzt Fahrt auf, die Models schafften es kaum noch, sich schnell genug umzuziehen. Schlag auf Schlag fielen die Entscheidungen von Thomas Herder. Gegen 13 Uhr war die Ausmusterung der Kleider erledigt.

»Gerade noch rechtzeitig zum Mittagessen«, freute sich Thomas Herder.

Er hatte es sich angewöhnt, anlässlich der Modenschau seinen Einkäufer und die Models zum Essen einzuladen. Manches nette Abenteuer hatte sich daraus ergeben, sowohl für Kaps, der Junggeselle war, als auch für ihn selbst. Reichtum schien sexy zu wirken. Obwohl Herder inzwischen 55 war, sah er mit seinen rotblonden Locken noch jugendlich aus und verschiedene Models hatten mit ihm ein Stelldichein gehabt, in seinem Ruheraum, wie er es nannte, direkt neben dem Musterzimmer.

Die engsten Mitarbeiter von Kommissar Rotfux waren zur »Lage«, wie es bei ihm hieß, im Besprechungsraum des Kommissariats versammelt. Sein Dackel Oskar saß wie üblich auf einem Kuschelkissen zu seinen Füßen. Alexandra Bieber, seine Sekretärin, hatte Kaffee und etwas Gebäck bereitgestellt, Otto Oberwiesner kam mit einer Colaflasche und einem Glas als Letzter in den Raum.

»Dann kann's ja losgehen«, sagte Rotfux.

Er blätterte in seiner Besprechungsmappe, schien einige Notizen durchzusehen, während Gerda Geiger von der Spurensicherung verträumt zum Fenster schaute, durch das man die zart beblätterten Bäume sah, die zwischen den Parkplätzen vor dem Gebäude angepflanzt waren. Sie trug einen modischen orangeroten Pulli, der ihre Oberweite betonte, und hatte die Lippen in derselben Farbe geschminkt. Ihre blonden Haare fielen ihr locker über die Schulter.

»Was gibt's Neues, Frau Geiger und meine Herren?«

Da er sie namentlich angesprochen hatte, meldete sich Gerda Geiger sofort zu Wort.

»Wir haben die Hütte in den Weinbergen von Hörstein genau untersucht. Es ist eindeutig: Nicole Herder ist dort festgehalten worden. Wir haben Haare und Hautschuppen gefunden, die zweifelsfrei von ihr stammen. Leider auch Spermaspuren, die auf eine Vergewaltigung hindeuten …«

Gerda Geiger machte eine kleine Pause. Diese Feststellung schien ihr besonders unangenehm zu sein.

»Eines der beiden Gläser wurde von Nicole Herder benutzt. Auch am Hals der Champagnerflasche fanden sich Spuren von Nicole Herder. Vermutlich hat sie aus der Flasche getrunken …«

»Oder man hat sie dazu gezwungen, aus der Flasche zu trinken«, mischte sich Otto Oberwiesner ein, der bereits das zweite Glas Cola trank und wie üblich im karierten Hemd in seinem Besprechungsstuhl saß, den er mit seiner kräftigen Figur völlig ausfüllte.

»Das könnte natürlich sein«, stimmte Gerda Geiger zu.

Sie kannte Oberwiesner seit Jahren und hatte keine Probleme mit seinen meist pfiffigen Zwischenbemerkungen.

»Das zweite Glas wurde ebenfalls benutzt. Wir konnten DNA-Spuren sichern«, fuhr sie fort. »Auf der Toilette waren sowohl Nicole Herder als auch eine Person, deren Spuren wir am zweiten Glas gefunden hatten.«

»Also für den Fall, dass wir diese Person erwischen, haben wir hieb- und stichfeste Beweise«, freute sich Rotfux.

»Und wir haben noch etwas«, mischte sich der junge Seidelmann ein, der schon einige Zeit unruhig auf seinem Besprechungsstuhl hin und her rutschte. »Wir haben eine leere Zigarettenschachtel DIANA rossa mit italienischer Beschriftung gefunden. Vielleicht waren bei der Entführung Italiener am Werk, vielleicht sogar die Mafia.«

Die blauen Augen von Peter Seidelmann strahlten, als er das sagte. Er war begeistert von seiner Arbeit, wirkte mit seinen kurzen blonden Haaren jugendlich dynamisch und war bekannt für Spekulationen, die er gerne anstellte.

»Und was bringt Sie auf die Idee mit der italienischen Mafia?«, hakte Rotfux nach.

»Entführung, Erpressung, das würde doch passen«, stammelte Seidelmann, »aber es war nur so ein Gedanke von mir.«

»Vielleicht sollten wir tatsächlich die italienische Polizei einschalten«, brummte Rotfux, »nachdem jetzt auch noch diese Pizzeria-Tochter verschwunden ist. Womöglich steckt tatsächlich die Mafia dahinter … Otto, gibst du bitte für beide Frauen über Interpol eine Yellow Notice heraus, eine internationale Vermisstenanzeige, speziell für Italien.«

Die Augen von Peter Seidelmann leuchteten.

»Gibt es zu Sofia Lombardi Neuigkeiten? Otto, du warst doch in der Flüchtlingsunterkunft.«

»Leider nicht. Das hat nichts ergeben. Ich habe alle Flüchtlinge befragt, aber keiner konnte etwas zu Frau Lombardi sagen. Alle waren sehr hilfsbereit, aber niemand schien etwas zu wissen. Von einigen haben wir zur Sicherheit Fingerabdrücke und Speichelproben genommen. Sie sind sehr beunruhigt und fürchten, dass die Stimmung gegenüber den Flüchtlingen jetzt noch schlechter wird.«

Sie diskutierten kurz über das Flüchtlingsproblem in Deutschland, dann berichtete Rotfux von seinen Befragungen an der Hochschule. Sofia Lombardi habe fast niemand auf der Party gesehen. Am Anfang, so gegen acht Uhr, sei sie da gewesen, aber zu späteren Zeitpunkten nicht mehr bemerkt worden. Auch konnte keiner der Studierenden sagen, wann und mit wem sie gegangen sei.

»Irgendwie seltsam«, schloss Rotfux seinen Bericht.

»Aber das Blut und der Turnschuh stammen eindeutig von ihr«, ergänzte Gerda Geiger, »das haben die Laboranalysen inzwischen zweifelsfrei ergeben.«

17

Das Telefon von Kommissar Rotfux läutete. Sein Dackel Oskar, der bei ihm unter dem Schreibtisch lag, hob den Kopf und lauschte.

»Hallo, Herr Kommissar«, meldete sich Alexandra Bieber, »ich habe die Frau von Herrn Herder am Apparat. Sie ist ganz aufgeregt. Soll ich durchstellen?«

»Ja, klar …«

Rotfux nahm an, dass es Neuigkeiten wegen Nicole Herder gab, aber weit gefehlt.

»Herr Kommissar, mein Mann ist verschwunden. Vermutlich gestern Abend. Seitdem hat ihn niemand mehr gesehen.«

»Wie? Thomas ist verschwunden? War er denn nicht zu Hause?«

»Nein, das ist es ja. Ich kam gestern gegen 21 Uhr aus Frankfurt zurück, war dort zum Shoppen. Habe mir zunächst weiter keine Gedanken gemacht, als Thomas nicht da war. Er arbeitet manchmal länger in der Firma. Aber als er heute Morgen immer noch nicht erschien, kam mir das komisch vor und ich habe in der Firma nachgefragt. Seine Sekretärin Frau Winter sagte mir, dass er gestern länger gearbeitet habe. Sie selbst sei um etwa 19 Uhr gegangen, da sei er noch in der Firma gewesen.«

Corinna Herder erwähnte nicht, dass sie in Frankfurt Matteo Leone getroffen hatte, mit dem sie einige Stunden im Steigenberger Hotel Frankfurter Hof verbracht hatte, und dass sie deshalb erst so spät zurückgekommen war.

»Und sonst hat ihn niemand gesehen?«

»Nein, ganz komisch. Außerdem hat er den Dackel dabei. Bruno fehlt und keiner weiß, wo er sein könnte. Das Auto von Thomas steht auf dem Firmenparkplatz. Er scheint nicht mit dem Auto weggefahren zu sein.«

»Seltsam«, brummte Rotfux.

Von Frauengeschichten oder einer Affäre des Versandhausinhabers war ihm nichts bekannt, außer dieser alten Geschichte, die ihm Giorgia Lombardi erzählt hatte, die Inhaberin der Pizzeria.

»Kann es sein, dass er bei Freunden oder Bekannten übernachtet hat?«, fragte Rotfux.

»Nein, das hat er nie gemacht. Jedenfalls nicht dass ich wüsste …«, stammelte Corinna Herder, »schon gar nicht mit dem Dackel!«

»Entschuldigung, ich muss das fragen, Frau Herder: Von einer heimlichen Beziehung ist Ihnen auch nichts bekannt?«

»Nein, wieso? Wissen *Sie* etwas?«, sagte Corinna Herder entrüstet.

»Ich bitte Sie, Frau Herder. Das war eine reine Routinefrage. Wenn ein Mann eine Nacht weg ist, könnte man immerhin auf den Gedanken kommen.«

Rotfux ging mit ihr alles durch und sie überlegten gemeinsam, wo Thomas Herder sein könnte, kamen aber auf keine Idee.

»Gut, Frau Herder, wir werden eine Suchaktion starten«, beendete Rotfux das Gespräch. »Zunächst diskret und ohne Einschaltung der Medien, falls Thomas doch nur irgendwo übernachtet haben sollte ... Wenn er sich bei Ihnen meldet, geben Sie mir bitte sofort Bescheid.«

Rotfux legte auf und ließ sich in seinen Stuhl sinken. Unglaublich! Zwei Vermisstenfälle hatte er schon, jetzt war ihm der dritte Fall gemeldet worden. Und es gab etwas, was nur er und Giorgia Lombardi wussten. Vermisst wurden zwei Töchter von Thomas Herder und jetzt auch noch der Vater selbst. Rotfux nahm seinen Dackel auf den Arm.

»Es wird immer verrückter«, seufzte er. »Ein Glück, dass ich dich habe, alter Freund. Du begreifst mich und hilfst mir.«

Er drückte Oskar an seine Brust. Er spürte das bummernde Herz des Hundes, der ihm liebevoll über die Wange schleckte. Ab und zu brauchte Rotfux das und jetzt war so ein Moment. Dem Hund waren alle Fälle von Rotfux einerlei. Er hatte nur ihn und er liebte ihn bedingungslos, egal, was passierte. Rotfux setzte den Dackel wieder ab.

»So, jetzt geht's weiter, mein Lieber.«

Er öffnete die Tür zum Vorzimmer.

»Rufen Sie bitte alle zu einer kurzen Besprechung zusammen, Frau Bieber«

Wenig später war seine Mannschaft im Besprechungsraum versammelt. Rotfux informierte über die Geschehnisse.

»Wir werden die Kollegen von der Bereitschaftspolizei bitten, die Umgebung des Versandhauses Herder zu durchsuchen, falls er dort mit seinem Hund spazieren gewesen sein sollte und etwas geschehen ist«, sagte er. »Otto, du kommst mit mir zum Versandhaus. Wir befragen dort alle, die gestern noch mit Thomas Herder zusammen waren. Vielleicht ergeben sich Hinweise. Frau Geiger, Herr Seidelmann, Sie halten sich bitte bereit, falls wir Sie brauchen.«

Er war kurz angebunden, wollte offensichtlich keine Zeit verlieren, obwohl er behutsam vorging und die Presse zunächst nicht benachrichtigte.

»Ich hoffe, es ist alles belanglos und Herr Herder taucht wieder auf.«

Beim Versandhaus Herder ließ sich Rotfux zunächst zu Frau Winter bringen, der Sekretärin von Thomas Herder. Er kannte sie von verschiedenen Begegnungen im Dackelclub, wo sie Herder bei Clubfesten oder der Vorbereitung der Weihnachtsfeier unterstützt hatte.

»Hallo, Frau Winter«, begrüßte er sie, »ich hoffe, Sie können uns mit der Beantwortung von ein paar Fragen weiterhelfen. Das ist mein Kollege Oberwiesner. Wir bearbeiten den Fall zusammen.«

Lilly Winter lächelte Rotfux und Oberwiesner freundlich an. Dann beugte sie sich zu Oskar herunter, der neben Rotfux an der Leine ging.

»Du willst sicher ein Leckerli. Pass mal auf.«

Sie zog die rechte Schublade ihres Schreibtisches auf, holte einen Leckerli-Streifen heraus und riss ein Stück für den Dackel ab.

»Das magst du sicher.«

Dann stellte sie ein Trinkschälchen mit Wasser auf den Boden.

»Das ist aber eine freundliche Begrüßung«, freute sich Rotfux.

»Klar doch, Herr Kommissar, bin ich von Bruno gewöhnt, der allerdings seit gestern auch verschwunden ist.«

Sie setzten sich an den Besprechungstisch im Büro von Thomas Herder. Lilly Winter wirkte mit ihren blauen Augen und der blonden Kurzhaarfrisur dynamisch und Rotfux konnte verstehen, dass sie hier als Chefsekretärin arbeitete. Er ließ sich den Vortag von Thomas Herder genau beschreiben, fragte, ob etwas Besonderes gewesen sei, ob es Probleme gab, vielleicht eine Auseinandersetzung oder Ähnliches.

»Es war eigentlich alles ganz normal, wie immer. Vormittags sprach er mit seinem Bruder Jonas, hat dann ausgemustert, war mit Herrn Kaps und den Models zum Essen …«

»Mit den Models zum Essen …?«, hakte Rotfux ein.

»Ja, das ist üblich. Das machen sie immer so nach der Ausmusterung der Kleider.«

Sie berichtete Rotfux über den Ablauf der Ausmusterung, erwähnte, dass am Vortag drei Models die Kleider vorgeführt hätten und dass Rotfux deren Daten über Herrn Kaps erhalten könne, der sie gebucht habe.

»Könnten Sie sich vorstellen, dass das Verschwinden von Herrn Herder mit einem der Models zu tun haben könnte?«, fragte Rotfux ganz direkt.

Lilly Winter wies das empört zurück.

»Ich bitte Sie! Herr Herder ist verheiratet und hat Kinder.«

»Das soll nicht immer an einem Abenteuer hindern«, sagte Rotfux verschmitzt.

Die blauen Augen von Lilly Winter funkelten.

»Ja, ja, aber ich denke, bei Herrn Herder ist dieser Gedanke abwegig.«

Sie verteidigte ihren Chef vehement, wobei Rotfux das Gefühl nicht loswurde, dass ihre Abwehrhaltung reichlich übertrieben war.

»Entschuldigung, ich habe Sie unterbrochen, Sie wollten noch über den Rest des Tages berichten.«

Lilly Winter erzählte, dass Thomas Herder ab etwa 15.30 Uhr in seinem Büro war und dort mit dem Marketingchef die geplante Nachfasswerbung für die kommende Saison besprochen hätte. Was er abends gemacht habe, wisse sie nicht genau. Er habe etwas zu den Dateien mit der Deckungsbeitragsrechnung wissen wollen. Vermutlich habe er sich damit beschäftigt.

»Und sonst ist Ihnen nichts aufgefallen? Gab es Streit mit seinem Bruder oder sonstige Auseinandersetzungen?«

Lilly Winter lächelte.

»Mit seinem Bruder gibt es häufig Streit. Die beiden sind in vielen Dingen unterschiedlicher Meinung. Aber Genaueres weiß ich nicht. Er hat gestern nichts erwähnt.«

»Hatte er gestern Abend noch Termine? Hat er Ihnen womöglich etwas erzählt?«, mischte sich Otto Oberwiesner in die Befragung ein.

»Nein, nicht dass ich wüsste. Seine Frau hatte um die Mittagszeit Bescheid gegeben, dass sie nach Frankfurt zum Shopping fahren würde. Aber sonst ist mir nichts bekannt.«

Rotfux und Oberwiesner stellten noch ein paar Fragen zum Umfeld von Thomas Herder, zu seinen generellen

Gewohnheiten und erkundigten sich, wo Thomas Herder mit seinem Dackel spazieren ging, wenn er länger in der Firma war. Dann verabschiedeten sie sich und ließen sich zu Jonas Herder bringen, dem Bruder des Versandhausinhabers. Er empfing sie im Besprechungszimmer des Erdgeschosses. Oskar bellte. Er schien Jonas Herder nicht zu mögen.

»Was hast du denn? Ganz brav!«, wies ihn Rotfux zurecht. »Entschuldigung, Herr Herder. Das macht er normalerweise nicht. Irgendeine Laus scheint ihm über die Leber gelaufen zu sein.«

»Schon okay«, brummte Herder. »Mein Bruder hat auch einen Dackel, aber der mag mich auch nicht … hat mir sogar schon eine Hose zerrissen.«

Dann liegt es wohl an ihm oder seinen Zigarillos, dachte Rotfux. Er kam direkt zur Sache.

»Ich habe gehört, Sie hatten gestern Streit mit Ihrem Bruder«, sagte er. »Worum ging es denn?«

Jonas Herder sah den Kommissar erstaunt an.

»Woher wollen Sie das wissen? Es war doch niemand bei dem Gespräch dabei, außer seinem Dackel natürlich …«

»Man hat so seine Quellen«, hielt sich Rotfux bedeckt.

Otto Oberwiesner trank genüsslich sein Cola, welches ihm die Sekretärin gebracht hatte. Jonas Herder zog an seinem Zigarillo, blies Rauch in die Luft und antwortete.

»Wir haben über unser Modeangebot gesprochen. Mein Bruder möchte zusätzlich Billiganbieter ins Programm aufnehmen. Ich bin dagegen. Das ruiniert nur unseren Ruf. Es schädigt unser Image. Sie waren doch bei der Demonstration dabei, die wir kürzlich vor unserem Versandhaus hatten …«

»Und darüber haben Sie gestritten?«

»Was heißt gestritten? Wir konnten uns nicht einigen. Mein Bruder meint, dass die Billigschiene zunehmend wichtiger wird und die Konkurrenz nicht schläft. Sogar Aldi und Lidl würden inzwischen Modekollektionen anbieten.«

»Und da er Ihnen im Weg steht, haben Sie ihn außer Gefecht gesetzt«, sagte Rotfux provokativ.

Jonas Herder sah ihn mit großen Augen an.

»Ich glaube, Sie schauen zu viele Krimis im Fernsehen, Herr Kommissar«, sagte er ärgerlich, »ich habe Meinungsverschiedenheiten mit meinem Bruder, aber deshalb schaffe ich ihn doch nicht beiseite! Was konnten Sie denn inzwischen in Erfahrung bringen? Gibt es Anhaltspunkte für ein Verbrechen?«

»Das versuchen wir gerade herauszufinden.«

»Aber doch nicht bei mir«, wehrte sich Jonas Herder entrüstet.

»Wo waren Sie gestern Abend so zwischen 19 und 24 Uhr?«, hakte Rotfux nach.

»Warum wollen Sie das wissen?«

»Beantworten Sie einfach meine Frage, Herr Herder.«

»War bis 18 Uhr in der Firma, bin dann nach Hause gefahren, habe zu Abend gegessen, etwas ferngeschaut, bin vielleicht um 23 Uhr ins Bett gegangen, also nichts Besonderes.«

»Gibt es dafür Zeugen?«

»Nein, ich lebe alleine. Wer sollte es bezeugen?«

»Mhmm«, brummte Rotfux. »Haben Sie sonst eine Idee, wer oder was hinter dem Verschwinden Ihres Bruders stecken könnte?«

Jonas Herder überlegte sorgfältig, was er sagen sollte. Er zog intensiv an seinem Zigarillo, inhalierte tief und blies den Rauch gegen die Decke. Sein rundliches Gesicht sah nachdenklich und irgendwie traurig aus.

»Mein Bruder hatte ab und zu Frauengeschichten. Aber das muss absolut unter uns bleiben, Herr Kommissar! Gestern war die Ausmusterung der Kleider. Da lädt er die Models immer zum Essen ein und neben dem Ausmusterungszimmer hat er einen Ruheraum, was immer das bedeutet ... Ich hoffe nicht, dass sein Verschwinden etwas damit zu tun hat.«

Jonas Herder erwähnte außerdem, dass sich Thomas verschiedene Feinde gemacht habe, zum Beispiel Anton Haas, den ehemaligen Vorstand des Dackelclubs, und Henry Schotten, seinen Vorgänger als Vorsitzender der CSU Aschaffenburg.

»Er ist krankhaft ehrgeizig, obwohl er in der Firma genug zu tun hat. Ich kann mir aber trotzdem schwer vorstellen, dass diese Feindschaften etwas mit seinem Verschwinden zu tun haben.«

Rotfux bedankte sich für die Hinweise und bat darum, Heinz Kaps sprechen zu dürfen, den Einkäufer für Kleider, der bei der gestrigen Ausmusterung dabei gewesen war.

»Meine Sekretärin wird Sie zu ihm bringen«, verabschiedete sich Jonas Herder. »Ich hoffe, Sie finden meinen Bruder. Ihr Verdacht gegen mich war absolut lächerlich.«

Jonas Herder schien irgendwie gekränkt. Rotfux merkte das und versuchte, die Sache herunterzuspielen.

»Wir müssen immer alles in Erwägung ziehen, Herr Herder. Nichts für ungut!«

Anschließend wurden Oberwiesner und Rotfux in das Großraumbüro gebracht, in dem Heinz Kaps mit seinen Disponenten saß.

»Oh, das ist nett, Sie haben einen Dackel«, begrüßte Kaps den Kommissar. »Darf ich ihm etwas geben?«

»Wenn Sie mich damit nicht bestechen wollen«, witzelte Rotfux.

Kaps zog die Schublade seines Schreibtisches auf und holte einen Leckerli-Streifen heraus. Er brach ein Stück ab und hielt es Oskar hin.

»Mein Chef hat auch einen Dackel«, sagte Kaps freundlich. »Bruno weiß schon immer, dass er von mir etwas bekommt.«

»Klar, ich kenne Bruno vom Dackelclub.«

Kaps schlug vor, dass sie zum Musterzimmer gehen könnten, um dort in Ruhe reden zu können.

»War gestern etwas Besonderes?«, fragte Rotfux unterwegs.

»Eigentlich nichts, wir haben ausgemustert wie immer und waren dann mit den Models beim Essen, im Hofgarten, falls Sie das Lokal kennen.«

»Und Herr Herder hat eingeladen?«

»Ja, das macht er immer so. Die Models müssen sich bei der Ausmusterung ziemlich anstrengen, weil es vor allem gegen Ende Schlag auf Schlag geht. Es ist dann nett, zusammen zu essen und zu entspannen. Alle sind froh, dass es gut geklappt hat.«

»Herr Herder soll gelegentlich schon mal ein Model vernascht haben«, warf Otto Oberwiesner ein.

Kaps schluckte.

»Ich bitte Sie. Dazu kann ich nichts sagen. Selbst wenn es so wäre, ich weiß es nicht.«

Sie hatten inzwischen das Musterzimmer erreicht. Die Kleiderständer von der gestrigen Ausmusterung standen säuberlich aufgereiht an der Fensterfront.

»Sie haben die Models sicher nach den Vorlieben Ihres Chefs ausgesucht«, bemerkte Rotfux.

»Ja, schon, das macht jeder so. Er steht auf Blond, also habe ich zwei blonde und ein dunkelhaariges Model gebucht. Es ist wichtig, dass Herr Herder die vorgeschlagenen Kleidungsstücke akzeptiert. Ob die Models darauf großen Einfluss haben, weiß ich nicht, aber es schadet nicht, wenn sie ihm gefallen.«

Rotfux fragte nach dem Ablauf des Essens, erkundigte sich, wann sie wieder zurück gewesen seien und ob auch die Models nochmals zur Firma zurückkehrten.

»Eine hat Herr Herder zur Firma zurück mitgenommen, weil sie mit dem Auto gekommen war, die beiden anderen habe ich zum Bahnhof gefahren.«

»Und die mit Herrn Herder fuhr, war blond ...«, konnte sich Otto Oberwiesner die Bemerkung nicht verkneifen.

»Ja, die war blond, aber das war sicher Zufall. Ich frage doch die Models vorab nicht, ob sie per Bahn oder mit dem Auto kommen.«

Rotfux bat darum, auch noch den sogenannten Ruheraum sehen zu können, von dem Jonas Herder gesprochen hatte.

»Den kann ich Ihnen nicht zeigen«, wehrte Kaps ab. »Den Schlüssel hat nur der Chef. Ob seine Sekretärin einen Schlüssel hat, kann ich nicht sagen.«

»Könnten Sie es bitte klären?«

Kaps rief bei Lilly Winter an und fragte nach dem Schlüssel.

»Es hat wirklich nur der Chef einen Schlüssel«, berichtete er anschließend.

Rotfux ging in die Knie und schaute durchs Schlüsselloch.

»Erkennen kann ich nichts, aber man sieht auch nur einen kleinen Ausschnitt. Wir müssen dringend in den Raum, Herr Kaps. Nicht auszudenken, wenn Herr Herder darin eingeschlossen wäre ...«

18

Michelle Moorkamp saß in der gemütlichen Nische der Pizzeria Lombardi, die inzwischen fast zu ihrem Stammplatz geworden war. Frederico Lombardi hatte sie freundlich begrüßt und zu ihrem Platz begleitet. Michelle strahlte, als Rotfux die Pizzeria betrat.

»Schön, dass du da bist«, begrüßte sie ihn mit einem Küsschen.

Oskar sprang an ihr hoch und wedelte.

»Wartest du schon lange?«

»Nein, kein Problem, vielleicht eine Viertelstunde. Ich habe schon ein Mineralwasser bestellt.«

»Ich brauche erst mal ein Bier … nach dem Tag heute.«

»So schlimm?«

»Noch schlimmer!«

Rotfux erzählte von den neuesten Entwicklungen. Er redete leise, saß ganz nah bei Michelle, flüsterte ihr fast ins Ohr, da er nicht wollte, dass andere die Neuigkeiten hören konnten. Er roch ihr Parfüm, den Duft ihrer Haut, er sah ihre blauen Augen, die für ihn wie ein Meer aus Träumen waren, und er fühlte sich augenblicklich ganz entspannt in ihrer Nähe. Sie legte ihre Hand auf seinen Oberschenkel und hörte ihm geduldig zu.

»Wir haben heute frischen Thunfisch, frische Doraden und schönen Kabeljaurücken«, unterbrach Frederico Lombardi ihr Gespräch.

»Hallo, Frederico«, begrüßte ihn Rotfux freundlich.
»Ich nehme heute mal ein Rumpsteak …«

»Vielleicht Rumpsteak al Pepe Nero, mit hausgemach-
ten Pommes und Verdure fritte«, schlug Frederico vor.

»Das hört sich gut an, und ein großes Bier vom Fass
dazu. Entschuldigung Michelle, jetzt habe ich mich vor-
gedrängt …«

»Das macht doch nichts«, lachte sie. »Ich nehme einen
gegrillten Thunfisch mit etwas Gemüse.«

»Mit Verdure fritte oder frischem Gemüse?«

»Mit frischem Gemüse, und bitte einen Pinot Gri-
gio dazu.«

Frederico Lombardi verbeugte sich. Seine dunklen
lockigen Haare und seine fast schwarzen Augen unter-
strichen seinen südländischen Eindruck.

»Später komme ich noch wegen Sofia zu Ihnen«, sagte
er, »aber erst nach dem Essen.«

»Gerne, Frederico, viel Neues gibt es aber leider
nicht …«

Rotfux nahm einen tiefen Zug aus dem Glas, als Giorgia sein Bier brachte. Giorgia sah wie immer atembe-
raubend aus, trug einen kurzen Rock, der ihre hübschen
Beine voll zur Geltung brachte, und darüber eine weiße
Bluse, über die ihre schwarzen Haare locker fielen.

»Zum Wohl, Commissario«, sagte sie und sah ihn
mit ihren dunklen Augen an und er wusste, dass sie an
ihr kleines Geheimnis dachte, welches sie ihm kürzlich
offenbart hatte.

Rotfux berichtete Michelle, dass sie Thomas Herder auch in seinem Ruheraum nicht gefunden hatten, nachdem dieser von einem Haustechniker des Versandhauses geöffnet worden war. Der Raum war unberührt, das Bett frisch bezogen, nichts deutete auf ein Verbrechen hin.

»Das ist alles irgendwie komisch«, flüsterte Michelle. »Es tut mir leid, dass du jetzt drei Vermisstenfälle hast. Ich glaube, das würde mich verrückt machen.«

»Macht es mich auch, aber zum Glück habe ich dich und wir können über alles reden ...«

Rotfux war dankbar für ihr Mitgefühl und widmete sich seinem leckeren Rumpsteak. Sie sprachen über ihr Lieblingsthema, reisten in Gedanken durch Südamerika, durchquerten mit Kamelen die Wüste in Arabien, standen auf dem Burj Khalifa in Dubai und besuchten das Taj Mahal in Indien.

»Du weißt schon, dass das der Palast der unsterblichen Liebe ist«, sagte Michelle und schaute Rotfux tief in die Augen. »Ein indischer Großmogul hat ihn für seine Frau erbauen lassen, ein Grabmal, wie es die Welt noch nicht gesehen hat.«

Rotfux schob sich ein Stück rosa gebratenes Rumpsteak in den Mund. Er war froh, dass er im Moment nicht sprechen konnte. Er kaute das Fleisch genüsslich und nahm einen Schluck Bier, bevor er antwortete.

»Da ist es mir schon lieber, dass du hier bei mir sitzt, statt in einem Grab zu liegen«, sagte er lachend. »Aber ein paar Tage verreisen würde ich gerne mit dir. Nur im Augenblick geht das schlecht. Bevor meine Fälle nicht gelöst sind, kann ich keinen Urlaub nehmen.«

Oskar stand inzwischen auf der Bank. Er roch das Rumpsteak und sah Rotfux sehnsüchtig mit seinen dunklen Augen an.

»Du musst noch warten, alter Schlingel. Am Schluss bekommst du was, aber jetzt noch nicht. Platz, Oskar, Platz!«

Widerwillig legte sich der Hund auf die Bank, auf die Rotfux seine Kuscheldecke gelegt hatte.

»Ich darf ihm nicht zu früh etwas geben, sonst lässt er keine Ruhe mehr«, erklärte er Michelle, die inzwischen ihr Thunfischsteak fast aufgegessen hatte.

Nach dem Essen kam Frederico Lombardi zu ihnen.

»Darf es noch ein Dessert sein, vielleicht ein hausgemachtes Tiramisu oder Panna Cotta?«

»Was meinst du, Michelle?«

Sie bestellten Tiramisu, Frederico gab das in Auftrag und setzte sich anschließend zu ihnen.

»Wissen Sie etwas Neues von Sofia, Herr Kommissar? Wir machen uns solche Sorgen.«

Rotfux erklärte ihm, dass es leider keine neuen Anhaltspunkte gab, außer einer Sache vielleicht.

»Wir haben in Hörstein, in der Hütte, in welcher Nicole Herder gefangen war, eine italienische Zigarettenschachtel gefunden, Marke DIANA rossa. Wir fragen uns, ob hinter den Entführungen Italiener oder sogar die Mafia stecken.«

Bei dem Wort »Mafia« zuckte Frederico sichtlich zusammen.

»Kann es sein, dass Sie etwas mit der Mafia zu tun haben, Frederico?«

Frederico Lombardi zögerte, er beugte sich ganz dicht

zu Kommissar Rotfux, seine Augen flackerten, er sprach extrem leise.

»Früher musste ich mal bezahlen«, sagte er, »aber das ist viele Jahre her, Commissario. Ich glaube nicht, dass es damit etwas zu tun haben könnte.«

»An wen haben Sie bezahlt?«, fragte Rotfux.

Frederico sagte eine Zeitlang nichts. Es arbeitete in ihm und seine Ohren glühten. Schließlich gab er sich einen Ruck.

»Es lief über diesen italienischen Laden in der Altstadt, Francesco Carelli ...«, flüsterte Frederico.

»Dem werden wir mal auf den Zahn fühlen«, freute sich Rotfux.

Er kannte Carelli von einem früheren Fall, in dem es um Weinpanschereien und einen Mord im Aschaffenburger Schloss ging.

»Aber nicht verraten, dass ich etwas gesagt habe«, stammelte Frederico ängstlich, »ich bin froh, dass ich damit nichts mehr zu tun habe. Ich sage es nur wegen meiner Tochter. Ich bete, dass sie noch lebt.«

Man merkte Frederico Lombardi seine Erregung an. Seine Ohren waren knallrot, seine Hände schwitzten und es bildeten sich kleine Schweißtropfen auf seiner Stirn. Er wischte sich mit dem Taschentuch darüber.

»Entschuldigen Sie, Herr Kommissar. Ich gräme mich so wegen Sofia.«

»Schon gut, Frederico. Das verstehe ich. Wir werden tun, was wir können. Wir haben inzwischen eine internationale Vermisstenanzeige aufgegeben, eine sogenannte ›Yellow Notice‹, speziell auch für Italien.«

Giorgia Lombardi brachte den Nachtisch.

»Dann gehe ich mal wieder nach hinten«, sagte Frederico. »Vielen Dank, Commissario!«

»Was haben Sie ihm gesagt? Er ist so aufgeregt«, fragte Giorgia und setzte sich.

»Nichts, Giorgia, hundertprozentig nichts.«

Giorgia war erleichtert.

»Das ist gut, Commissario.«

»Wir haben nur ein wenig über die Mafia gesprochen«, sagte Rotfux leise.

Giorgia zuckte zusammen. Ihr schmales, hübsches Gesicht wurde blasser. Ihre dunklen Augen musterten Rotfux unruhig. Sie kam ganz dicht auf Rotfux zu. Er sah aufs Neue, wie hübsch sie in ihrem Alter immer noch war.

»Früher mussten wir bezahlen, jetzt nixe mehr«, sagte sie im Flüsterton. »Hoffe nicht, dass die Mafia Sofia hat.«

Sie bestätigte alles, was Frederico schon gesagt hatte, und verabschiedete sich.

»Wenn was hören, Commissario, bitte sagen mir. Und hundertprozentig nixe.«

»100 Prozent nix«, versprach Rotfux.

Im selben Augenblick vibrierte sein Handy. Er schaute aufs Display.

»Entschuldigung, Michelle, da muss ich ran gehen …«

Er nahm ab.

»Hallo, Herr Zimmermann, das ist ja eine Überraschung! Was verschafft mir die Ehre?«

»Entschuldigung, Herr Kommissar, dass ich so spät störe. Aber ich glaube, es ist wichtig. Wird Thomas Herder vermisst?«

Rotfux wunderte sich, dass er anscheinend davon wusste.

»Wieso meinen Sie?«

»Sagen Sie mir bitte erst, ob er vermisst wird, Herr Kommissar. Dann habe ich vielleicht etwas Interessantes für Sie.«

Rotfux zögerte. Er fragte sich, ob er ihn informieren sollte.

»Wir wissen es nicht genau, Herr Zimmermann. Thomas Herder ist seit gestern Abend verschwunden, aber vielleicht übernachtet er bei Freunden oder so. Wir wollten damit zunächst diskret umgehen und es nicht gleich an die große Glocke hängen. Dafür bitte ich Sie um Verständnis.«

»Aha«, murmelte Zimmermann, »dann wird es Sie sicher interessieren, dass beim Main-Echo vor etwa einer halben Stunde zwei Erpresserbriefe eingegangen sind, mit Bild von Thomas Herder und der heutigen Bild-Zeitung. Er ist gefesselt zu sehen und sie verlangen eine Million Lösegeld in kleinen Scheinen ...«

Rotfux war sprachlos.

»Das ist ja ein Ding«, seufzte er, »ich danke Ihnen sehr für Ihren Anruf, Herr Zimmermann.«

»Wir werden das in unserer morgigen Ausgabe bringen, ich habe es im letzten Augenblick noch reinbekommen. Aber ich wollte Sie natürlich informieren, wenn Sie uns schon keine Infos geben ...«, sagte Zimmermann spitz.

Das klang nicht gut.

»Wir wollten nur die Privatsphäre von Herrn Herder schützen. Wenn ein Mann mal eine Nacht nicht zu Hause ist, muss es ja nicht gleich das Schlimmste bedeuten«, versuchte Rotfux sein Verhalten zu erklären.

Sie besprachen, dass Rotfux anschließend persönlich in der Zentrale des Main-Echos vorbeikommen würde, um direkt die beiden Erpresserbriefe abzuholen und untersuchen zu lassen.

»Tut mir leid, Michelle. Wir müssen. Zurzeit ist wirklich die Hölle los.«

Er zahlte und sie machten sich auf den Weg.

»Kommst du noch mit oder soll ich dich zum Bahnhof fahren?«

»Wie meinst du das?«

»Ob du noch mit zu mir kommst oder ob du nach Hause willst. Ich muss allerdings auf jeden Fall noch kurz beim Main-Echo in der Weichertstraße vorbeifahren.«

Oskar ging brav bei Fuß und hatte schon mehrmals gepinkelt. Er sah an Michelle hoch und wedelte mit dem Schwanz.

»Der will dich wohl mitnehmen«, lachte Rotfux.

»Ich komme ja auch gerne mit. Heute Abend hatten wir noch nicht viel voneinander.«

Sie umarmte Rotfux und drückte ihm einen zärtlichen Kuss auf den Mund. Er presste sie an sich und merkte, dass ihr das gefiel.

»Also, schnell zum Main-Echo und hinterher zu mir!«

In der Eingangshalle des Main-Echos übergab Zimmermann persönlich die beiden Erpresserbriefe an Rotfux. Er sah müde aus, war aber sehr freundlich. Wie meist steckte er in einer engen Jeans, über der sich sein Bauch wölbte. Auf seiner spitzen Nase saß die Nickelbrille, hinter der die fast schwarzen Augen alles aufmerksam beobachteten.

»Das ist Frau Professor Moorkamp«, stellte Rotfux Michelle vor.

»Angenehm«, sagte Zimmermann und musterte Michelle von Kopf bis Fuß. »Da bekommen Sie heute hautnah die Arbeit des Kommissars mit«, lachte er.

»Ja, leider«, sagte Michelle, »ist aber sehr interessant.«

Rotfux und Zimmermann redeten kurz über den neuen Vermisstenfall und Rotfux versprach, über alle weiteren Entwicklungen umgehend zu informieren.

»Also, auf gute Zusammenarbeit«, verabschiedete er sich.

Rotfux war froh, als sie endlich in die Tiefgarage seines Hauses fuhren.

»Oskar hat vorhin schon gepinkelt, den können wir gleich mit nach oben nehmen.«

Als sie ins Wohnzimmer von Rotfux kamen, warf sich ihm Michelle entgegen. Sie umarmte ihn und küsste ihn, als ob sie ihn seit Monaten nicht gesehen hätte.

»Ich bin so froh, dass du mich mitgenommen hast. Hatte solche Sehnsucht nach dir!«

Oskar stand neben den beiden und sah sie schräg von unten mit seinen dunkelbraunen Dackelaugen an.

»Der ist ja süß«, flüsterte Michelle.

»Er wird Hunger haben, der Arme. Ich muss ihm was geben.«

Rotfux holte seine Körner aus der Küche, schnitt ein Würstchen hinein und stellte den Fressnapf vor Oskar.

»Großen Hunger hat der nicht«, lachte Michelle. »Er träumt bestimmt vom leckeren Rumpsteak, das du ihm in der Pizzeria gegeben hast.«

Während der Hund fraß, standen sie im Wohnzimmer und schauten verträumt hinüber zum Main.

»Ich würde wirklich gern mit dir verreisen«, flüsterte Michelle. »Am liebsten in die Sonne, die Wärme, ans Meer, nach Italien oder Frankreich oder Spanien. Einfach mal ausspannen, alles vergessen, nur genießen mit dir!«

Man hörte das Knacken der Körner, die Oskar zerbiss.

»Jetzt frisst er ja doch«, sagte Rotfux. »Dann ist alles okay. Hast du noch Lust auf ein paar Chips oder Nüsse? Ich brauche noch etwas Herzhaftes.«

Michelle lachte. Sie hatte ein teuflisches Lachen, teuflisch und strahlend zugleich.

»Ich brauche auch etwas Herzhaftes, aber keine Nüsse oder Chips …«

Sie zog Rotfux ins Schlafzimmer und begann sein Hemd aufzuknöpfen.

»Komm, Chérie, vergiss deine ganzen Fälle, vergiss einfach alles … ich liebe dich, Chérie.«

Sie riss ihm die Kleider förmlich vom Leib, zog sich gleichzeitig selber aus, und schon lagen sie im Bett, spürten ihre Körper, konnten nicht mehr voneinander lassen, der Kommissar und die Professorin, die jetzt nur noch Mann und Frau waren und sich gefunden hatten in der Weite des Universums.

»Wir sollten nach Paris fahren«, stöhnte sie, »in die Stadt der Liebe …«

»Ja, das machen wir, in ein schnuckeliges kleines Hotel mit einem französischen Doppelbett …«

Sie küsste ihn, dass er kaum noch Luft bekam.

»Qui Chérie«, schrie sie, »du bist so stark, Chérie. Ich liebe dich!«

Oskar hatte sich auf seinem Kuschelkissen im Schlafzimmer schneckenartig zusammengerollt. Er gab keinen Mucks von sich. Erst als im Bett Ruhe einkehrte, hob er den Kopf, prüfte, ob alles in Ordnung war, und rollte sich wieder zusammen.

Am nächsten Morgen fuhr Rotfux zum Bäcker und nahm auf dem Rückweg die Zeitung aus dem Briefkasten. »Versandhausinhaber entführt«, sprang ihn in großen Buchstaben die Headline des Main-Echos an. Darunter war ein Bild von Thomas Herder zu sehen, gefesselt und mit der Bild-Zeitung vom Vortag vor der Brust. Detailliert wurde beschrieben, dass die Redaktion des Main-Echos zwei Erpresserbriefe erhalten hatte, welche Klaus Zimmermann persönlich an Kommissar Rotfux übergeben habe. Der Dackel Bruno des Versandhausinhabers sei ebenfalls verschwunden. Zimmermann stellte heraus, dass dies schon der dritte Vermisstenfall in Aschaffenburg in letzter Zeit sei und die Familie Herder zum zweiten Mal betroffen war. Angesichts der Lösegeldforderung vermutete er eine kriminelle Bande. Sachdienliche Hinweise nehme das Main-Echo und jede Polizeidienststelle entgegen.

»Aschaffenburg wird nach diesem Bericht Kopf stehen«, brummte Rotfux und zeigte Michelle die örtliche Tageszeitung.

»Ja, da wirst du leider nicht so schnell deine Ruhe haben. Aber wenn alles rum ist, fahren wir nach Paris …«

19

Als Rotfux zum Kommissariat kam, empfing ihn Alexandra Bieber mit einer wichtigen Nachricht.

»Vor zehn Minuten hat Anton Haas angerufen, es war ihm sehr wichtig, er wollte Sie unbedingt sprechen, Herr Kommissar.«

»Worum ging es?«

»Anscheinend ist der Dackel von Thomas Herder aufgetaucht, aber er ist verletzt ... Anton Haas ist beim Dackelclub und dort ist auch der Hund.«

»Ist ja interessant«, brummte Rotfux.

Er bat seine Sekretärin, Anton Haas zurückzurufen. Rotfux ging in sein Büro, Oskar folgte ihm und setzte sich auf sein Kuschelkissen unter dem Schreibtisch.

»Wollen mal hören, wie es Bruno geht ...«, sagte Rotfux liebevoll zu dem Dackel. »Bruno ist doch dein Freund, wenn er Probleme hat, helfen wir ihm.«

Alexandra Bieber hatte inzwischen Anton Haas erreicht und verband ihn mit dem Kommissar.

»Hallo, Anton«, begrüßte er ihn freundlich. »Was hast du Wichtiges für mich?«

»Hallo, Rudi, stell dir vor, hier auf dem Gelände des Dackelclubs ist Bruno aufgetaucht, der Dackel von Thomas Herder. Ich bin heute früh zum Dackelclub gegangen, weil ich von Thomas' Entführung gelesen hatte. Wollte mal nach dem Rechten sehen …«

Rotfux sah Anton Haas vor sich, klein und untersetzt, mit seiner Stirnglatze, seinen blauen Augen, seiner Knollennase, seinem grauen Haarkranz, und er hörte die Begeisterung in seiner Stimme. Er schien froh zu sein, wieder eine Aufgabe zu haben, im Dackelclub nach dem Rechten zu sehen, mindestens so lange, wie Thomas Herder weg sein würde.

»Als ich mein Auto auf dem Parkplatz abgestellt hatte, sah ich Bruno vor dem Tor zum Vereinsgelände liegen. Ganz still lag er da. Nicht einmal den Kopf hat er gehoben, als ich näher kam. Dann sah ich, dass sein rechtes Auge verschwollen ist und als ich das Tor zum Gelände geöffnet habe, humpelte er auf die Wiese beim Eingang. Sein vorderes rechtes Bein ist verletzt. Er hat mir so leidgetan, der arme Kerl.«

Rotfux hörte die Betroffenheit in der Stimme von Haas. Der hat das Herz auf dem rechten Fleck, dachte er. Eigentlich schade, dass er auf so unschöne Art von Thomas Herder vom Vorstandsposten abgelöst worden war.

»Danke, dass du angerufen hast, Anton. Bleib einfach auf dem Gelände. Ich komme sofort bei dir vorbei. Vielleicht gibt uns der Dackel einen Hinweis auf den Verbleib von Thomas Herder.«

Rotfux meldete sich bei seiner Sekretärin ab, nahm Oskar mit und fuhr über die Großostheimer Straße Richtung B 469 zum Gelände des Dackelclubs. Oskar kannte die Strecke und wurde in seiner Hundebox auf dem Rücksitz unruhig.

»Bald sind wir da«, beruhigte ihn Rotfux. »Dann sehen wir nach deinem Freund Bruno.«

Das letzte Stück der Strecke führte durch den Wald ganz in der Nähe des Aschaffenburger Flughafens. Am Ende wurde der Weg so eng, dass die Äste der Haselnusssträucher den Wagen von Rotfux streiften. Auf dem Parkplatz für den Vereinsvorstand parkte der alte Opel von Anton Haas. Das hat er sich nicht nehmen lassen, dachte Rotfux und musste innerlich schmunzeln. Er quetschte seinen eigenen Wagen an den Rand des Zufahrtsweges, nahm Oskar aus der Hundebox und ließ ihn los. Der Dackel war nicht mehr zu halten. Er stürmte durch das Tor im hohen Maschendrahtzaun, der das Vereinsgelände umgab, und raste den leichten Hang zum Vereinsheim empor, einem derben Holzhaus, vor dem einige Holzbänke standen. Anton Haas kam ihnen entgegen.

»Grüß dich, Rudi«, gab er dem Kommissar die Hand. »Ich dachte, ich informiere dich, falls es etwas mit dem Verschwinden von Thomas Herder zu tun hat.«

Oskar hatte inzwischen seinen Freund Bruno entdeckt, der ihm entgegenhumpelte und mit dem Schwanz wedelte. Er musste sofort bemerkt haben, dass Bruno verletzt war, denn er ging ganz behutsam auf ihn zu, stupste ihn mit der Schnauze an und wedelte ebenfalls.

»Bruno geht es nicht gut. Wir müssen ganz lieb zu ihm sein«, sagte Rotfux.

Anton Haas berichtete, dass Bruno sehr unruhig sei, fast die ganze Zeit gebellt habe und das Clubgelände verlassen wolle.

»Wahrscheinlich will er zurück zu seinem Herrchen«, brummte Rotfux.

Gemeinsam mit Anton Haas begutachtete er den Hund und sie kamen überein, ihn sofort von ihrer Tierärztin untersuchen zu lassen.

»Sie müssen nach ihm getreten haben oder er wurde aus dem Fenster geworfen«, spekulierte Anton Haas. »Jedenfalls muss etwas Schreckliches passiert sein.«

Er rief bei der Tierärztin an, meldete einen dringenden Notfall und erhielt die Zusage, sofort dranzukommen. Frau Doktor Büssing öffnete ihnen die Tür zum Behandlungszimmer, eine zierliche Person in Jeans und Pulli, dunkle Haare, dunkle Augen und ein freundlich lachendes Gesicht.

»Hallo, Herr Kommissar, hallo, Herr Haas. Dann schauen wir mal, was mit dem armen Kerl passiert ist.«

Sie untersuchte den Dackel sorgfältig. Sein rechtes Beinchen wurde geröntgt, sie tastete den gesamten Körper vorsichtig ab und reinigte das rechte Auge.

»Bei der Pfote ist zum Glück nichts gebrochen, nur gezerrt. Ich werde sie leicht verbinden, das gibt ihm etwas Halt. Und ich gebe ihm eine Spritze gegen die Schmerzen, damit er weniger verkrampft. Natürlich sollte er sich etwas schonen, aber das merkt er schon. Lassen Sie ihn einfach machen, wie er will.«

»Er wird vermutlich sein Herrchen suchen wollen«, mischte sich Rotfux ein. »Er wollte schon beim Gelände des Dackelclubs ständig mit uns irgendwohin, vermutlich zu seinem Herrchen.«

»Das ist gut möglich. Dann lassen Sie ihn einfach machen. Passieren kann eigentlich nichts. Er wird sich hinterher erholen. Sein Auge ist zum Glück nicht verletzt. Das wird wieder abschwellen.«

Die hatte das Herz auf dem rechten Fleck, dachte Rotfux. Machte, was notwendig war, aber ließ den Tieren ihre Freiheit. Sie bedankten und verabschiedeten sich und fuhren zurück zum Gelände des Dackelclubs. Oskar kuschelte in seiner Transportbox auf dem Rücksitz, Bruno lag im Fußraum vor dem Beifahrersitz von Rotfux.

»Jetzt suchen wir nach deinem Herrchen«, sagte der Kommissar.

Er hatte sich inzwischen überlegt, dass es eine große Chance sein könnte, den Dackel nach Thomas Herder suchen zu lassen. Der Hund wusste möglicherweise, wo sein Herrchen war, und könnte zu ihm führen. Er rief Otto Oberwiesner von unterwegs an und bat ihn, zum Gelände des Dackelclubs zu kommen. Beim Dackelclub boten sie Oskar und Bruno etwas zu trinken an, dann starteten Rotfux und Oberwiesner ihre Suchaktion, während Anton Haas beim Dackelclub blieb.

»Wünsche viel Erfolg, Rudi«, verabschiedete er den Kommissar.

Rotfux rechnete ihm das hoch an, denn eigentlich hätte er sich eher wünschen müssen, dass Thomas Herder verschwunden blieb und er sich wieder als Vorstand des Dackelclubs betätigen konnte.

Der Dackel Bruno humpelte mit seinem verbundenen Fuß vom Gelände. Er drehte sofort links ab über den Waldweg Richtung Aschaffenburg. Rotfux hatte ihn nicht angeleint, da der Hund das von Thomas Herder nicht gewohnt war. Er blieb mit Oskar dicht hinter ihm. Das verletzte Tier tat ihm leid. Man sah dem Dackel an, dass er sich quälte. Alle zehn Meter blieb Bruno stehen und schaute nach hinten, offensichtlich kontrollierte er, ob ihm die anderen folgten. Schon toll, die Tiere, dachte Rotfux. Der würde unter Schmerzen bis zum Umfallen laufen, nur um sein Herrchen zu finden. Oberwiesner hatte Mühe, hinterherzukommen.

»Ich hoffe nicht, dass er uns quer durch ganz Aschaffenburg führt«, jammerte er.

»Ein wenig Bewegung tut uns gut«, lachte Rotfux.

In der Nähe vom Freizeitpark Sonneck verließen sie den Wald. Bruno zog entlang der Felder zur Obernburger Straße und überquerte diese in Richtung Park Schönbusch. Dabei lief er quer über Felder und Wiesen und Rotfux und Oberwiesner mussten sich anstrengen, ihm zu folgen.

»Der läuft ganz schön flott, dafür, dass er verletzt ist«, japste Oberwiesner. »Und weit ist das! In der Ferne sehe ich den Park Schönbusch.«

Auch als sie den Landschaftspark erreichten, hielt sich der Dackel nicht an die Wege. Er marschierte geradewegs durch Wald und Wiesen, vermutlich dieselbe Strecke, die er gekommen war. Sie überquerten den Welzbach und gingen weiter durch den Park. Die Vögel zwitscherten in den Büschen, welche teilweise blühten, was allerdings Rotfux und Oberwiesner nicht beachteten. Anschließend hielt der Dackel sich rechts, sie passierten eine offene Wiesenlandschaft und erreichten schließlich die Kleingartenanlage an der Nilkheimer Bahnhofstraße.

»Jetzt bin ich mal gespannt«, murmelte Rotfux.

Das Tor zum Vereinsgelände stand offen. ›Hunde müssen an die Leine‹, forderte ein Schild am linken Torflügel auf. Da machen wir heute mal eine Ausnahme, dachte Rotfux. Er sah, dass die Parzellen im Inneren des Geländes durch niedere Maschendrahtzäune abgeteilt waren. Bruno humpelte auf das Gelände. Er wurde schneller, Oskar folgte ihm. Um diese Zeit am späteren Vormittag war nichts los in der Anlage. Nur ein Auto stand auf dem Parkplatz davor. Bruno schien genau zu wissen, wo er hinwollte. Ganz in der Nähe des Einganges blieb er vor einer Parzelle sitzen und bellte.

»Der will da rein«, stellte Rotfux fest. Er sah sich die Nachbarparzellen an, alle in derselben Größe, alle mit ähnlichen Gartenhäusern, alle momentan verlassen. Die meisten sahen sehr gepflegt aus. Einer hatte sein Gartenhaus blau-weiß gestrichen und mit FC Schalke 04 beschriftet. Sogar seine Satellitenschüssel hatte einen hellblauen Anstrich. Die meisten Häuser waren eher in Weiß oder Hellgelb gehalten. An hohen Stangen waren einige Starenkästen zu sehen, offene Grillstellen, kleine Gewächshäuser, Schubkarren und Geräte vermittelten den Eindruck einer sehr aktiven Kleingärtnerkolonie.

»Meinst du, du bekommst das Gartentor auf, Otto?«

Otto Oberwiesner war Spezialist im Öffnen von Schlössern und konnte in diesem Punkt jedem Ganoven die Show stehlen. Er zwickte mit der Zange seines Allzweckmessers ein Stück Draht vom Zaun ab, bog ihn sich zurecht und schon wenig später hatte er das Gartentor offen.

»Super, gut gemacht«, lobte ihn Rotfux.

Der Dackel Bruno stürmte in den Garten und bellte. Rotfux nahm seine Pistole aus dem Halfter, entsicherte sie und schlich dem Dackel hinterher.

»Nein, nicht bellen«, sagte er streng und brachte den Hund zur Ruhe.

Oberwiesner war dicht neben ihm.

»Vielleicht ist Herder da drin«, flüsterte er.

»Wir müssen vorsichtig sein, falls er bewacht wird.«

Neben dem Gartenhaus stand eine Wassertonne, in die durch eine Regenrinne das Wasser vom Dach lief. Gartengeräte lagen unordentlich herum. Im hinteren Teil der Parzelle war ein Gewächshaus zu sehen, das aber heruntergekommen und unbenutzt aussah. Überhaupt machte das Grundstück einen verwilderten, ungepflegten Eindruck, so als ob diese Parzelle momentan nicht vermietet wäre. Einzig das frische Frühlingsgrün der Büsche wirkte positiv.

»Sieht alles ziemlich vergammelt aus«, flüsterte Rotfux.

»Ja, scheußlich.«

Die Fensterläden des Gartenhauses waren geschlossen, nichts regte sich. Der Dackel Bruno versuchte, auf die kleine hölzerne Terrasse zu kommen, die vor dem Gartenhaus angelegt war, aber mit seinem verletzten Bein schaffte er es nicht.

»Na, komm schon«, sagte Rotfux und hob ihn hoch.

Sofort stürzte Bruno zur Tür der Hütte und bellte.

»Nein, brav«, brachte ihn Rotfux erneut zum Schweigen.

Er legte das Ohr an die Tür der Hütte und lauschte.

»Komisch, nichts zu hören«, sagte er.

Er versuchte, durchs Schlüsselloch der Eingangstür zu schauen, aber ohne Erfolg.

»Nichts zu sehen, alles dunkel.«

Oskar war inzwischen ebenfalls auf der Terrasse und

beide Dackel saßen wie festgewachsen vor der Tür des Gartenhauses.

»Wir werden gewaltsam öffnen müssen«, sagte Rotfux leise.

»Wir schauen erst mal, ob irgendwo ein Schlüssel versteckt ist.«

Oberwiesner sah unter der Fußmatte nach, in den Blumentöpfen, die neben der Tür abgestellt waren, und unterhalb der Terrasse, fand aber nichts. Dann nahm er sein Allzweckmesser und den gebogenen Draht aus der Tasche und machte sich an die Arbeit, während Kommissar Rotfux die Umgebung sorgfältig im Blick behielt und die Pistole immer noch entsichert in der Hand hatte. Nach etwa 15 Minuten hatte sein Kollege die Tür offen. Die Dackel stürmten furchtlos ins Innere. Oberwiesner und Rotfux folgten ihnen vorsichtig. Im Dämmerlicht war eine Pritsche zu sehen, auf der ein Mann lag, an Armen und Beinen gefesselt, mit einem Knebel im Mund. Er schien zu schlafen. Rotfux näherte sich und sah ihm ins Gesicht. Es war Thomas Herder, ohne Zweifel. Aber wie sah der aus? Bleich wie der Tod und ohne jede Reaktion. Er musste doch seinen Dackel Bruno hören, der wie verrückt bellte.

»Hallo, Thomas«, sprach er ihn an, aber keine Reaktion.

Rotfux befühlte seinen Hals. Er war warm. Auch der Puls war an der Halsschlagader zu spüren. Er nahm ihm den Knebel aus dem Mund und schnitt seine Fesseln durch.

»Hallo, Thomas«, sagte er nochmals und tätschelte seine Wange.

Endlich reagierte er.

»Ja, was ist?«

»Gott sei Dank, er lebt«, seufzte Rotfux. »Wir müssen ihn so schnell wie möglich wegbringen und diese Hütte rund um die Uhr überwachen.«

»Ich bin so müde …«

»Ja, ja, schon gut.«

Rotfux ging auf die Terrasse vor dem Gartenhaus und rief den jungen Seidelmann an.

»Hallo, Herr Seidelmann, wichtiger Sonderauftrag! Sie kommen sofort mit einem Zivilfahrzeug zum Gartenhausgebiet bei der Nilkheimer Bahnhofstraße. Es muss schnell gehen. Bitte beeilen Sie sich.«

Er gab ihm die genauen Koordinaten durch und rief anschließend Gerda Geiger an.

»Gerda Geiger, Kriminalpolizei Aschaffenburg.«

»Hallo, Frau Geiger, ich bin's, Rotfux. Ich kann jetzt nicht lange reden. Tun Sie einfach, was ich sage. Kommen Sie sofort mit dem Kollegen Glaser und zwei Kollegen vom Streifendienst zur Kleingartenanlage beim Schönbusch. Hier die Koordinaten …«

Er gab ihr die Koordinaten durch und bat sie, möglichst schnell zu kommen.

»Und bitte mit einem zivilen Fahrzeug und alle in Zivil.«

Er wollte Thomas Herder ohne großes Aufsehen abtransportieren. Diesmal würde nichts in der Zeitung stehen, niemand würde wissen, dass sie das Entführungsopfer gefunden hatten. Die Gartenhausanlage würde überwacht und falls die Ganoven nach Thomas Herder sehen sollten, wären sie fällig …

Rotfux ging zurück ins Gartenhaus. Thomas Herder schlief wieder fest.

»Den müssen sie schwer betäubt haben«, sagte Oberwiesner, »oder sie haben ihn unter Drogen gesetzt.«

»Das werden wir feststellen.«

Rotfux erläuterte Oberwiesner seinen Plan.

»Seidelmann muss bald da sein. Dann transportieren wir Thomas Herder zur Dienststelle. Niemand darf wissen, dass wir ihn haben. Du bleibst bitte hier. Gerda Geiger wird mit Siegfried Glaser und zwei Streifenpolizisten kommen, alle in Zivil und mit zivilen Autos. Ihr überwacht dieses Gartenhaus von den Nachbarparzellen aus. Wenn es sein muss, Tag und Nacht. Diesmal müssen wir sie erwischen.«

»Ich nehme an, dass sie nachts kommen.«

»Das vermute ich auch.«

Die beiden Dackel saßen inzwischen müde vor der Pritsche, auf der Thomas Herder lag. Besonders Bruno schien erschöpft zu sein. Rotfux ging zu ihm und kraulte ihn hinter den Ohren.

»Das hast du super gemacht, hast dein Herrchen gerettet«, lobte er den Hund.

Bruno hob den Kopf, sah ihn kurz an und legte sich wieder hin. Kurze Zeit später traf Seidelmann ein.

»Jetzt schnell. Wir transportieren ihn zum Auto«, kommandierte Rotfux.

Er schaute aus dem Gartenhaus und sah in alle Richtungen.

»Los jetzt«, sagte er dann.

Sie schleppten Thomas Herder, der auch beim Gehen mehr schlief, als dass er wach war, zum Fahrzeug auf dem Parkplatz und schnallten ihn auf dem Beifahrersitz an.

»Otto, alles wie besprochen«, sagte der Kommissar zu Oberwiesner. »Kollege Seidelmann und die anderen werden dir helfen. Ihr macht das schon.«

Er startete und fuhr über die Nilkheimer Bahnhofstraße zur Großostheimer Straße und von dort zum Kommissariat. Er fühlte sich, als ob Weihnachten und Ostern auf einen Tag gefallen wären. Endlich gab es einen Erfolg! Thomas Herder war aus den Klauen seiner Entführer gerettet und wenn es gut lief, würden sie diese sogar erwischen. Oskar und Bruno, die beiden Dackel, kuschelten vor der Rückbank und gaben keinen Ton von sich, obwohl es die eigentlichen Helden des Tages waren. Noch von unterwegs rief Rotfux seine Sekretärin an.

»Hallo, Frau Bieber, ich bin in wenigen Minuten beim Kommissariat. Können Sie mit zwei kräftigen Männern zum Haupteingang kommen? Sie müssen mir helfen, jemanden auszuladen. Und besorgen Sie den Schlüssel für eine unserer Zellen und bringen den gleich mit.«

»Geht klar, Chef.«

So war sie, Alexandra Bieber, redete nicht lange herum, sondern half, wo es ging. Als Rotfux vor dem Kommissariat hielt, kam sie ihm mit dem Hausmeister und einem Polizisten entgegen. Die Männer schleppten Thomas Herder ins Gebäude und brachten ihn ins Kellergeschoss, wo sich die Arrestzellen befanden.

»Ich habe den Schlüssel von Zelle 2«, sagte Alexandra Bieber.

»Prima, vielen Dank. Da legen wir ihn auf die Pritsche.

Und Bruno bekommt ein Kuschelkissen von unserem Oskar und darf bei seinem Herrchen bleiben.«

Rotfux bestellte einen befreundeten Arzt, auf dessen Verschwiegenheit er sich hundertprozentig verlassen konnte, und ließ Thomas Herder untersuchen. Nachdem das erledigt war, fuhr er zurück zur Gartenhausanlage, um dort wieder das Kommando zu übernehmen.

20

Noch nie hatte sie so zuckersüße, saftige Orangen gegessen. Die waren wirklich reif. Sie hatte sie selbst gepflückt, von den Bäumen der Plantage, die ihr Haus am Hang umgab. Ihr Blick ging hinüber zum Meer. In der Ferne waren Neapel zu sehen und der Vesuv, unter ihr lag Meta di Sorrento, ein Vorort von Sorrent. Sie war so glücklich. Sie hatte sich zu Marco durchgeschlagen, war von Aschaffenburg zunächst mit dem Zug nach Frankreich gefahren, dann durch Italien bis nach Sorrent.

»Hallo, Sofia«, begrüßte sie ihre Oma.

»Hallo, Oma.«

Bei ihr hatte sie Zuflucht gefunden nach ihrer Flucht aus Deutschland. Die Oma war noch rüstig mit ihren 75 Jahren, eine zierliche Frau, einen Kopf kleiner als sie selbst, schneeweiße Haare, tiefe Falten im Gesicht, aber muntere Augen und das herzhafte Lachen einer typisch italienischen Oma.

»Wolltet ihr heute nicht nach Capri?«, fragte sie, während sie Mortadella, Käse, Brot, Eier und frisch gepressten Orangensaft auf die Terrasse brachte.

»Doch, schon, Marco wird jeden Augenblick da sein.«

Wenig später waren seine Schritte auf dem Weg zu hören, der zwischen den Orangen- und Zitronenbäumen durch die Plantage nach oben führte.

»Er kommt«, freute sich Sofia und strahlte. Sie sah blendend aus, trug eine kurze Jeans und ein hellgelbes Shirt, über das ihre schwarzen Haare locker fielen. Ihre dunklen Augen leuchteten, als Marco auf die Terrasse kam.

»Hallo, Marco«, begrüßte sie ihn mit einem Kuss.

Oma Lombardi lächelte, als sie die beiden sah. Sie mochte den Jungen. Er hatte schon viel auf der Plantage geholfen, kam fast jedes Wochenende, wenn er nicht in der Autowerkstatt arbeitete. War ein fleißiger junger Mann, der Sofia auf Händen trug.

»Hallo, Frau Lombardi«, begrüßte er die Oma mit einem Küsschen rechts und links.

»Hallo, Marco, komm, setz dich zu uns, frühstücke noch was mit.«

Sie saßen auf ihrer traumhaften Terrasse mit Blick über den Golf von Sorrent. Im Schatten der Orangenbäume war es noch angenehm am Morgen, auch wenn die Hitze des Tages sich schon ankündigte. Marco trug eine Bermuda und ebenfalls ein gelbes Shirt. Er war kräftig gebaut, etwas größer als Sofia. Sein schwarzes Bärtchen tanzte auf der Lippe, wenn er sprach. Seine Augen waren fast noch dunkler als die von Sofia und seine Haare tiefschwarz und lockig.

Das ist ein Traumpaar, dachte Anna Lombardi. Nur schade, dass ihr Sohn Frederico Marco überhaupt nicht mochte. Deshalb war ihre Enkelin aus Deutschland geflohen und sie hatte ihr versprochen, nichts zu verraten. Schon mehrmals hatte Frederico bei ihr angerufen, hatte sie verzweifelt gefragt, ob sie nichts von Sofia wisse, aber sie hatte nichts gesagt. Man habe Blut von Sofia gefunden und einen Turnschuh, hatte er erzählt. Man müsse das Schlimmste befürchten. Anna Lombardi hatte versucht, am Telefon sehr betroffen zu klingen, obwohl sie wusste, dass das Schlimmste in Wirklichkeit gar nicht so schlimm war. Sie wünschte sich ohnehin, dass sie alle nach Hause kommen würden, in die Heimat, wo sie seit Generationen gelebt hatten, wo die Zitronen blühten, wo das Meer sein kühlendes Lüftchen über die Landschaft schickte, wo man am Strand baden konnte und in der Bar seinen Espresso oder Cappuccino trank. Sofia hatte ihr erzählt, dass sie einen Turnschuh bei ihrer Flucht zurückgelassen hatte, eine Spur gelegt, die in die Irre führte. Und in den Daumen hatte sie sich geschnitten, das Blut auf den Boden tropfen lassen, um sie endgültig zu verwirren. Jetzt war sie hier und war glücklich und würde heute einen Ausflug nach Capri machen. Marco und sie fuhren mit dem Bus zum Hafen von Sorrent und von dort mit dem Schnellboot auf die Insel.

»Es ist traumhaft mit dir«, schwärmte Sofia.

Marco sagte nichts, umarmte und küsste sie nur. Sie bummelten am Hafen von Capri, sahen die überwiegend weißen Häuser, die unterhalb des felsigen Bergmassivs den Hang hinaufstiegen, sahen die Touristen, welche sich in die Gassen ergossen oder mit den Booten aufs Meer fuhren.

»Wir sollten die blaue Grotte besuchen«, schlug Marco vor. »Wenn wir schon mal hier sind, dürfen wir das nicht verpassen.«

Sofia freute sich. Sie hatten zwar wenig Geld, würden später ihr mitgebrachtes Vesper essen, aber Marco war immer aktiv, schlug interessante Besichtigungen vor, auch wenn es sein letztes Geld kostete.

»Ist das nicht zu teuer?«, fragte sie.

»Das ist unbezahlbar«, lachte Marco und kaufte zwei Tickets.

Sie bestiegen ein Motorboot, auf das etwa 20 Personen passten. Der Blick zurück ließ die Schönheit des Ortes erkennen, der sich von der Küste in die Höhe ausbreitete. Nachdem sie das offene Meer erreicht hatten, sahen sie die felsige Küste schroff in die Höhe steigen. Wie eine Nussschale wirkte ihr weißes Boot, das eine Zeitlang an der Felsküste entlangfuhr. Sofia kuschelte im Arm von Marco, der Fahrtwind wehte ihm ihre Haare ins Gesicht, sie spürte seinen warmen Körper und hätte mit niemandem und nichts auf der Welt getauscht. Das war Glück! Sie fuhr mit ihrem Liebsten zur blauen Grotte, hier war ihre Seele zu Hause, das spürte sie.

Irgendwann schaukelten vor der Felsküste kleinere hölzerne Boote in den Wellen.

»Mit denen fahren wir in die Grotte«, erklärte Marco, »mit dem großen Elektroboot kommen wir nicht hinein.«

Tatsächlich hielten sie bei den blauweißen Ruderbooten, stiegen in ein Boot um und sahen auch schon die Öffnung der Grotte in der Felswand. Eher unscheinbar wirkte sie, vor allem war die Öffnung so schmal und niedrig, dass gerade ein Boot mit eingezogenen Rudern hindurchpasste.

»Achtung, dein Kopf«, warnte Marco und legte schützend seine Hand darüber.

Im Inneren der Grotte war das Wasser azurblau und leuchtete durch den Lichteinfall von draußen, als ob die ganze Höhle von unten beleuchtet wäre.

»Unbeschreiblich schön«, seufzte Sofia. »Ich liebe dich.«

»Ich dich auch.«

Als ob das nicht schon schön genug gewesen wäre, begannen die Bootsleute auch noch zu singen. »O sole mio …«, schallte es durch die Grotte, wobei der Gesang durch den Widerhall in der Höhle besonders ursprünglich und beeindruckend klang.

»Ich kann mich nicht erinnern, so etwas Schönes schon einmal erlebt zu haben«, schwärmte Sofia.

»Deshalb ist die blaue Grotte auch weltbekannt.«

Nach der Rückfahrt genossen sie ihr Vesper am Hafen von Capri, besuchten die Oberstadt mit ihren vornehmen Geschäften und Hotels, und obwohl sie sich das alles nicht leisten konnten, waren sie vermutlich glücklicher als irgendjemand sonst hier.

Lorenzo Ferrara ging die Nachrichten an seinem Laptop durch. In der kleinen Polizeistation der Carabinieri in Piano di Sorrento war kurz nach der Mittagspause nicht viel los, eine gute Gelegenheit, sich auf den neuesten Stand zu bringen. Er hatte die Krawatte abgelegt und den Kragen seines blauen Einheitshemdes weit geöffnet. Das Fenster zum Hof war gekippt und ließ etwas Frischluft ins Büro.

»Das ist ja interessant«, murmelte Ferrara. »Wohnt bei uns in Meta di Sorrento nicht eine Familie Lombardi? Der Name kommt mir irgendwie bekannt vor.«

Er war groß und schlank, hatte eine kurze Stoppelfrisur, eine spitze Nase und durchdringende blaue Augen, wie man sie bei einem Italiener nicht erwarten würde.

»Wieso meinst du?«, fragte Salvatore Orlando, der ihm am Schreibtisch gegenübersaß und körperlich das genaue Gegenteil von seinem Zimmernachbarn war.

»Ich habe hier eine internationale Suchmeldung. Eine junge Frau, Sofia Lombardi, 22 Jahre alt, schwarze Haare, 175 groß, wird vermisst. Sie ist in Deutschland verschwunden, wird aber auch international gesucht, vor allem in Italien.«

Salvatore Orlando fuhr sich über seine schon schütteren Haare, setzte die Brille ab und dachte angestrengt nach.

»Mir kommt der Name auch bekannt vor. Es gab mal einen Todesfall oder Mordfall in Meta di Sorrento. Der Besitzer einer Orangenplantage ist vor einigen Jahren durch einen Sturz von der Leiter zu Tode gekommen. Es konnte nie wirklich geklärt werden, ob es ein Unfall war oder Mord. Seine Frau ging davon aus, dass die Mafia dahinterstecke.«

Sie diskutierten eine Zeitlang über den damaligen Fall und kamen zum Ergebnis, dass sie Frau Lombardi einen Besuch abstatten sollten.

»Wenn es tatsächlich etwas mit der Mafia zu tun hatte, könnte auch hinter dem Verschwinden der jungen Frau die Mafia stecken«, spekulierte Salvatore Orlando.

Sie parkten ihr Einsatzfahrzeug in den Gartenanlagen neben der Hauptstraße unterhalb der Plantage. Die Azienda Agricola »barone«, die weiter oben am Hang lag, war nur zu Fuß oder höchstens mit einem Fiat 500 zu erreichen, da der Zufahrtsweg rechts und links von hohen Mauern gesäumt wurde und so schmal war, dass ein Auto normaler Breite nicht passieren konnte. Unterwegs saß ein Hund auf der Mauer und bellte.

»Der bewacht sein Terrain«, murmelte Ferrara.

»Klar, ist etwas abgelegen hier.«

Das Gelände der Azienda war gut gesichert. Nach Betätigen der Klingel meldete sich Anna Lombardi krächzend an der Sprechanlage. Nachdem sich die Carabinieri vorgestellt hatten, öffnete sie das mindestens drei Meter hohe automatische stählerne Tor. Über einen asphaltierten Zugangsweg, der zwischen den Terrassen für die Orangen- und Zitronenbäume nach oben führte, gelangten sie nach einigen Serpentinen zum Haus.

Anna Lombardi kam den beiden Carabinieri entgegen.

»Buongiorno, die Herren«, grüßte sie freundlich.

»Buongiorno, Frau Lombardi. Wir haben ein paar Fragen an Sie.«

»Gerne, wenn ich etwas weiß.«

»Kennen Sie eine Sofia Lombardi? Ist sie verwandt mit Ihnen?«

Anna Lombardi schluckte. Sie schien zu überlegen, was sie sagen sollte.

»Ich kenne eine, aber Lombardis gibt es sicher viele auf der Welt.«

»Sie ist 22 Jahre, 1,75 groß, hat schwarze Haare und wohnt in Deutschland.«

Anna Lombardi wurde blass.

»Ist Ihnen nicht gut, Frau Lombardi? Was haben Sie denn?«, fragte Salvatore Orlando besorgt.

»Nein, nein«, stammelte Anna Lombardi. »Das ist

meine Enkelin. Sie ist verschwunden. Mein Sohn Frederico aus Deutschland hat es mir gesagt. Man hat sogar Blut von ihr gefunden. Ich mache mir solche Sorgen. Wieso fragen Sie?«

Den beiden Carabinieri tat die alte Frau leid. Sie erklärten ihr, dass sie eine internationale Suchmeldung erhalten hatten und der Sache nachgehen müssten.

»Da kann ich Ihnen leider nicht helfen«, sagte Anna Lombardi leise. »Lange halte ich das nicht mehr aus. Zuerst der Mord an meinem Mann, jetzt das Verschwinden meiner Enkelin. Ich hoffe nur, dass nicht wieder die Mafia dahintersteckt …«

Die beiden Carabinieri stellten keine weiteren Fragen. Sie verabschiedeten sich und waren irgendwie froh, als sie die Azienda wieder verlassen hatten.

»Manche trifft das Schicksal hart«, brummte Orlando.

»Ja, leider«, stimmte Ferrara zu.

Kurz vor dem Parkplatz ihres Einsatzfahrzeuges kam ihnen ein glückliches junges Paar den schmalen Weg entgegen. Sie schienen die Carabinieri nicht zu sehen, grüßten nicht, waren so mit sich beschäftigt, dass sie scheinbar gar nichts bemerkten.

»Das hätte Sofia Lombardi sein können«, erlaubte sich Lorenzo Ferrara einen Scherz. »Aber dann wäre ihre Oma bei der Frage nach ihr sicher nicht so leichenblass geworden, die arme alte Frau.«

»Wer weiß«, sagte Salvatore Orlando nachdenklich. »Wir sollten die Sache trotz allem im Auge behalten.«

Als Sofia und Marco glücklich von ihrem Ausflug zurückkamen, saß Anna Lombardi erschöpft und blass in ihrem

Lehnstuhl auf der Terrasse. Sie hatte ein Glas Wasser auf dem kleinen Tisch neben sich stehen, sonst nichts. Sofia merkte sofort, dass etwas nicht stimmte.

»Was ist los, Oma? Geht es dir nicht gut?«

»Doch, doch, erzähl erst mal. Wie war es auf Capri?«

Sie lehnte ihren Kopf im Sessel zurück und hörte sich den begeisterten Bericht von der blauen Grotte an.

»Das Singen war so schön und das azurblaue Wasser unglaublich leuchtend. Warst du auch schon dort, Oma?«, schwärmte Sofia.

»Ach Kind, schon mehrmals, mit deinem Opa, er hat mich ab und zu in die Grotte eingeladen. Die schönste Höhle für Liebende, hat er immer gesagt ...«

Ihre Augen wurden feucht und Sofia nahm sie in den Arm.

»Da hat er recht gehabt. Das stimmt. Schrecklich, dass er nicht mehr lebt ...«

Sie aßen auf der Terrasse zu Abend. Die Sonne versank hinter den Palmen im Meer. Der Himmel färbte sich rötlich, bis er dunkel wurde und die Lichter von Sorrent vor dem dunklen Meer glänzten.

»Du bist so still, Oma. Du hast doch was. Fühlst du dich nicht gut? War es dir zu heiß?«

Anna Lombardi schwieg. Ihre schneeweißen Haare schimmerten im Licht der Kerzen, welche sie auf den Tisch gestellt hatten. Sie sah bleich aus und irgendwie älter als sonst.

Endlich gab sie sich einen Ruck.

»Wir werden vielleicht nicht mehr lange zusammen sein«, sagte sie leise.

Sofia drückte ihre Hand.

»Aber Oma, sag doch so was nicht! Wir holen einen Arzt. Er soll dich untersuchen. Das wird schon wieder.«

Anna Lombardi lächelte.

»Du hast das falsch verstanden, Sofia, mein Schatz. Es geht nicht um mich.«

»Um wen dann?«

»Um dich, mein Kind, um euch, um deine Eltern, um alles …«

Sie lehnte sich zurück und schwieg wieder. Sie schien mit sich zu kämpfen. Sofia hielt es kaum noch aus.

»Nun sag endlich, was los ist, Oma! Ich merke doch, dass etwas nicht stimmt.«

Sie lehnte sich zurück, holte tief Luft, und sagte:

»Die Carabinieri waren da. Sie suchen nach dir. Du wirst dich verstecken müssen. Habt ihr die beiden Carabinieri nicht gesehen, als ihr zurückgekommen seid? Ihr müsstet ihnen begegnet sein. Ich habe Blut und Wasser geschwitzt.«

»Nein, ich habe nichts gesehen«, stammelte Sofia. »Wieso waren sie da? Was wollten sie?«

Anna Lombardi berichtete von der internationalen Vermisstenmeldung, welcher sie nachgingen. Sie erzählte, dass sie nichts verraten hatte, dass es ihr aber sehr schwergefallen war, die tiefbesorgte Oma zu spielen.

»Das haben Sie super gemacht, Frau Lombardi«, lobte sie Marco.

»Aber es kann nicht mehr so weitergehen, Kinder. Ich habe die Polizei belogen. Sie werden euch finden, dann sind wir alle dran.«

»Dann heirate ich sie eben«, sagte Marco trotzig.

Oma Lombardi lächelte. Der hatte sein Herz auf dem rechten Fleck, dachte sie.

»Wie wär's, wenn ihr euch morgen bei den Carabinieri meldet? Heiraten könnt ihr immer noch.«

»Aber vielleicht werde ich dann eingesperrt ...«

»Das glaube ich nicht. Schließlich kann es nicht strafbar sein, wenn man seinen Liebsten besucht. Das wird sogar dein Vater begreifen müssen.«

Die Nacht legte sich über die Plantage. Marco hatte Sofia im Arm.

»Ich muss dann mal ins Bett«, verabschiedete sich ihre Oma. »Morgen sehen wir weiter.«

In der Ferne leuchteten die Lichter von Neapel. Rechts davon konnte man den dunklen Schatten des Vesuvs erahnen. Ihn hatten sie bestiegen, hatten Pompeji und Herculaneum besichtigt, hatten die versteinerten Toten gesehen, die ihnen klarmachten, wie kurz und zufällig das Leben sein konnte.

»Egal, was passiert, ich liebe dich«, flüsterte Sofia.

»Ich dich auch«, antwortete Marco, nahm sie mit Leichtigkeit auf den Arm und trug sie in ihr Zimmer.

Auch von dort hatte man Blick übers Meer, sah die Palmen, die Orangenplantage, Neapel und den Vesuv und fühlte sich dem Himmel so nah, wie das auf Erden überhaupt möglich war.

21

Kommissar Rotfux hatte Thomas Herder im Kommissariat in Sicherheit gebracht und wollte in der Kleingartenanlage bei der Nilkheimer Bahnhofstraße nach dem Rechten sehen. Auf dem Weg dorthin besorgte er belegte Brötchen und einige Flaschen Mineralwasser. Damit mir die Leute durchhalten, dachte er. Diesmal dürfte nichts schiefgehen. Sie müssten das Gartenhaus, in dem Thomas Herder gefangen gewesen war, ohne Unterbrechung überwachen, Tag und Nacht. Als er den Haupteingang der Anlage erreichte, war alles ruhig. Niemand war zu sehen. Die haben sich gut versteckt, freute sich Rotfux. Er ging durch das Eingangstor, welches nur angelehnt war, und stieg über den Maschendrahtzaun der Parzelle. Keine Menschenseele zu sehen. Erst als er näher kam, bewegte sich neben dem Gartenhaus die Plane, die über einem Holzstapel hing, und darunter kam Seidelmann zum Vorschein.

»Tolles Versteck«, lobte Rotfux.

Er ließ sich beschreiben, wo die anderen versteckt waren, und verteilte Brötchen und Mineralwasser. Geschickt waren sie gewesen. Hatten ihr Auto weit entfernt auf dem vorderen Parkplatz der Anlage abgestellt, damit alles verlassen aussah. Siegfried Glaser saß neben einigen Gartenmöbeln unter einer grünen Plane, die beiden Polizisten in Zivil hatten sich im Gewächshaus am Ende der Parzelle versteckt, und Oberwiesner war in der Höhle des Löwen, im Gartenhaus selbst, und wollte dort die Ganoven überraschen.

»Ist das nicht ein bisschen riskant, Otto?«, fragte Rotfux, als er ihm seinen Proviant gab.

»Ach was, Rudi, wenn die mich hier finden, werden sie so überrascht sein, dass sie völlig handlungsunfähig sind.«

Gerda Geiger hatte sich mit Hilfe von Oberwiesner ins Gartenhaus der linken Nachbarparzelle geschlichen und beobachtete von dort den Parkplatz und das Gelände. Sie vereinbarten, per WhatsApp in Verbindung zu bleiben und sich ab jetzt nicht mehr vom Fleck zu rühren. Rotfux selbst versteckte sich unter dem Vordach des rechten Nachbargartenhauses, hinter einem hölzernen Sichtschutz, der dort angebracht war. Es war inzwischen dämmrig geworden und still in der Kleingartenanlage. Rotfux merkte, dass er müde war. Nach und nach nahm er die Geräusche der Natur wahr. Den Abendgesang der Vögel, das Säuseln des Windes in den Blättern, das Schnattern der Gänse vom Nachbargrundstück, welches DIE BRÜCKE e.V. für soziale Projekte nutzte. Rotfux hatte sich zwei Sitzkissen von Gartenstühlen unter den Hintern geklemmt und zwei Auflagen hinter den Rücken geschoben. Er lauschte in die Nacht. Michelle, schoss ihm plötzlich ein Gedanke durch den Kopf. Er hatte sich eigentlich mit ihr treffen wollen, aber das ging jetzt nicht.

»Habe heute Nachtschicht«, schrieb er ihr per WhatsApp, »tut mir leid, kann leider nicht kommen.«

Ihre Antwort ließ nicht lange auf sich warten: »Macht nichts. Komm halt später. Ich warte in der Wohnung auf dich.«

Er hatte ihr inzwischen für solche Fälle einen Schlüssel gegeben, damit sie sich sehen konnten, auch wenn er nicht pünktlich da war.

»Weiß aber nicht, wie lange es dauert, eventuell die ganze Nacht.«

»Macht nichts, ich warte.«

»Freue mich, muss jetzt Schluss machen. Viele Grüße Rudi.«

»Okay, tschüs, Michelle.«

Es war schön, mit ihr zu schreiben. Sie gab sich unkompliziert, verstand seine Terminprobleme, gerade jetzt, wo die Ereignisse hohe Wellen schlugen. Der Parkplatz lag im Dunklen. Die Bäume schimmerten schwarz gegen den Nachthimmel. Die Plane auf dem Nachbargrundstück bewegte sich. Seidelmann schien sich neu einzurichten.

»Alles klar, Otto?«, schrieb Rotfux an Oberwiesner.

»Alles okay«, kam die Antwort, »ich liege gemütlich auf der Pritsche …«

Der hat den Vogel abgeschossen, dachte Rotfux.

»Nur nicht einschlafen«, schrieb er zurück.

Rotfux konzentrierte sich auf den Parkplatz. Wenn sie kämen, würde man sie dort zuerst sehen oder hören. Selbst wenn sie ohne Licht fahren sollten, müsste man sie bemerken. Nach einer halben Stunde wurde dem Kommissar klar, dass er zu müde war, um die ganze Nacht wach zu bleiben. Wir könnten uns abwechseln, überlegte er. Eine Stunde Wache, zwei Stunden schlafen, das sollte möglich sein. Sie waren sechs, dass passte. Reihum informierte er die anderen, dann lehnte er sich hinter seinem Sichtschutz zurück, stellte den Wecker und war bald eingeschlafen. Zwei Stunden später vibrierte das Handy. Rotfux schreckte hoch. Sie kommen, dachte er. Aber alles blieb ruhig und dunkel. Es war inzwischen 24 Uhr. Mitternacht, Geisterstunde. Jetzt könnten sie erscheinen. Er sah angestrengt in Richtung Parkplatz, hörte ein Käuzchen aus dem Park Schönbusch, sonst nichts. Die Uhr schien langsamer zu gehen als sonst. Es war inzwischen kühl und Rotfux versuchte, sich mit einem seiner Stuhlkissen auch von vorne warm zu halten. Ob die anderen auch froren? Oberwiesner vermutlich nicht. Der lag gemütlich in seiner Koje und schlief fest. Auch nach einer Stunde Wache hatte sich nichts getan und Rotfux versuchte wieder zu schlafen. Irgendwann weckte ihn erneut die Vibration seines Handys. Jetzt geht's los, dachte er. Er riss die Augen auf und sah angestrengt Richtung Parkplatz. Ein großer dunkler Schatten bewegte sich auf den Haupteingang der Kleingärtneranlage zu.

»Sie kommen«, las er auf seinem Handy.

Das ist ein dunkler Lieferwagen, dachte Rotfux, vielleicht der Lieferwagen, der schon in Hörstein beobachtet worden war.

»Achtung, sie kommen«, schrieb er zur Sicherheit an Oberwiesner.

Der Lieferwagen fuhr ohne Licht und hielt vor dem Tor. Zwei dunkel gekleidete Personen stiegen aus. Nur ihre hellen Gesichter waren im Licht des Mondes zu sehen. Gleich haben wir euch, freute sich Rotfux. Er nahm die Pistole aus dem Halfter und entsicherte sie. Ansonsten blieb er reglos sitzen. Sie müssen erst zum

Gartenhaus gehen, dachte er. Dann würde er ihnen den Rückweg abschneiden. Die beiden Gestalten passierten das Eingangstor und gingen vorsichtig auf das Gartentor der Parzelle zu. Einer bückte sich und schloss das Gartentor auf. Weiterhin blieb alles ruhig. Auch der junge Seidelmann behielt die Nerven. Die beiden Gestalten gingen auf die Tür des Gartenhauses zu, der kleinere der beiden schob den Schlüssel ins Schloss und öffnete. Im selben Augenblick flog die Plane, unter welcher Seidelmann saß, zur Seite und er spurtete zur Eingangstür. Auch Rotfux rannte los, sprang über den Gartenzaun und war neben Seidelmann. Aus dem Inneren waren Schreie zu hören. Wenn es nur Oberwiesner nicht erwischt hat, dachte Rotfux und stürzte in die Hütte.

»Polizei, Hände hoch!«, schrie er.

Die Lage war unübersichtlich. Im Inneren der dunklen Hütte kämpften die Entführer mit Oberwiesner. Der lag unter ihnen und hatte Mühe, sich zu bewegen. Der junge Seidelmann warf sich ins Getümmel, packte einen der beiden Ganoven am Arm und drehte ihm den Arm auf den Rücken. Rotfux kam ihm zu Hilfe und sie hatten den Kerl im Griff. Das klickende Geräusch der Handschellen war Musik in den Ohren von Rotfux.

»Seidelmann, halten Sie ihn fest«, kommandierte er.

»Alles klar, Otto?«

»Vorsicht, er hat ein Messer an meiner Kehle …«

Scheiße, dachte Rotfux. Er durfte Oberwiesner nicht gefährden. Was tun?

»Gib ihn frei, Otto. Wir lassen ihn laufen!«, schrie Rotfux.

Der Ganove erhob sich und zog Oberwiesner mit nach oben, das Messer immer noch an seinem Hals. Langsam ging er mit ihm auf die Tür zu.

»Pistolen weg!«, schrie er.

Er verließ mit Oberwiesner die Hütte. Im selben Augenblick traf ihn ein Schlag auf den Kopf und er sackte in sich zusammen. Sein Messer zuckte noch, aber es ritzte Oberwiesner nur leicht die Haut.

»Das war knapp«, seufzte Oberwiesner.

»Den hat es voll erwischt, aber das war Notwehr. Wer hat eigentlich zugeschlagen?«

Siegfried Glaser meldete sich.

»Gut gemacht, Siegfried. Ich hoffe, er kommt bald wieder zu sich, ansonsten ist es auch nicht zu ändern.«

Siegfried Glaser erklärte, dass ihm der Schlag mit der Holzlatte als einzige Möglichkeit erschienen war, da er Oberwiesner nicht gefährden wollte.

»Bei Benutzung der Schusswaffe war mir das Risiko zu hoch.«

»Klar, hast du super gemacht, Siegfried. Man kann sich einfach auf dich verlassen.«

Rotfux kannte Siegfried Glaser von verschiedenen Einsätzen und sie waren seit Jahren per Du. Rotfux forderte Verstärkung durch zwei Streifenwagen an.

»Jetzt darf man uns ruhig bemerken«, lachte er. »Bisher musste ich sehr diskret sein, damit wir nicht auffallen. Deshalb hatte ich keine zusätzlichen Kollegen angefordert.«

Seine Erleichterung war ihm anzumerken. Er ließ dem momentan noch bewusstlosen Halunken Handschellen anlegen. Dann goss er ihm Mineralwasser ins Gesicht.

Der Ganove schnappte nach Luft, riss sein rechtes Auge auf und starrte Rotfux an. Der Kommissar bemerkte, dass das linke Auge des schwarzhaarigen Mannes seltsam aussah. Aus einem rötlichen Schlitz schaute ein Glasauge. Vermutlich war der Mann auf diesem Auge blind. Bekleidet war der muskulöse Kerl, der etwa 35 sein mochte, mit dunkler Jeans, dunklem Hemd und schwarzer Lederjacke. Widerwillig ließ er sich abführen. Inzwischen waren zwei Streifenwagen auf dem Parkplatz der Anlage erschienen. Gespenstisch sah es aus, als das flackernde Blaulicht seine Lichtblitze über die Bäume huschen ließ. Der zweite Ganove, den Seidelmann im Schlepptau hatte, war etwas kleiner, hatte pechschwarze Haare, dunkle Augen, eine tiefe Narbe auf der rechten Wange und war ebenfalls schwarz gekleidet. Bei dunkler Nacht eine gute Tarnung, dachte Rotfux. Er ließ sich die Schlüssel des Lieferwagens geben und ordnete an, dass die beiden Missetäter sofort zum Kommissariat gebracht und in Zelle eins und drei eingeschlossen wurden.

»Zelle zwei auf keinen Fall öffnen, die ist schon besetzt.«

Sie verschlossen das Gartenhaus, räumten die Planen, unter denen sie sich versteckt hatten, an Ort und Stelle und verließen die Kleingärtneranlage. Den Lieferwagen ließ Rotfux die Spurensicherung sofort zum Kommissariat mitnehmen.

»Alles Weitere dann morgen«, verabschiedete sich der Kommissar von seiner Mannschaft. »Ich danke Ihnen für Ihren Einsatz. Heute sind wir einen entscheidenden Schritt vorangekommen.«

Rotfux wäre nicht Rotfux gewesen, wenn er nicht noch zum Kommissariat gefahren wäre, um sich persönlich davon zu überzeugen, dass die beiden Ganoven hinter Schloss und Riegel waren. Es fiel ihm siedend heiß ein, dass er Oskar im Kommissariat gelassen hatte und ihn unbedingt abholen musste. Der Hund kannte das schon. Wenn Rotfux sich verspätete, lag er auf dem Kuschelkissen unter seinem Schreibtisch und schlief, bis sein Herrchen kam.

»Du bist ja ein Braver«, lobte ihn Rotfux. Oskar sprang an ihm hoch und bellte.

Es war inzwischen vier Uhr morgens.

»Jetzt aber schnell nach Hause. Michelle wartet schon auf uns.«

Rotfux ließ den Hund vor seinem Haus kurz pinkeln und gab ihm in der Küche etwas zu trinken und zu fressen.

»Nicht bellen, wir wollen Michelle nicht wecken«, flüsterte er.

Er hörte das Knacken der Körner, hörte sein Schlabbern beim Trinken und war sehr glücklich über die Erfolge der letzten 24 Stunden. Diesmal kriegen wir sie, dachte er. Ganz leise zog er sich im Wohnzimmer aus, lief nackt durch die Wohnung ins Schlafzimmer, griff sich seinen Schlafanzug, zog ihn über und schlüpfte zu Michelle unter die Decke. Sie schien zu träumen. Er merkte, wie sie sich an ihn kuschelte, und fühlte sich unendlich erleichtert.

In den nächsten Tagen wurden alle Spuren sorgfältig untersucht. Die Gefangennahme der beiden Ganoven entpuppte sich als grandioser Erfolg. Nach den Papieren, welche die Spurensicherung im Lieferwagen gefunden hatte, handelte es sich um Pietro Rinaldi, der auf einem Auge blind war, und um Giovanni Fabri, beide aus der Gegend von Florenz. Der Lieferwagen, ein schwarzer Fiat Ducato, hatte italienische Kennzeichen und war in Prato, in der Nähe von Florenz, zugelassen. In dem Fahrzeug fanden sich Spuren von Nicole Herder. Die Spurensicherung entdeckte ein Haar und Hautschuppen von ihr. Sie musste in diesem Fahrzeug transportiert worden sein. Die Reifenspuren waren mit denen identisch, welche sie im Weinberg bei Hörstein und auf dem Waldparkplatz beim Hohe-Wart-Haus sicherstellen konnten. Jetzt zahlte sich ihre sorgfältige Ermittlungsarbeit aus, freute sich Rotfux. Sie konnten nachweisen, dass Haare und Spermaspuren, welche sie in der Hütte im Weinberg bei Hörstein gefunden hatten, eindeutig von Pietro Rinaldi stammten, auch Spuren von Giovanni Fabri wurden entdeckt.

Kommissar Rotfux ließ Pietro Rinaldi aus seiner Zelle holen und in den Verhörraum bringen. Gemeinsam mit Oberwiesner wollte er ihn vernehmen. Er hatte Oberwiesner gern bei Einvernehmungen dabei, da dieser allein durch seine mächtige Figur die Befragten einschüchterte.

»Hallo, Herr Rinaldi«, begrüßte er den Gefangenen. »Wir haben inzwischen herausgefunden, dass Sie und Ihr Komplize für die Entführung von Nicole Herder verantwortlich sind, ebenso für die Erpressung von Thomas Herder und auch für seine Entführung, bei der wir Sie auf frischer Tat ertappt haben.«

Rotfux trug ihm die Details der Ermittlungen vor.

»Es wäre für Sie am besten, wenn Sie ein Geständnis ablegen, denn unsere Ergebnisse sind eindeutig.«

Rinaldi starrte Rotfux aus seinem einen Auge an und schwieg.

»Lebt Nicole Herder noch? Wo haben Sie das Mädchen versteckt?«

Keine Antwort. Otto Oberwiesner erhob sich. Rinaldi wirkte winzig im Vergleich zu ihm. Er war zwar muskulös, aber vergleichsweise klein. Mit seinem Lederarmband am linken Handgelenk machte er den Eindruck eines primitiven Schlägers.

»Wenn Sie nichts sagen, haben wir Möglichkeiten«, drohte Oberwiesner. »Niemand wird je erfahren, was in diesem Raum geschehen ist. Wenn ich nur noch ein Auge hätte, wäre ich vorsichtig.«

Oberwiesner legte seine schwere Hand auf die Schulter von Rinaldi. Rotfux nickte zustimmend, um dem Gesagten Nachdruck zu verleihen.

»Ich hoffe für Sie, sie lebt. Sonst gibt's lebenslänglich wegen Mordes für Sie. Die Beweise sind erdrückend.«

»Ja, ja, sie lebt …«, stammelte Rinaldi.

»Und wo habt ihr sie versteckt?«

Rinaldi schwieg.

»Wir haben nicht ewig Zeit«, brummte Oberwiesner, der immer noch hinter Rinaldi stand und den Druck auf dessen Schulter erhöhte.

»Ich sage nichts«, sagte Rinaldi trotzig. Wenn er sprach, sah man seine Zahnlücke im Oberkiefer.

»Wer sind Ihre Auftraggeber?«, fuhr Rotfux fort.

Rinaldi schwieg penetrant. Oberwiesner ging um den Tisch herum, schlug mit der flachen Hand auf den Tisch, dass Rinaldi zusammenzuckte.

»Wird's bald, Bürschchen?«

»Wenn ich meine Auftraggeber nenne, bin ich tot«, antwortete Rinaldi leise.

»Also die Mafia«, schlussfolgerte Rotfux.

Rinaldi sagte dazu nichts. Er ließ den Kopf hängen, schien mit allem abgeschlossen zu haben und verlangte einen Anwalt.

»Das könnt ihr. Einen Anwalt verlangen. Darin seid ihr gut. Aber so läuft das hier nicht. Entweder du gibst uns Hinweise, oder die Welt wird dich vergessen. Niemand weiß, dass du hier bist, und niemand wird es je erfahren, Bürschchen«, sagte Oberwiesner und baute sich in voller Größe vor Rinaldi auf. »Also, wird's bald?«

»Die Frau vom Versandhausboss hat damit zu tun …«, stammelte Rinaldi.

Na, geht doch, dachte Rotfux.

»Sie meinen Frau Herder?«

Rinaldi nickte. Mehr ließ er sich allerdings nicht entlocken. Rotfux beendete das Verhör und ließ ihn zurück in seine Zelle bringen. Anschließend nahm er sich Giovanni Fabri vor und sagte ihm, dass er so ziemlich alles wisse. Die Beweislage sei eindeutig. Rinaldi habe ausgepackt, um seine Haut zu retten.

»Können Sie uns bestätigen, dass Nicole Herder lebt und dass ihr sie nach Italien gebracht habt?«

Fabri zögerte.

»Wenn er das gesagt hat …«, wand er sich aus der Affäre.

»Und Herders Frau steckt hinter allem?«

Fabri nickte. Seine pechschwarzen undurchdringlichen Augen flackerten nervös. Seine Narbe auf der rechten Wange glühte.

»Mehr kann ich aber nicht sagen, sonst bin ich tot.«

Er roch unangenehm nach Angstschweiß und versuchte, seine linke Hand, an der zwei Finger fehlten, unauffällig unter dem Tisch zu verstecken.

»Wir haben Zeit«, lächelte Rotfux süffisant. »Und ihr habt nur eine Chance: Nennt das Versteck von Nicole Herder oder ihr werdet eure Zellen nie mehr verlassen!«

Er sagte das mit solchem Nachdruck, dass Fabri blass wurde.

»Verlasst euch drauf, ihr habt keine andere Möglichkeit.«

»Das dürfen Sie nicht, ich will einen Anwalt sprechen«, jammerte Fabri.

»Lieber Herr Fabri«, sagte Rotfux übertrieben freundlich. »Es geht hier um ein Menschenleben. Da verstehe ich keinen Spaß. Und wenn Sie einfach verschwinden, wird kein Mensch nach Ihnen fragen. Wir entsorgen Sie in kleinen Stücken im Müll. Wir von der Kripo wissen, wie man so was macht.«

Er spuckte vor ihm auf den Boden und ließ ihn zurück in seine Zelle bringen.

»Das war deutlich«, murmelte Oberwiesner.

»Klar, es ist unsere einzige Chance. Wir müssen sie zum Reden bringen. Ich bin bereit, die Grenzen des Erlaubten auszutesten, um Nicole Herder zu finden. Es geht um ihr Leben …«

22

Otto Oberwiesner kam ins Sekretariat.

»Ist der Chef da?«, fragte er Lilly Winter.

»Ja, aber er telefoniert gerade. Dauert jedoch bestimmt nicht lange. Ah, gerade hat er aufgelegt …«

Sie öffnete die Tür zum Büro von Rotfux.

»Kollege Oberwiesner würde Sie gern sprechen.«

»Klar, soll reinkommen.«

»Hallo, Otto, was gibt's?«

Rotfux erhob sich und gab ihm die Hand. Es war noch früh am Morgen und sie hatten sich noch nicht gesehen. Oberwiesner trug wie üblich ein kariertes Hemd, Rotfux einen gelben Pulli.

»Nimm doch Platz, Otto.«

Sie unterhielten sich kurz über den schönen Morgen, das gute Wetter, Oberwiesner begrüßte den Dackel von Rotfux, dann kam er zur Sache.

»Du ahnst nicht, was ich hier habe«, sagte er mit Blick auf einige Blätter, die er in der Hand hielt.

»Und? Schieß los, Otto. Hoffentlich nichts Schlechtes, nachdem wir in den letzten Tagen so erfolgreich waren …«

»Nein, nichts Schlechtes, ganz im Gegenteil! Sofia Lombardi scheint zu leben.«

Rotfux war sprachlos.

»Das gibt's ja nicht«, murmelte er.

»Woher willst du das wissen?«

Oberwiesner erinnerte an die internationale Suchmeldung, diese Yellow Notice, die sie aufgegeben hatten.

»Wir haben Antwort aus Italien. Sofia Lombardi hat sich dort mit ihrem Freund bei der Polizei gemeldet, nachdem die Carabinieri bei ihrer Oma nachgeforscht haben, wo sie Unterschlupf gefunden hat. Die Nachricht kommt von der Polizeistation Piano di Sorrento, in der Nähe von Sorrent.«

»Unglaublich … Dabei habe ich doch Frederico Lombardi mehrfach gefragt, ob er bei seinen Verwandten in Italien nachgefragt hat, aber er behauptete felsenfest, bei der Oma sei seine Tochter nicht.«

»Wahrscheinlich hat er es selbst nicht gewusst«, beschwichtigte Oberwiesner. »Die Tochter wird durchgebrannt sein und wollte mit dem Vater nichts mehr zu tun haben. Jedenfalls steht es hier im Bericht: Sie will in Italien bleiben, will ihren Freund heiraten und kommt nicht nach Deutschland zurück. Da sie längst volljährig ist, kann ihr das auch niemand verbieten.«

Rotfux diskutierte mit Oberwiesner, was zu tun sei. Sie mussten die Presse informieren nach der ganzen Aufregung, welche der Fall bei der Bevölkerung hervorgerufen hatte. Eigentlich ein erfreuliches Ergebnis ihrer Ermittlungen. Klaus Zimmermann, der leitende Stadtredakteur vom Main-Echo, würde sicher eine rührende Geschichte daraus machen.

»Zuvor muss ich aber mit dem Ehepaar Lombardi sprechen, damit sie es nicht aus der Zeitung erfahren«, sagte Rotfux, der seine Fassung wiedergefunden hatte.

Er bat Lilly Winter, die beiden sofort einzubestellen.

»Aber Sie sagen nicht, worum es geht. Ich will ihnen etwas auf den Zahn fühlen.«

In der Zwischenzeit besuchte Rotfux Thomas Herder in seiner Zelle. Als er die Tür öffnete, kam ihm dessen Dackel Bruno wedelnd entgegen.

»Hallo, Thomas, war der arme Kerl heute schon draußen?«, begrüßte er den Versandhausinhaber.

»Nein, noch nicht, aber mir geht es auch nicht besser ... Wann entlässt du mich endlich aus dieser schrecklichen Zelle?«

»Gib mal die Leine, ich geh kurz mit Bruno, wir unterhalten uns gleich.«

Rotfux nahm den Hund mit nach oben, drehte eine Runde mit ihm über die Parkplätze und ein Stück die Straße hinunter, bis er sein Geschäft verrichtet hatte. Das rechte Auge von Bruno war inzwischen weitgehend abgeschwollen, der Verband am rechten Bein entfernt und er humpelte nur noch leicht.

»Bist ein Braver«, lobte Rotfux den Dackel. »Jetzt müssen wir wieder zu deinem Herrchen. Der ist ganz verzweifelt ohne dich.«

Die Vögel zwitscherten in den Büschen, an denen Bruno interessiert schnüffelte, und einen Moment lang fragte sich Rotfux, warum er sich immer mit Verbrechen beschäftigen musste, wo die Welt doch so schön sein konnte. Der Frühling hatte alles mit seinem frischen Grün geschmückt, heute Abend war er mit Michelle verabredet und hoffte, dass nicht wieder etwas dazwischenkam. In letzter Zeit hatten sie sich wenig gesehen, und wenn, dann nur kurz. Ab und an war er früh am Morgen zu ihr ins Bett geschlüpft und sie hatte ihm einen Zettel hinterlassen, den er fand, wenn er aufwachte. Eine alte Frau kam ihm mit ihrem Dackel entgegen. Er kannte sie von seinen kurzen Spaziergängen mit Oskar.

»Guten Morgen, Herr Kommissar«, begrüßte sie ihn freundlich. »Wieder mit Oskar unterwegs?«

Die Leute in Aschaffenburg kannten ihn und mochten ihn, seit er schon mehrere spektakuläre Fälle gelöst hatte.

»Ja, wie immer«, grüßte Rotfux zurück.

Er konnte schlecht sagen, dass es ein anderer Hund war, der in Wirklichkeit Thomas Herder gehörte. Unterwegs kam ihm der Gedanke, Bruno noch zu Oskar zu bringen, damit die Dackel etwas Abwechslung hätten. Er ging zurück zu seinem Büro, wo Oskar unter dem Schreibtisch kuschelte. Kaum hatte er die Tür geöffnet und Bruno von der Leine gelassen, da stürzten die beiden Hunde aufeinander zu und balgten sich.

»Schön vorsichtig mit Bruno«, sagte Rotfux. »Er ist immer noch verletzt.«

Der Kommissar bat Lilly Winter, nach den Dackeln zu sehen, solange er mit Thomas Herder sprach.

»Wo hast du Bruno?«, war die erste Frage von Thomas Herder, als er in dessen Zelle zurückkehrte.

»Er spielt oben mit Oskar. Frau Winter passt auf die beiden auf.«

»Na gut, und wann darf ich wieder in die Freiheit?«

»Du bist doch in Freiheit, Thomas. Du bist nur zu deinem Schutz hier. Wir haben dich von den Ganoven befreit, sei doch froh darüber!«

Thomas Herder jammerte Rotfux die Ohren voll, er sei schon seit drei Tagen hier, im Versandhaus laufe die

Ausmusterung, er werde dort dringend gebraucht, wisse gar nicht, wie sie ohne ihn zurechtkämen.

»Wenn dich Bruno nicht gefunden hätte, müssten sie es auch ohne dich schaffen«, gab Rotfux zu bedenken. »Und vor allem geht es um deine Tochter. Wir dürfen jetzt wegen zwei oder drei Tagen kein Risiko eingehen.«

Rotfux wusste, dass er ihn mit seiner Tochter überzeugen konnte. Er erzählte Thomas Herder, dass sie zwei Verbrecher festgesetzt hatten und es zweifelsfrei erwiesen war, dass diese seine Tochter entführt hatten. Einer habe gesagt, dass Nicole Herder noch lebe, aber es sei noch nicht gelungen, ihr Versteck herauszubekommen.

»Ich muss dich bitten, noch ein paar Tage hierzubleiben, Thomas. Vertraue mir! Niemand darf im Augenblick wissen, dass wir dich befreien konnten und die Banditen festgenommen haben.«

Rotfux sagte nichts davon, dass Herders Frau in Verdacht geraten war. Damit wollte er ihn nicht beunruhigen. Aber natürlich ging er der Sache nach und hatte angeordnet, dass Corinna Herder rund um die Uhr überwacht wurde.

»Also mach's gut, Thomas. Ich versuche, deine Nicole zu finden und dich so schnell wie möglich hier rauszuholen. Versprochen!«, verabschiedete sich der Kommissar. »Bruno bringe ich dir gleich zurück.«

Als Rotfux in sein Büro kam, lagen beide Dackel friedlich auf dem Kuschelkissen unter seinem Schreibtisch, ganz dicht beieinander, wie ein glückliches Pärchen.

»Die sind müde«, erklärte Lilly Winter, »und sie haben gut getrunken.«

Fast tat es Rotfux leid, dass er die beiden trennen musste, aber er hatte Thomas Herder versprochen, ihm Bruno zu bringen, und in seinem jämmerlichen Zustand brauchte der den Dackel, um nicht ganz allein zu sein.

»Komm, mein Freund«, sagte er, nahm Bruno auf den Arm und brachte ihn zu Thomas Herder zurück.

Inzwischen saßen Giorgia und Frederico Lombardi im Besprechungsraum und warteten. Lilly Winter hatte ihnen nichts verraten und so waren sie sehr aufgeregt.

»Buongiorno Commissario«, begrüßte Giorgia Lombardi den Kommissar, als er den Raum betrat. Sie war aufgestanden, sah wie üblich umwerfend aus, mit ihrer tollen Figur und ihren pechschwarzen Haaren, die ihr locker über die Schulter fielen.

»Buongiorno Frau Lombardi, buongiorno Frederico.«

»Was haben Sie für uns, Commissario?«, fragte Frederico nervös.

Er passte gut zu Giorgia, auch wenn er etwas korpulent war. Seine dunklen lockigen Haare ließen ihn jugendlich wirken, er war freundlich und lustig, jetzt allerdings extrem angespannt.

»Ich wollte Sie fragen, ob Sie inzwischen etwas von Sofia gehört haben?«

Frederico Lombardi sah ihn verständnislos an.

»Gehört? Wieso wir? Ich dachte, *Sie* wollten uns etwas sagen …«

»Kennen Sie eine Anna Lombardi aus Meta di Sorrento in Italien?«, hakte Rotfux nach.

»Klar, das ist meine Mutter. Aber was soll das …«

»Haben Sie bei ihr wegen Sofia nachgefragt? Ich hatte

Sie doch gebeten, sich bei Ihren Verwandten in Italien zu erkundigen.«

Frederico Lombardi wurde zunehmend fassungsloser.

»Natürlich, ja, tausendmal habe ich sie gefragt. Habe ihr alles erzählt, die Sache mit dem Turnschuh, dass man Blut gefunden hat, aber sie antwortete immer, dass Sofia nicht bei ihr sei …«

»Stimmt das, Frau Lombardi?«

»Ja, stimmte, wie meine Mann gesagt.«

Sie klang reizvoll mit ihrem Akzent, der sich auch nach vielen Jahren in Deutschland erhalten hatte.

»Sie wissen also nichts von Ihrer Tochter?«

»Nein, nixe.«

Bei dem Wort »nixe« sah sie den Kommissar mit ihren dunklen Augen an, und er wusste, dass sie an ihr kleines Geheimnis dachte.

»Und von Marco Moretti wissen Sie auch nichts?«

»Das ist ihr Freund«, sagte Frederico Lombardi, und man merkte ihm an, dass er ihn überhaupt nicht mochte.

Rotfux erklärte den beiden, dass sie eine internationale Suchmeldung aufgegeben und inzwischen Nachricht erhalten hatten.

»Wenn Sie nichts wissen, muss ich Ihnen wohl sagen, wo Ihre Tochter ist …«

»Ja, lebt sie, Commissario? Wo ist sie? Sagen Sie uns, bitte …«, stammelte Giorgia Lombardi. Sie war aufgesprungen, umarmte Frederico und sah den Kommissar bittend an.

»Sie ist bei ihrer Oma, Anna Lombardi.«

»Dann hat sie dieser Marco entführt«, schimpfte Frederico.

Rotfux musste schmunzeln.

»Nun beruhigen Sie sich doch, Herr Lombardi. Freuen Sie sich, dass sie lebt!«

»Ja, ja, ich freue mich«, stammelte Frederico kleinlaut, »aber dieser Marco ist an allem schuld ...«

»Er hat sie nicht entführt. Sie waren beide auf der Polizei und Ihre Tochter hat erklärt, dass sie ihn heiraten werde und nicht mehr nach Deutschland komme. Da sie längst volljährig ist, kann man ihr das auch nicht verbieten.«

Frederico Lombardi sank in sich zusammen und sagte nichts mehr.

»Das ist wegen deinem Streit mit ihr«, schimpfte jetzt Giorgia. Es folgte ein Schwall italienischer Sätze, die Rotfux nicht verstand, aber so wie die Augen von Giorgia funkelten, waren es mit Sicherheit Vorwürfe an ihren Mann, der offensichtlich die Tochter aus dem Haus geekelt hatte.

»Ich muss das Ganze an die Zeitung geben«, erklärte Rotfux zum Schluss.

»Nein, nicht an die Zeitung. Bitte nicht«, wehrte sich Frederico Lombardi.

Rotfux erklärte ihm und seiner Frau, dass das sein müsse, weil die Bevölkerung sehr beunruhigt sei, da man über die Suchaktion berichtet hatte. Nun müsse man auch das zum Glück positive Ergebnis der Suche mitteilen.

»Das geht nicht anders. Versuchen Sie, mit Ihrer Mutter zu sprechen, Herr Lombardi. Ich verstehe am allerwenigsten, dass sie Ihnen nichts gesagt hat.«

Es folgte ein italienischer Redeschwall von Giorgia, die ihrem Mann offensichtlich Vorwürfe machte. Sie ist hübsch, dachte Rotfux, aber sicher nicht ganz einfach. Gut, dass ich mit Michelle keine solchen Probleme habe.

Gleich im Anschluss an das Gespräch rief der Kommissar Klaus Zimmermann an, den Stadtredakteur des Main-Echos. Er schilderte ihm die neueste Entwicklung des Falles.

»Das ist ja ein tolles Ergebnis Ihrer Nachforschungen«, lobte der Redakteur Rotfux.

»Ja, klar, ich bin froh, dass das Mädchen lebt. Vielleicht stellen Sie die Erfüllung ihrer großen Liebe etwas in den Mittelpunkt, lieber Herr Zimmermann. Das lesen die Leute gern und es wäre weniger schlimm für Herrn Lombardi, der sich schon Sorgen wegen der Veröffentlichung in der Zeitung macht.«

»Das kriegen wir schon, Herr Kommissar. Aber danke für den Hinweis. Gibt es sonst Neues? Haben Sie etwas von Thomas Herder gehört? Oder von seiner Tochter?«

»Leider nein, aber wir sind dran«, schwindelte Rotfux.

Im Grunde tat es ihm leid, denn er arbeitete gut mit Zimmermann zusammen, aber diesmal durfte er nichts verraten. Das war er Nicole Herder schuldig, die er unbedingt unversehrt retten wollte.

Rotfux hatte das Gefühl, kurz vor dem Ziel zu sein. Nur ein Puzzleteilchen fehlte noch. Sie hatten sorgfältig ermittelt, konnten nachweisen, dass die beiden Verbrecher für die Entführung von Nicole Herder und die Erpressung und Entführung von Thomas Herder verantwortlich waren. Aber die beiden waren nicht bereit zu reden. Es fehlte noch der Boss der Bande. Vielleicht würden sie das Versteck von Nicole Herder verraten, wenn der hinter Gittern saß und ihnen nicht mehr schaden konnte, jedenfalls hoffte Rotfux das. Er machte etwas früher Schluss, um endlich auf andere Gedanken zu kommen.

»Hallo, Rudi«, begrüßte ihn Michelle, die vor seinem Haus auf ihn wartete, mit einem Küsschen.

»Hallo, Michelle, ich bin froh, dass wir endlich etwas Zeit haben. Wollen wir mit Oskar eine Runde drehen? Dann können wir reden.«

»Mir ist alles recht.«

»Prima, dann hole ich den Hund aus dem Auto und los geht's.«

Sie spazierten die Promenade entlang in Richtung Schloss. Oskar war offensichtlich froh, mal wieder richtig laufen zu können. Er markierte an mehreren Büschen und verscheuchte einige Enten, die sich auf der Promenade sonnten.

»Das macht er für sein Leben gern«, lachte Rotfux.

Er war froh, mit Michelle hier zu sein. Beim Minigolfplatz kauften sie sich ein Eis am Stiel und spazierten weiter Richtung Schloss.

»Und? Wie war's heute?«, fragte Michelle vorsichtig.

»Alles gut«, sagte Rotfux. »Sofia Lombardi ist wieder aufgetaucht.«

Er erzählte ihr die Geschichte der großen Liebe von Sofia zu Marco und dass die beiden heiraten würden.

»Das ist ja toll«, schwärmte Michelle.

Sie schien eine sehr romantische Ader zu haben, wie wahrscheinlich die meisten Frauen. Am Ende ihres Spazierganges landeten sie in der Pizzeria Lombardi in ihrer fast schon privaten Nische. Frederico Lombardi wies ihnen den Platz an wie immer. Er schien etwas blasser um die Nase als sonst, stand aber eisern seinen Mann.

»Die Getränke gehen heute aufs Haus, Herr Kommissar, Sie wissen schon, wegen meiner Tochter. Ich bin so froh, dass Sie Sofia gefunden haben.«

Seine Erleichterung war zu spüren.

Sie bestellten eine große Flasche Mineralwasser und eine Flasche Würzburger Stein, einen vorzüglichen Riesling, den sie kannten.

»Sehr wohl«, verbeugte sich Frederico Lombardi und reichte ihnen die Karten, die noch unter seinem Arm klemmten.

»Entschuldigung«, sagte er, »hätte ich fast vergessen. Bin heute etwas durcheinander.«

Sie wählten zur Feier des Tages eine italienische Vorspeise und als Hauptgericht Dorade.

»Genau das Gleiche haben wir gegessen und getrunken, als wir zum ersten Mal hier waren«, freute sich Michelle und strahlte. »Und danach haben wir uns zum ersten Mal geküsst«, sagte sie leise und drückte seine Hand.

Rotfux hatte nicht daran gedacht, aber Frauen wussten so etwas. Oskar lag wie üblich auf der Bank und war ganz still. Die Balken ihrer Nische und die blau-weißen Tischdecken auf dem derben Holztisch verbreiteten eine gemütliche Atmosphäre. Bald kam die Vorspeise und sie genossen die italienischen Appetithäppchen und den Wein.

»Ich bin sehr froh, dass ich dich getroffen habe«, flüsterte Rotfux, und Michelle sah ihm glücklich in die Augen.

Anschließend filetierte Frederico sehr geschickt die beiden Doraden und wünschte guten Appetit. Nach dem Essen kam er nochmals an ihren Tisch.

»Ich habe mit meiner Mutter telefoniert, Herr Kommissar. Sie sagt, Sofia geht es sehr gut. Aber sie möchte in Italien bleiben.«

»Das ist doch nicht so schlimm, Frederico«, mischte sich Michelle ein.

»Aber ich wünsche mir so sehr, dass sie wenigstens ihr Studium beendet«, sagte Frederico Lombardi ganz verzweifelt. »Sie kennen sie doch. Sie hat ja bei Ihnen studiert.«

»Ja, ja, das stimmt. Vielleicht überlegt sie es sich noch, wenn Sie Marco akzeptieren …«

Rotfux bestellte noch eine Flasche Würzburger Stein.

»Aber den bezahle ich«, sagte er dazu.

»Nein, nein, der geht aufs Haus, wie ich sagte.«

Sehr beschwingt spazierten der Kommissar und die Professorin mit ihrem Dackel zur Wohnung von Rotfux zurück. Michelle küsste den Kommissar unaufhörlich. »Heute ist es noch besser als beim ersten Mal«, begeisterte sie sich, »und es wird immer besser mit uns werden!«

23

Peter Seidelmann hatte Position auf der Baustelle schräg gegenüber der Villa von Thomas Herder bezogen. Der Rohbau des Gebäudes stand, und so bot sich vom oberen Stockwerk eine gute Sicht auf die Villa des Versandhaus-millionärs. Er konnte die Terrasse einsehen, hatte Blick zum Main, sah im Hintergrund das Pompejanum und das Aschaffenburger Schloss. Wenn es nicht so ein wichtiger Einsatz gewesen wäre, hätte es regelrecht gemütlich sein können.

»Wir sind gleich da«, erhielt er eine WhatsApp-Nachricht von Rotfux.

Seidelmann spähte durch sein Fernglas, aber sie waren jetzt im Haus. Nichts rührte sich.

»Prima, ich halte die Stellung«, schrieb er zurück.

Er hatte Corinna Herder seit drei Tagen beobachtet und dabei Merkwürdiges festgestellt. Obwohl ihr Mann entführt worden war, hatte sie seelenruhig Frankfurt zum Shopping besucht und sich dort sogar mit einem Verehrer getroffen, der anscheinend ihr Liebhaber war. Stundenlang war sie mit diesem großen dunkelhaarigen Mann im Steigenberger Hotel Frankfurter Hof gewesen und hatte ihn inzwischen sogar nach Hause mitgenommen.

»Den beiden werden wir mal auf den Zahn fühlen«, entschied Rotfux.

Seidelmann sollte die Villa beobachten, während der Kommissar das Viertel um die Villa weiträumig absperren ließ und sogar ein Sondereinsatzkommando angefordert hatte, um notfalls die Wohnung zu stürmen.

Seidelmann bemerkte, dass einige schwer bewaffnete Männer mit schusssicheren Westen und Helmen im Erdgeschoss der Baustelle eingerückt waren.

»Achtung! Es geht los«, schrieb Rotfux.

Seidelmann sah, dass der Kommissar zusammen mit Oberwiesner am Eingang der Villa erschien und dort läutete. Nichts geschah.

»Sie sind doch da, oder?«, schrieb Rotfux.

»Klar, niemand hat das Haus verlassen«, antwortete Seidelmann.

Rotfux klingelte mehrmals. Ohne jegliche Reaktion. Es wurde ihm ein Megaphon gebracht.

»Achtung, Achtung! Hier spricht die Polizei. Machen Sie bitte auf, Frau Herder. Wir wissen, dass Sie da sind.«

Wieder tat sich nichts. Seidelmann beobachtete die Szene, aufs Höchste angespannt. Er war sich sicher, dass die beiden in dem Haus sein müssten. Er hatte sie auf der Terrasse gesehen, sie hatten sich dort geküsst, was er fotografiert hatte, um später Beweise zu haben.

»Achtung, Achtung! Hier spricht die Polizei. Bitte öffnen Sie, Frau Herder«, wiederholte Rotfux seine Durchsage. »Sonst müssen wir die Tür aufbrechen.«

Im selben Augenblick sah Seidelmann, dass das Rolltor der Tiefgarage nach oben fuhr.

»Achtung! Tiefgarage!«, rief er, so laut er konnte.

Rotfux und Oberwiesner rannten zur Tiefgarage, welche seitlich am Haus lag, aber ein schwarzer Porsche Cayenne raste bereits an ihnen vorbei nach oben. Eine Blendgranate detonierte vor dem Fahrzeug, das trotzdem weiterfuhr. Schüsse waren zu hören. Ein schweres Spezialfahrzeug der Polizei kam dem Cayenne entgegen und schnitt ihm den Weg ab. Schwerbewaffnete umringten den Porsche und rissen die Fahrertür auf.

»Los, raus«, hörte Seidelmann von weitem, »Hände aufs Fahrzeug!«

Seidelmann sah, wie sie den großen dunklen Mann abtasteten und ihm Handschellen anlegten. Er hatte die ganze Aktion von oben gefilmt. Das sind hervorragende Beweise, dachte er. Er filmte auch, wie Corinna Herder aus dem Fahrzeug stieg und später in Handschellen abgeführt wurde. Nach Abschluss der Aktion räumte er seinen Platz und ging hinunter zu Rotfux.

»Prima gemacht, Seidelmann, Ihr Hinweis auf die Tiefgarage war super!«, lobte der Kommissar. »Da ging es um Sekundenbruchteile.«

Rotfux bedankte sich beim Chef des Sondereinsatzkommandos, die Einheit zog ab und die Gefangenen brachte man zum Kommissariat. Dort wurden sie zunächst erkennungsdienstlich behandelt, dann begann Rotfux zusammen mit Oberwiesner mit ihrer Befragung. Zunächst holten sie Corinna Herder in den Vernehmungsraum.

»Ich bin sehr erstaunt, Frau Herder. Sie machen gemeinsame Sache mit den Entführern Ihres Mannes. Das ist unglaublich …«

Corinna Herder sah blass aus, war aber ansonsten eine Schönheit, die mit ihren langen Beinen, ihren blonden Haaren, ihren Traummaßen, ihren strahlend blauen Augen und ihren vollen roten Lippen sogar Rotfux beeindruckte.

»Er ist zwanzig Jahre älter, mein Mann, denkt nur an die Firma, da bin ich auf die schiefe Bahn geraten, aber mit den Entführungen habe ich nichts zu tun. Eine Affäre ist ja wohl nicht strafbar …«

»Wissen Sie, wo Ihr Mann ist?«, hakte Rotfux nach.

»Keine Ahnung. Damit habe ich nichts zu tun.«

»Und Ihre Stieftochter Nicole, wissen Sie von der etwas?«

»Nein. Ich sagte doch, mit den Entführungen habe ich nichts zu tun.«

»Es wäre besser, wenn Sie uns die Wahrheit sagen«, insistierte Rotfux. »Sollte Nicole tot sein, könnte man Sie wegen Beihilfe zum Mord belangen.«

»Wie oft soll ich es noch wiederholen? Ich habe damit nichts zu tun!«

Aus Corinna Herder war weiter nichts herauszuholen.

»Wir werden Ihre Villa durchsuchen, vielleicht finden wir Hinweise. Sie selbst bleiben natürlich vorerst in Gewahrsam«, beendete Rotfux das Gespräch.

»Wieso? Das geht nicht. Ich will meinen Anwalt sprechen. Sie können mich nicht einfach festhalten. Ich muss mich um Jan kümmern. Er ist erst fünf.«

Sie berichtete, dass Jan noch in der Villa sei, weil ihr die Flucht mit ihm zu gefährlich erschien.

»Wir werden uns um Jan kümmern. Gibt es vielleicht ein Kindermädchen? Als Sie in Frankfurt waren, war er doch bestimmt nicht allein.«

Corinna Herder nannte die Adresse und Telefonnummer des Kindermädchens und Rotfux versicherte ihr, dass er sich um Jan kümmern würde. Dann ließ er sie abführen.

»Ganz schön gerissen«, murmelte Oberwiesner, als sie den Raum verlassen hatte. »Sie behauptet einfach, mit den Verbrechen nichts zu tun zu haben.«

Rotfux ließ sich dadurch nicht entmutigen.

»Ich hoffe, wir finden etwas in der Villa. So ganz spurlos kann das alles nicht vonstattengegangen sein.«

Als Nächstes wurde der Liebhaber von Corinna Herder in den Vernehmungsraum gebracht. Er sah beeindruckend aus und man konnte sich vorstellen, warum Corinna Herder in ihn verschossen war. Er war 37 Jahre alt, groß gewachsen, hatte kräftige dunkle Haare, ein schönes ovales Gesicht, für einen Italiener erstaunlich blaue Augen und einen sportlich durchtrainierten Körper.

»Sie sind also Matteo Leone, wie ich Ihren Papieren entnehme«, begann Rotfux die Befragung. »Ihr Fahrzeug läuft auf Ihre Firma ›Firenzmoda‹ und Sie unterhalten sogar Geschäftsbeziehungen zum Versandhaus Herder.«

Rotfux hatte sich per Telefon beim Versandhaus erkundigt und dafür die Bestätigung erhalten. Matteo Leone sagte nichts.

»Stimmt das?«, fragte Rotfux nach.

»Ohne Anwalt sage ich nichts.«

»Wir haben Zeit, Herr Leone«, sagte Rotfux lächelnd, »viel Zeit ...«

Natürlich wusste er, dass die Zeit eigentlich drängte, wenn sie Nicole Herder finden und befreien wollten, aber das musste man Matteo Leone nicht auf die Nase binden.

»Wissen Sie, wo Thomas Herder steckt?«

Rotfux bluffte, um seine Reaktion zu testen.

»Damit habe ich nichts zu tun«, brummte Leone. Er zeigte allerdings keinerlei Anzeichen dafür, dass er über die neuesten Entwicklungen etwas wissen könnte.

»Und Nicole Herder, wo haben Sie das Mädchen verstecken lassen?«

Keine Antwort, nichts, nicht einmal ein Zucken seines Gesichtes.

»Wenn Sie das Mädchen haben und es geschieht ihm etwas, wird alles nur viel schlimmer für Sie. Geben Sie uns einen Hinweis, das könnte sich strafmildernd für Sie auswirken.«

»Ich sagte schon, ich sage nichts.«

»Otto, bewachst du ihn? Ich muss kurz etwas klären.«

Rotfux verließ den Vernehmungsraum und ging zur Zelle von Giovanni Fabri. Zusammen mit einem Polizisten nahm er ihn mit in das Nebenzimmer des Vernehmungsraumes, aus dem man durch eine gespiegelte Scheibe in diesen sehen konnte.

»Ich wollte Ihnen nur Ihren Boss zeigen, Herr Fabri. Wir haben ihn. Sie brauchen sich nicht mehr vor ihm zu fürchten. Habe mich schon nett mit ihm unterhalten.«

Fabri sah enttäuscht aus. Seine Narbe auf der rechten Wange erschien auf seinem blassen Gesicht noch tiefer als sonst, er fuhr sich nervös durch die Haare und seine pechschwarzen Augen musterten Leone unruhig, so als ob er es nicht glauben konnte, dass der dort in Handschellen saß.

»Leone hat uns gesagt, dass Sie und Pietro Rinaldi die

Tochter von Herrn Herder entführt haben. Er selbst habe damit natürlich nichts zu tun.«

Fabri wurde noch etwas blasser und seine Narbe glühte inzwischen.

»Das stimmt nicht«, schimpfte er. »Natürlich hat *er* uns den Auftrag gegeben. Wollte auch das Geld von der Erpressung haben.«

Rotfux freute sich. Euch kriege ich, dachte er.

»Kommen Sie, Herr Fabri, Sie können ihm das ruhig persönlich sagen.«

Er nahm ihn mit auf die andere Seite der Scheibe. Schon als sie den Raum betraten, fing Fabri an zu schimpfen.

»Warum hast du uns verraten, Matteo? Wir haben die Sache gemeinsam gemacht und du hast sogar das Geld!«

Matteo Leone gab ihm ein Zeichen, dass er den Mund halten sollte, aber es war zu spät. Rotfux freute sich und ließ Giovanni Fabri zurück in seine Zelle bringen.

»Sehen Sie, Herr Leone, wir haben verschiedene Freunde von Ihnen, die uns schon einiges erzählt haben. Am besten sagen Sie uns jetzt, wo Nicole Herder ist.«

»Ich weiß es nicht«, stammelte Matteo Leone. »Um die Details kümmere ich mich nicht.«

Geht doch, dachte Rotfux. Das war das Erste, was er sagte.

»Lebt sie denn noch?«

Leone schwieg. Oberwiesner schien so langsam der Kragen zu platzen. Er erhob sich und baute sich in seiner ganzen Größe vor Leone auf.

»Ist die Frage so schwierig?«, schrie er und schlug mit der flachen Hand auf die Tischplatte. »Wir können auch anders.«

Er ging um den Tisch herum und steuerte auf Leone zu.

»Ja, ja, sie lebt. Wahrscheinlich in einem Puff von Prato ...«

»Und wo genau?«

»Weiß ich nicht. Habe nichts damit zu tun. Fragen Sie Pietro ...«

Rotfux bat Oberwiesner, die Unterhaltung noch ein wenig fortzusetzen. Er selbst wolle sich inzwischen um Pietro Rinaldi kümmern. Er ging zu dessen Zelle und wiederholte das Spielchen. Aus dem Nebenzimmer des Verhörraumes zeigte er ihm seinen Boss.

»Sehen Sie, Herr Rinaldi, da haben wir Ihren Boss. Er hat uns schon viel über Sie erzählt. Zum Beispiel, dass Sie Nicole Herder in einem Puff in Prato gefangen halten. Und Sie sehen, er erzählt meinem Kollegen noch mehr. Wie wär's, wenn Sie uns die Adresse des Puffs sagen?«

»Die werde ich nie verraten. Die weiß nur ich.«

»Aber Prato stimmt jedenfalls?«

»Dazu sage ich nichts ... Nur wenn Sie mich frei lassen, nenne ich die Adresse.«

Rotfux lachte.

»Sie glauben doch nicht, dass wir Sie frei lassen, ohne das Mädchen zu haben.«

»Dann machen wir einen Austausch. Sie fahren mit mir nach Prato, ich gebe Ihnen das Mädchen, dann lassen Sie mich frei.«

Auf den Kopf gefallen war der nicht, dachte Rotfux. Er nahm ihn mit ins Vernehmungszimmer, mit dem Erfolg, dass er Leone beschimpfte.

»Warum hast du das mit Prato verraten?«, beschwerte er sich. »Jetzt haben wir nicht mehr viel in der Hand.«

Rotfux beendete die Verhöre fürs Erste. Er kümmerte sich um Haftbefehle für die Festgenommenen, was angesichts der Schwere der Verbrechen und der hervorragenden Beweismittel, die sie hatten, kein Problem war. Dann besuchte er Thomas Herder in seiner Zelle und unterrichtete ihn über die neuesten Entwicklungen.

»Hallo, Thomas, es gibt Neuigkeiten«, begrüßte er ihn.

»Ich hoffe, gute … Ich hoffe, du kannst mich endlich entlassen.«

»Leider gute und schlechte. Was willst du zuerst hören?«

»Zuerst die gute, ich kann's brauchen.«

Rotfux erzählte ihm, dass sie den Boss der Bande inzwischen gefasst hatten und er deshalb seine Zelle verlassen könne. Außerdem lebe vermutlich seine Tochter noch, in Italien, möglicherweise in Prato.

»Das ist ja super«, freute sich Thomas Herder.

»Ja, aber wir müssen sie natürlich noch finden.«

Rotfux berichtete, dass einer der Ganoven den Ort vermutlich kenne, aber gegen seine Tochter ausgetauscht werden wolle.

»Das müssen wir unbedingt machen, Rudi«, sagte Thomas Herder und nahm Rotfux in den Arm. »Du bist mein Freund, bitte!«

Rotfux entzog sich ihm.

»Ich weiß nicht, ob das so einfach geht. Ich muss das prüfen und noch mal durchdenken.«

»Was gibt's da zu überlegen, Rudi. Wir fahren los und holen sie uns. Aber was war deine schlechte Nachricht? Nach dieser Freude kann mich nichts mehr schocken.«

Rotfux zögerte. Wie sollte er es seinem Dackelfreund beibringen? Er sah Bruno auf seinem Kissen kuscheln, ging zu ihm und nahm den Hund auf den Arm. Er dachte an Oskar, um den er sich den ganzen Tag noch nicht gekümmert hatte. Die Hunde gaben viel Kraft.

»Komm mit, Thomas. Wir gehen in mein Büro, dort ist es gemütlicher. Von dieser Zelle kannst du dich verabschieden.«

Er nahm Herder in sein Büro mit, die Dackel begrüßten sich freudig und jagten durchs Zimmer, Lilly Winter brachte Tee und Gebäck, und Rotfux kam zur Sache.

»Hast du etwas bemerkt, was darauf hindeutet, dass deine Frau ein Verhältnis haben könnte, Thomas?«

Herder sah ihn verständnislos an.

»Ich, nein, wieso?«

»Aber könnte es sein?«

»Kann ich mir nicht vorstellen. Klar, ich bin viel weg, Gelegenheit hätte sie gehabt … aber nein, das glaube ich nicht.«

»Ist dir nichts aufgefallen in letzter Zeit? War sie häufiger weg oder so …?«

Rotfux wollte ihn durch seine Fragen vorsichtig auf die grausame Wahrheit vorbereiten.

»Nun ja, ich habe mich gewundert, dass sie so oft zum Shopping nach Frankfurt fuhr. Aber ich dachte, das sei eine Reaktion auf die Entführung von Nicole, jeder verarbeitet das anders.«

Rotfux ließ ihn über das Verhältnis zu seiner Frau erzählen, das sich in den letzten Monaten verändert hatte.

»Weißt du, was uns gewundert hat, Thomas? Deine Frau fuhr unbekümmert zum Shopping, als du entführt warst. Das ist nicht normal. Wir haben sie beobachtet und festgestellt, dass sie sich im Steigenberger Hotel Frankfurter Hof mit ihrem Liebhaber getroffen hat. Das wäre ja schon schlimm genug, aber es kommt noch besser. Ihr Lover ist der Boss dieser Bande, Matteo Leone von ›Firenzmoda‹, mit dem du sogar Geschäfte abgeschlossen hast. Er steckt hinter den Entführungen und wahrscheinlich steckt deine Frau mit ihm unter einer Decke.«

Thomas Herder sagte nichts mehr. Er nahm sein Gesicht zwischen beide Hände und Tränen liefen über seine Wangen. Rotfux bat seine Sekretärin, den Film von Herrn Seidelmann über den Einsatz vor der Villa zu besorgen. Er spielte ihn Herder vor. Der sah entsetzt, wie seine Frau mit Matteo Leone aus seiner Tiefgarage kam und vom Sondereinsatzkommando gestellt wurde.

»Ist ja Wahnsinn«, stammelte er.

»Nur damit du nicht denkst, ich erzähle dir Räuberpistolen.«

Rotfux ließ Thomas Herder mit seinem Dackel zum Versandhaus bringen.

»Bitte übernachte zunächst dort. In deiner Villa ist noch unsere Spurensicherung. Da würdest du dich nicht wohl fühlen. Oder besuch jemanden, deinen Vater oder Bruder, dir wird schon etwas einfallen.«

»Und morgen tauschen wir Nicole aus«, sagte Herder zum Abschied, »versprich mir das!«

Anschließend rief Rotfux Klaus Zimmermann vom Main-Echo an und brachte ihn auf den neuesten Stand. Nachdem Thomas Herder frei war, musste er ihn informieren.

»Ich warte schon auf Ihren Anruf, Herr Kommissar«, begrüßte der ihn erwartungsvoll.

»Wieso?«

»Habe gehört, es habe vor Herders Villa eine Schießerei gegeben.«

»Das ist richtig, Herr Zimmermann. Ich hatte bisher alle Hände voll damit zu tun, aber jetzt kann ich Ihnen berichten.«

Rotfux erzählte ihm, dass sie drei Ganoven festgesetzt hatten, alle aus Italien, die vermutlich für die Entführungen verantwortlich waren. Thomas Herder sei befreit. Die ganze Sache werde noch untersucht, die Spurensicherung sei bei der Villa, Bilder von der Schießerei lasse er ihm zukommen, damit er Material habe.

»Und was ist mit Nicole Herder?«

»Das wissen wir noch nicht. Wir hoffen, sie lebt. Die Verhafteten sagen bisher nichts, aber wir versuchen, es herauszubekommen.«

Zimmermann bedankte sich.

»Dann kann man gratulieren, Herr Kommissar. Glückwunsch! Wenn es Neues gibt, informieren Sie mich bitte.«

»Klar, wie üblich«, sagte Rotfux. Den Zusammenhang mit Corinna Herder hatte er bewusst nicht erwähnt. Das sollte Thomas Herder erst einmal verdauen, bevor es in der Zeitung stand.

24

Morgens unter der Dusche sah Kommissar Rotfux die Sache plötzlich ganz klar. Er konnte diesen Pietro Rinaldi nicht gegen Nicole Herder austauschen. Das ging einfach nicht. Er durfte Rinaldi nicht der deutschen Justiz entziehen, nachdem sie ihn auf frischer Tat ertappt hatten. Nicht umsonst gab es den Spruch: »Eine Nacht darüber schlafen«. Das ging Rotfux manchmal so, über Nacht sortierten sich wie von Geisterhand die Dinge in seinem Kopf und am Morgen war alles klar. Er musste Pietro Rinaldi nochmals in die Mangel nehmen und unbedingt die Adresse erfahren, an der sie Nicole Herder gefangen hielten. Erst dann wäre eine Befreiungsaktion zusammen mit Thomas Herder möglich.

Rotfux machte sich schnell fertig und eilte mit Oskar zum Kommissariat. Er bat Lilly Winter, mit dem Hund eine Runde zu drehen, da er keine Zeit habe.

»Und schicken Sie bitte Herrn Oberwiesner zu mir!«

»Hallo Otto«, begrüßte er ihn, als er sein Büro betrat, »wir sollten dringend nochmals mit Pietro Rinaldi sprechen. Wir müssen alle Register ziehen, damit er endlich den Verbleib von Nicole Herder preisgibt. Ich bitte dich, mich zu begleiten, um der Sache Nachdruck zu verleihen.«

»Geht klar Chef. Ich werde den Kerl mächtig unter Druck setzen.«

Sie gingen zu Pietro Rinaldi in seine Zelle. Der lag auf seiner Pritsche und machte Gymnastik.

»Sie halten sich wohl fit, Herr Rinaldi«, begrüßte ihn Rotfux.

»Klar, muss ja was für die Gesundheit tun.«

Er hatte seine Sonnenbrille abgenommen und sein Glasauge sah unappetitlich aus in dem rötlichen Schlitz, in dem es steckte.

»Ich wollte Sie nochmals nach der Adresse fragen, an der Sie Nicole Herder gefangen halten.«

Rinaldi lachte.

»Ist das so schwer? Ich sage es Ihnen nicht. Nur gegen meine Freilassung.«

»Sie glauben doch nicht, dass wir Sie freilassen, ohne zu wissen, ob das Mädchen überhaupt noch lebt.«

»Dann müssen wir einen Austausch machen, das habe ich doch gestern schon gesagt.«

»Und Sie schwören, dass Nicole Herder lebt und in Prato ist?«

»Ich schwöre es«, sagte Rinaldi großspurig und hob zwei Finger in die Höhe. Sein Lederarmband rutschte am Handgelenk etwas nach unten. Seine Zahnlücke verstärkte den ungepflegten Eindruck, den er vermittelte.

»Sie lebt, zur Freude mancher Männer in den Fabriken dort«, lachte Rinaldi dreckig.

»Das Lachen wird Ihnen bald vergehen«, mischte sich Otto Oberwiesner ein und baute sich in voller Größe vor Rinaldi auf. Rinaldi wirkte wie ein Zwerg im Vergleich zu ihm. »Ihr Boss und Ihr Komplize behaupten, mit der Entführung des Mädchens hätten sie nichts zu tun. Dafür seien Sie allein verantwortlich.«

Pietro Rinaldi rollte mit den Augen.

»Das stimmt doch gar nicht«, fauchte er entrüstet. »Matteo Leone hat den Auftrag dazu erteilt, und jetzt will er sich aus der Affäre ziehen. Das könnte dem so passen!«

»Es steht Aussage gegen Aussage«, bemerkte Kommissar Rotfux ganz ruhig. »Aber da wir Ihre Haare und Spermaspuren in der Hütte im Weinberg bei Hörstein gefunden haben, sprechen die Beweise eindeutig gegen Sie.«

Rinaldi schwieg. Er schien einen Moment lang ratlos zu sein. Er setzte sich auf seiner Pritsche hin und starrte ins Leere. Im selben Augenblick trat Oberwiesner neben ihn und stieß ihm wie zufällig gegen sein linkes Bein, um ihn seine körperliche Überlegenheit spüren zu lassen.

»Ich hoffe, das Mädchen lebt«, sagte er, »sonst kommt zu Vergewaltigung und Entführung noch Mord dazu und Lebenslänglich ist unausweichlich.«

»Während Matteo Leone und Giovanni Fabri das Leben genießen, werden Sie im Kerker schmoren«, fügte Kommissar Rotfux süffisant hinzu. »Es sei denn, Sie sagen uns, wo Nicole Herder steckt. Dann könnten wir für Sie auf mildernde Umstände plädieren und Leone und Fabri ihrer gerechten Strafe zuführen.«

»Ich sage nichts«, brummte Rinaldi bockig.

Oberwiesner packte den Ganoven blitzschnell am linken Ohrläppchen und zog ihn daran in die Höhe.

»Wir können auch anders!«, brüllte er. »Niemand weiß von unserem kleinen Gespräch, und ob du mit einem oder zwei Ohrläppchen den Raum verlässt, wird keinen interessieren. Leone kann dir nicht helfen. Der wird wahrscheinlich sagen, dass er dich gar nicht kennt.«

Rinaldi liefen die Tränen herunter, was seltsam einseitig aussah, da das Glasauge in seinem rötlichen Schlitz keine Flüssigkeit absonderte.

»Überleg es dir nicht zu lange. Wenn es um ein Menschenleben geht, kennen wir keinen Spaß!«

Rinaldi hatte sich inzwischen wieder auf seine Pritsche gesetzt und war zu einem schmächtigen Häufchen Elend zusammengesunken.

»Sie ist in einer Fabrik in Prato«, stammelte er.

»Geht es etwas genauer, Herr Rinaldi? Wie lautet die Adresse?«, sagte Kommissar Rotfux mit schneidend scharfer Stimme.

»Das sage ich nur gegen meine Freilassung.«

»Sie haben es wohl immer noch nicht verstanden«, brüllte Oberwiesner und ging entschlossen auf Rinaldi zu. »Wenn Sie uns die Adresse nicht sagen, haben Sie nicht die geringste Chance vor Gericht. Nehmen Sie Vernunft an und geben Sie das Mädchen frei.«

»Ich habe doch meinen Austausch gegen sie angeboten.«

»Wir können Sie nicht gegen das Mädchen austauschen. Das wäre wider Gesetz und Ordnung. Wir können Ihnen nur mildernde Umstände anbieten – oder gar nichts«, erklärte Rotfux sehr nachdrücklich.

Rinaldi schwieg. Hinter seiner Stirn schien es fieberhaft zu arbeiten.

»Und wann komme ich frei, wenn ich die Adresse nenne?«

»Das hängt vom Gericht ab. Jedenfalls früher als anderenfalls. Und ihr Boss bekommt seinen gerechten Anteil an der Strafe.«

Rotfux betonte das, da er den Eindruck hatte, dass Rinaldi daran viel lag.

Endlich gab sich der Ganove einen Ruck.

»Prato, Via Liguria, eine große Textilfabrik für Pronto Moda in dieser Straße, gleich an der Kreuzung mit der Via della Pollative.«

Na also, geht doch, dachte Rotfux. Ein Stein fiel ihm vom Herzen. Er ließ sich die Gegebenheiten genauestens beschreiben, erfuhr dass Nicole Herder im Obergeschoss der Firma festgehalten wurde und dort Tag für Tag Shirts zusammennähte.

»Wir werden Ihre Angaben überprüfen, Herr Rinaldi«, sagte Rotfux. »Ich hoffe, dass das Mädchen lebt und Ihre Kooperationsbereitschaft als Strafmilderungsgrund berücksichtigt werden kann.«

Rinaldi saß zusammengesunken auf seiner Pritsche und schien zu spüren, dass er endgültig verloren hatte.

»Ja, ja, sie lebt. Es tut mir leid, dass ich sie entführt habe«, murmelte er, wahrscheinlich, um durch seine Reue weitere Strafmilderung zu bewirken.

Auf dem Rückweg zum Büro erklärte Rotfux, dass er sofort handeln wolle, um den Überraschungseffekt zu nutzen.

»Otto, du übernimmst hier bitte die Geschäfte. Achte darauf, dass Rinaldi, Leone und Fabri keinerlei Kontakt zueinander haben und niemand erfährt, dass wir inzwischen den Aufenthalt von Nicole Herder kennen. Ich werde übers Wochenende zusammen mit Thomas Herder eine Befreiungsaktion starten. Das muss privat laufen. Wir nehmen die Dackel mit und lassen das Ganze wie eine Touristenreise aussehen.«

»Donnerwetter Chef«, sagte Oberwiesner anerkennend. »Wie in alten Zeiten. Beherzt zupacken, das war unsere Devise. Ich werde hier die Stellung halten und wünsche viel Glück!«

Von seinem Büro aus rief Rotfux Michelle an. Er erreichte sie kurz vor Vorlesungsbeginn auf ihrem Handy. »Könntest du dir vorstellen, einige Tage mit nach Florenz zu kommen?«, fragte er Michelle.

»Das wäre toll! Morgen habe ich frei, dann kommt das Wochenende, bis Montag könnte ich mit.«

»Wann hast du heute Schluss?«

»Um 11.15 Uhr.«

»Also gut, um 12.30 Uhr geht's los!«

Rotfux erklärte ihr, dass es um die Befreiung von Nicole Herder in Italien ging. Die Aktion sei zwar inoffiziell, aber eine große Chance.

»Wenn ich die italienische Polizei einschalte, dauert das ewig und man weiß noch nicht einmal, ob sie mit diesen Mafiosi unter einer Decke stecken. Ich muss es auf eigene Faust versuchen.«

Michelle war ganz aufgeregt.

»Und du denkst, du kannst mich mitnehmen?«

»Ja, das ist sogar von Vorteil. Wenn wir über die Grenze fahren, ist es gut, wenn wir wie eine Touristengruppe wirken. Das erweckt am wenigsten Verdacht.«

»Da muss ich nach der Vorlesung schnell was packen«, sagte Michelle ganz aufgeregt.

Sie vereinbarten, dass Rotfux sie um 12.30 Uhr an seiner Wohnung abholen würde, und sie freute sich sehr darauf.

»Das wird ein richtiges Abenteuer. Ich freue mich darauf!«

Nachdem er aufgelegt hatte rief er sofort Thomas Herder an.

»Hallo, Thomas, gut geschlafen?«

»Geht so, habe in der Firma übernachtet. War nicht gerade der Heuler …«

»Hör zu, Thomas, ich habe es mir überlegt. Wir fahren nach Italien und versuchen, deine Tochter Nicole frei zu bekommen. Ich habe inzwischen die Adresse, wo sie angeblich festgehalten wird.«

»Das wäre super!«

»Aber es geht nur inoffiziell, du müsstest alles bezahlen. Ich kann dafür nirgendwo Geld lockermachen …«

»Geld spielt keine Rolle. Wir haben schon eine Million Lösegeld in den Sand gesetzt, da kommt es auf ein paar Tausender nicht an. Ich bin dir so dankbar, wenn wir das versuchen. Mach dir keine Gedanken wegen des Geldes.«

So konnte nur ein Millionär reagieren, aber Rotfux wusste, dass Herder für seine Tochter alles tun würde.

»Habt ihr in der Firma einen Transporter, ein Fahrzeug mit mindestens neun Sitzen?«

Rotfux erklärte ihm, dass sie zu mehreren fahren würden, um das Ganze wie eine Touristenreise aussehen zu lassen.

»Michelle kommt auch mit. Für die bezahle ich natürlich …«

»Kommt gar nicht infrage, Rudi, ich übernehme alle Kosten und sorge für einen Mercedes Transporter mit Fahrer.«

»Nimm bitte am besten zusätzlich zwei kräftige Männer mit, wenn du das ermöglichen kannst. Falls wir deine Tochter freikämpfen müssen. Und eine weibliche Begleitung, damit es nach Urlaubsreise aussieht.«

Sie vereinbarten, dass er um 12.30 Uhr mit dem Fahrzeug und der Besatzung, dem Dackel Bruno und seinem Gepäck bei der Wohnung von Kommissar Rotfux sein sollte.

»Wir nehmen die Hunde mit, wer weiß, wozu sie gut sind. Es sieht dadurch zusätzlich nach einer Vergnügungsreise aus. Bring bitte etwas Futter und Trinkschälchen für die Dackel mit. Oskar wird auch dabei sein.«

Je mehr Rotfux sich mit der Sache beschäftigte, desto mehr begeisterte ihn die Aktion. Es muss klappen, wir müssen das Mädchen frei bekommen, wenn sie tatsächlich noch lebt, dachte er.

Um 12.30 Uhr rollte ein fast neuer silberfarbener Mercedes Sprinter Kombi auf den Parkplatz vor dem Haus von Kommissar Rotfux. Thomas Herder stieg aus und klingelte. Wenig später erschienen Rotfux und Michelle mit ihrem Gepäck. Rotfux begrüßte Thomas Herder und schüttelte ihm kräftig die Hand.

»Hallo Thomas, jetzt wird es ernst. Ich hoffe, wir bekommen Nicole frei!«

»Das hoffe ich auch. Ich habe alles vorbereitet, wie du es gesagt hast.«

Er stellte ihm seine Begleiter vor. Jörg Reinhard, den Leiter des Werkschutzes bei Herder, kannte Rotfux schon. Der kräftige, muskulöse, 1.90 große Mann mit den kurzen braunen Stoppelhaaren passte zu der Aktion. Der konnte sicher knallhart zupacken. Gleichzeitig war er intelligent und absolut loyal gegenüber seinem Chef. Lilly Winter, seine Sekretärin, erschien in einer hautengen Jeans und mit sonnengelber Bluse. Sie trug einen breitkrempigen Sonnenhut, was den Eindruck einer Urlaubsfahrt verstärkte. Oskar und Bruno, die beiden Dackel, tobten sofort auf dem Parkplatz herum.

»Für die ist das ein tolles Abenteuer«, lächelte Thomas Herder. »Bruno wird sich vor Freude überschlagen, wenn er tatsächlich Nicole begegnen sollte.«

»Herrn Jäger kennst du glaub' ich noch nicht«, stellte er einen mittelgroßen braungebrannten Mann vor, an dem sofort die schwarzen langen Haare auffielen, die zu einem Pferdeschwanz gebunden waren. »Das ist unser Hausmeister, sozusagen Mädchen für alles. Er kennt Nicole gut, da er auch immer wieder geholfen hat, den Garten an unserem Anwesen in Ordnung zu halten.«

Bei Herrn Jäger schien der Name Programm zu sein. Eine sehr markante Hakennase und dunkle durchdringende Augen ließen den Eindruck eines Adlers aufkommen, der sich im nächsten Augenblick auf seine Beute stürzen würde.

»Gut gemacht, Thomas«, lobte Rotfux, als er die Mannschaft von Thomas Herder sah.

Der Fahrer lud das Gepäck ein, das Ganze vermittelte wirklich den Anschein einer Vergnügungsreise nach Italien.

Thomas Herder setzte sich vorne auf den Beifahrersitz. Lilly Winter, Rainer Jäger und Jörg Reinhard nahmen in der zweiten Sitzreihe Platz. Rotfux stieg mit Michelle ganz hinten ein und wenig später ging die Fahrt in Richtung Würzburg los. Der Fahrer erklärte ihnen, dass sie über Ulm, Kempten, Innsbruck und den Brenner fahren würden, weil dies die kürzeste Strecke sei. Er war ein netter Kerl, der sich als Joachim Reis vorstellte, aber es reiche, Joachim zu sagen. Er habe ausreichend Mineralwasser und Bier dabei und wer sonst Wünsche habe, solle sich melden. Mit seiner kurzen Stoppelhaarfrisur machte er einen sportlichen Eindruck und es war Rotfux klar, warum Thomas Herder gerade ihn als Fahrer mitgenommen hatte. Der ging sicher als Bodyguard durch und könnte bei Bedarf kräftig zuschlagen. Eine wirklich entspannte Stimmung kam nicht auf. Jeder wusste, worum es ging, und die Sorge um Nicole Herder hing mit bleierner Schwere in der Luft. Ab und zu hielten sie an einer Raststätte und ließen die Hunde eine Runde drehen. Michelle kuschelte unauffällig mit Rotfux. Sie war vielleicht die einzig wirklich Glückliche im Bus. Alle anderen schienen irgendwie bedrückt zu sein durch die Situation. Die Landschaften glitten an ihnen vorbei, zuerst das Allgäu, dann die Alpen, sie überquerten die Grenze zu Österreich und Italien problemlos und übernachteten im Hotel Adige in der Nähe von Trient. Rotfux war froh, als sie am nächsten Nachmittag in die Nähe von Prato kamen.

»Jetzt wird's ernst, Joachim. Welche Ausfahrt müssen wir nehmen?«, fragte Rotfux den Fahrer.

»Rechts ab auf die A 11 und später Prato Est«, murmelte Joachim Reis, der die Strecke auf seinem Navigationsgerät verfolgte.

Nach der Ausfahrt Prato Est bogen sie in ein Industriegebiet ab, mit breiten Straßen. Überall waren Fabrikgebäude zu sehen. An vielen war »Pronto Moda«

zu lesen, schnelle Mode, auf die sie sich hier spezialisiert hatten.

»Jetzt siehst du mal, woher eure Billigmode kommt, Thomas«, scherzte Rotfux.

Thomas Herder fand das allerdings gar nicht lustig.

»Ich will es gar nicht wissen«, brummte er nur.

Schließlich erreichten sie die Via Liguria.

»Jetzt langsam«, sagte Rotfux. »Gleich müssen wir da sein.«

Joachim Reis bremste ab und fuhr nur noch im Schritttempo.

»Da, rechts auf den Parkplatz.«

Rotfux und auch Thomas Herder waren bis zum Bersten gespannt. Ob sie hier tatsächlich Nicole Herder finden würden? Ihr Bus hielt, der Fahrer stieg aus und öffnete die Seitentür. Die Dackel wurden munter und hüpften aus dem Auto. Ein hässlicher Betonklotz empfing sie mit seinem grauen Stahltor. Der rechte Torflügel stand offen, dahinter waren Kleiderständer zu sehen, die offensichtlich zur Abholung bereit standen.

»Da müssen wir rein«, sagte Rotfux. »So hat es mir Pietro Rinaldi beschrieben.«

Die Dackel tobten auf dem Parkplatz herum. Sie waren froh, endlich draußen zu sein.

»Bruno, komm!«, rief Thomas Herder.

Sein Hund folgte ihm aufs Wort und Oskar trottete hinterher.

»Ist sie da drin?«, fragte Thomas Herder.

»Ja, komm. Sie muss im Obergeschoss sein.«

Rotfux ging mit Herder in die Fabrikhalle. Reinhard und Jäger folgten ihnen. Die Frauen und den Fahrer ließen sie beim Bus. Einen Augenblick mussten sie sich an die Dunkelheit der Halle gewöhnen, dann sahen sie chinesische Frauen, welche immer mehr Kleiderständer zum Eingang brachten.

»Wir müssen nach oben«, sagte Rotfux.

Thomas Herder kam mit den Dackeln hinterher, welche über die Stufen hüpften. Oben angekommen, öffnete sich die Etage zu einem farblosen weißgetünchten Raum, der nur hoch unterhalb der Decke Fenster hatte, die aber mit weißen Tüchern verhängt waren. Grelle Neonröhren hingen von der Decke herab und beleuchteten die Arbeitsplätze an den Nähmaschinen, die sich in drei Reihen durch den Raum zogen. Überall arbeiteten Chinesinnen, die nicht einmal von ihrer Arbeit aufsahen, als sie den Raum betraten. An den Wänden hingen ungesicherte Kabel. Leere Plastikflaschen, schwarze Müllsäcke, Papier und Stoffreste umgaben die Kartons, die ihnen als Privatbereich dienten.

»Das ist unglaublich«, murmelte Thomas Herder.

Im selben Augenblick rannte Bruno los und bellte wie verrückt. Erst jetzt unterbrachen die Näherinnen ihre Arbeit und beobachteten neugierig das Schauspiel. Bruno hatte Nicole Herder entdeckt und rannte zu ihr.

Sie schrie: »Bruno!«

Ihr Vater rief: »Nicole!«

Alle stürzten in die hinterste Ecke des Raumes, wo Nicole Herder angekettet an ihrer Nähmaschine saß.

»Ich wusste, dass ihr mich findet«, weinte Nicole.

Ihr Vater nahm sie in den Arm und drückte sie. Im selben Augenblick stürmten zwei kräftige Chinesen in den Raum. Sie sahen grimmig aus mit ihren pechschwarzen

Haaren und dunklen Mandelaugen und fuchtelten wild mit den Armen in der Luft umher.

»Vorsicht«, schrie Nicole, »die Bewacher kommen!«

»Haltet sie uns vom Leib«, brüllte Herder.

Jetzt würde er sich seine Tochter nicht mehr nehmen lassen. Notfalls würde er kämpfen bis zum letzten Blutstropfen, um das Liebste zu retten, das er hatte. Die beiden Dackel stürzten sich auf die Chinesen und bissen sich in den Beinen ihrer Jeanshosen fest. Die Chinesen jaulten jämmerlich, aber sie gaben sich nicht geschlagen. Sie versuchten Reinhard zu Boden zu werfen, doch Jäger kam ihm zu Hilfe. Er riss ein Elektrokabel von der Wand und schlug damit auf die Chinesen ein. Die Dackel ließen nicht locker. Sie bissen in die nackten Füße der Männer, welche durch ihre Ledersandalen zu sehen waren. Thomas Herder ließ seine Tochter los und stürzte sich ebenfalls in den Kampf. Auch Rotfux packte kräftig zu. So gelang es ihnen, den kleineren der Männer zu Boden zu reißen.

»Wir fesseln ihn mit dem Elektrokabel«, kommandierte Rotfux.

Im selben Augenblick mischte sich der schmächtige Aufseher ein, der die Frauen mit seiner Peitsche zur Arbeit antrieb.

»Achtung, die Peitsche!«, rief Nicole, die alles von ihrem Arbeitsplatz aus beobachtete.

Aber zu spät. Die Peitsche traf Rotfux im Gesicht und für einen Augenblick konnte er nichts mehr sehen. Als ob die Dackel die Situation begriffen hätten, setzten sie zur Attacke auf den Capo an. Wild bellend stürzten sie sich auf seine Füße, welche ebenfalls in Ledersandalen steckten. Sie bissen sich an seinen Knöcheln fest, während Jäger ihm von hinten in den Nacken sprang und ihn zu Boden riss.

»Sehr gut, den haben wir«, freute sich Rotfux, der inzwischen wieder verschwommen sehen konnte, und schlang ihm ein Elektrokabel um die Beine.

Thomas Herder und Reinhard war es inzwischen gelungen, auch den dritten Chinesen zu überwältigen. Die chinesischen Arbeiterinnen saßen mit offenen Mündern an ihren Maschinen und verfolgten das Schauspiel. Besonders die Gefangennahme des Aufsehers mit der Peitsche schien ihnen großes Vergnügen zu bereiten.

»Wie geht deine Fußkette auf, Nicole? Weißt du wo der Schlüssel ist?«, fragte Thomas Herder verzweifelt als er wieder bei seiner Tochter war.

»Da, in dem Kästchen …«

Thomas Herder holte aus einem Kästchen hinter den Arbeitsplätzen den Schlüssel und schloss die Fußkette von Nicole Herder auf.

»Los jetzt, zurück zum Auto«, rief Rotfux.

»Aber mein Ausweis, sie haben ihn«, protestierte Nicole.

»Das ist egal, komm, schnell. Ich habe deinen Pass dabei«, beruhigte sie Thomas Herder.

Sie stürmten aus der Fabrikhalle, die chinesischen Näherinnen waren von der Aktion fasziniert, sie saßen einfach nur da und starrten. Die Dackel schwebten förmlich über die Treppe nach unten, Jäger riss einen Kleiderständer um und war völlig außer Puste, als sie das Auto erreichten. Der Fahrer kam ihnen entgegen und riss die seitliche Tür des Busses auf.

»Los, rein ins Fahrzeug«, kommandierte Rotfux. »Nur weg hier!«

Quer übers Gesicht lief ihm ein rötlicher Streifen, der Abdruck des Peitschenhiebes, der ihn dort getroffen hatte. Der Bus beschleunigte. Nicole saß im Bus und weinte. Ihr Vater nahm sie in den Arm und drückte sie ganz fest an sich.

»Wo fahren wir hin?«, fragte Joachim Reis.

»Erst mal weg hier, auf die Autobahn und Richtung Heimat«, sagte Rotfux.

»Ich dachte wir wollten nach Florenz«, flüsterte Michelle.

»Das geht nicht, das ist zu gefährlich«, antwortete Rotfux. »Das hatte ich nicht gut genug überlegt. Sorry.«

Er nahm sein Smartphone und schaute sich die Landkarte an.

»Lasst uns nach Verona fahren«, schlug er vor. »Florenz wäre zu gefährlich. Dort haben diese Chinesen sicher viele Freunde.«

Sie waren inzwischen wieder auf der Autobahn. Die Sonne stand noch hoch am Himmel.

»Verona ist gut. Wir nehmen ein Hotel direkt im Zentrum«, sagte Thomas Herder.

»Aber das wird teuer sein«, gab Rotfux zu bedenken.

»Heute kann nichts zu teuer sein. Hier hab ich was. Das Due Torri Hotel, 5 Sterne, direkt neben der Kirche Santa Anastasia, mitten in der Altstadt gelegen, wenige Meter von der Kathedrale und dem römischen Theater«, schlug Herder vor, der ebenfalls sein Handy bemühte.

»Du musst es wissen, Thomas. Für uns wäre auch weniger okay«, sagte Rotfux.

Aber Thomas Herder ließ sich das nicht nehmen. Er buchte die entsprechenden Zimmer und gab dem Fahrer die Adresse. Allmählich machte sich allenthalben Erleichterung breit. Bruno kuschelte bei Nicole Herder, die ihn nicht mehr von ihrem Schoß ließ. Thomas Herder saß neben seiner Tochter, hatte sie im Arm und sah glücklich aus.

»Jetzt wird es ja doch noch ein richtiger Touristenausflug«, freute sich Rainer Jäger und wurde zunehmend lustiger. Auch Lilly Winter räkelte sich entspannt auf ihrem Sitz und sah mit ihrem Sonnenhut und ihren strahlend blauen Augen wirklich wie eine begeisterte Touristin aus.

»Den Chinesen habt ihr es aber gezeigt«, lobte Rotfux. »Vielen Dank!«

»Ja, vielen Dank an Sie alle. Ich lade selbstverständlich heute Abend zum Essen ein. Alles geht auf mich!«, verkündete Thomas Herder.

Michelle drückte glücklich die Hand von Rotfux. Sie streichelte ihn zärtlich über die Spuren des Peitschenhiebes in seinem Gesicht.

»Ich bin stolz auf dich. Das wird sicher schön in Verona«, flüsterte sie.

Als sie vor dem Due Torri Hotel ankamen, ließ sie Joachim Reis aussteigen, um dann den Bus zu parken.

»Moment, ich habe noch was zu erledigen«, sagte Rotfux.

Er bat um ein Foto von Nicole und ihrem Papa.

»Bruno muss auch mit drauf«, sagte Nicole und nahm ihren Hund auf den Arm.

»Klar, der hat uns in Wirklichkeit gerettet.«

Rotfux machte mehrere Aufnahmen. Das schönste Bild von Nicole und Thomas Herder sendete er per WhatsApp an Klaus Zimmermann vom Main-Echo. »Nicole Herder gerettet«, schrieb er dazu. »Mehr nach unserer Rückkehr.«

Als Oskar Bruno auf Nicoles Arm sah, drängte er sich an die Füße der beiden. Thomas Herder bückte sich und nahm ihn hoch.

»Ja, du auch. Bruno und du, ihr seid die größten Helden. Habt toll für die Befreiung von Nicole gekämpft.«

»Stell dich zu ihnen«, forderte Michelle Rotfux auf.

Sie sah sehr glücklich aus, als sie abdrückte.

DANKSAGUNG

Mein Dank gilt den Mitarbeitern des Gmeiner-Verlages, die mich stets vorbildlich betreut haben.

Besonders hervorheben möchte ich meine Lektorin, Claudia Senghaas, die durch zahlreiche Anregungen und Verbesserungsvorschläge die Entstehung des Buches sehr hilfreich begleitet hat.

Blutige Rache

© Michael Kutsche / fotolia.com; inkevalentin / fotolia.com

Dieter Wölm
Weinmordrache
Kriminalroman
339 Seiten, 12 x 20 cm
Paperback
ISBN 978-3-8392-2058-0
€ 14,00 [D] / € 14,40 [A]

Im Fassweinkeller des Schlosses Aschaffenburg hängt zwischen zwei Weinfässern Emil Franke. Mit Blut haben seine Mörder die Zahl 7887 an eines der Weinfässer geschmiert. Sein Dackel Oskar sitzt bellend bei dem Toten und weicht nicht von dessen Seite. Kommissar Rotfux kümmert sich um den Dackel und dieser wird zum treuen Begleiter des Kommissars. Während Rotfux in alle Richtungen ermittelt, geschieht ein weiterer Mord in einem Weinkeller. Wieder ist die Zahl 7887 mit Blut an ein Weinfass geschmiert ...

GMEINER SPANNUNG

WWW.GMEINER-VERLAG.DE
Wir machen's spannend

© Jörg Berghoff

Berghoff, Jörg
**Frische Fahrt ins
Romantische Franken**
Lieblingsplätze
192 Seiten, 14 x 21 cm
Paperback
ISBN 978-3-8392-1626-2
€ 14,99 [D] / € 15,50 [A]

Hier wurde der erste Motorflieger geboren. Hier starb
Kaspar Hauser. Und hier verlief der Limes. Nicht nur
Rothenburg und Dinkelsbühl locken mit ihrer mittel-
alterlichen Architektur ins Romantische Franken. Jörg
Berghoff hat eine Entdeckungsreise zu seinen 66 Lieb-
lingsplätzen unternommen und fächert diese in kurzen
Anekdoten und Porträts vor dem Leser auf. Als Stär-
kung bietet er zusätzlich 11 Orte für Leib und Seele.
Folgen Sie ihm zu mystischen Bäumen, in den Glanz
des Rokoko und zu rustikalen Fachwerkhäusern.

GMEINER KULTUR

WWW.GMEINER-VERLAG.DE
Mensch, Kultur, Region